ミゼレーレ　上

ジャン＝クリストフ・グランジェ

楽譜が禁じられていた、システィーナ礼拝堂だけのための聖歌『ミゼレーレ』。少年モーツァルトが聴き覚えて楽譜を起こし世に広まった、喩えようもなく美しい聖歌と、パリのアルメニア使徒教会で起きた聖歌隊指揮者の謎に満ちた殺害事件にはいかなる関わりがあるのか？　遺体は両耳の鼓膜が突き破られていた。凶器は？　遺体のそばには子供の足跡……定年退職した元警部と、優秀だが薬物依存で休職治療中の青少年保護課の若い刑事が、それぞれのこだわりのもと、バディを組んで事件に挑む。『クリムゾン・リバー』の著者による圧巻のミステリ！

登場人物

リオネル・カスダン……停年退職した元殺人課主任警部
セドリック・ヴォロキン……青少年保護課刑事。薬物依存症で治療中
サルキス神父……パリのアルメニア使徒教会の神父
ウィルヘルム・ゴーツ……殺された聖歌隊指揮者、オルガン奏者
エリック・ヴェルヌ……司法警察第一分局の警部
リカルド・マンデズ……法医学研究所検死医
ユーグ・ピュイフェラ……鑑識課員
ナセルダン・サラクラマハータ……ゴーツの愛人
フランス・オーデュソン……耳鼻咽喉科の専門医
ジャン＝ルイ・グレシ……青少年保護課課長
マルシュリエ……殺人課刑事
シモン・ベラスコ……チリ大使館員
ペーテル・ハンセン……チリからの亡命スウェーデン人
ジャン＝ピエール・アルノー……元軍の情報部武器取り扱い教官
オリヴィエ神父……教区司祭（本名アラン・マヌリー）
レジス・マゾワイエ……自動車整備工場経営者、元聖歌隊員

ピエール・コンド＝マリ……………元将軍
フランソワ・ラ・ブリュイエール……元将軍
シャルル・ピー………………………元将軍
ハンス＝ヴェルナー・ハルトマン……ナチの残党、音楽研究者。拷問テクニックの指導者
ブルーノ・ハルトマン………………その息子
ダヴィド・ボコブザ…………………現代ユダヤ資料センター研究員
ジュヌヴィエーヴ・アロヴァ………人道に対する罪専門の弁護士
ベルナール＝マリ・ジャンソン……心理学者、精神分析家
フランチェスカ・バタグリア………ムエタイの元女子世界チャンピオン
ミロズ…………………………………ＳＭクラブ経営者
ミシェル・ダランブロ………………綜合情報局員、反社会的カルト活動対策に従事
ピエール・ロシャス…………………アロ村村長
ワール＝デュヴシャニ………………コロニー《アスンシオン》の医師
ランス…………………………………国土保安局員
シモニ…………………………………綜合情報局員

ミゼレーレ 上

ジャン＝クリストフ・グランジェ
平岡敦訳

創元推理文庫

MISERERE

by

Jean-Christophe GRANGÉ

目次

ミゼレーレ　上

わが人生の太陽、
ルイ、マティルド、イゼに

第一部　殺人者

I

うめき声はパイプオルガンのほうから聞こえた。

パイプに反響して教会じゅうにこだまする、虚（うつ）ろで押し殺したような、途切れ途切れの声。リオネル・カスダンは三歩進んで、火を灯した大蠟燭（おおろうそく）のわきに立ち止まり、人気（ひとけ）のない聖歌隊席、大理石の柱、くすんだ木苺色の合皮を張った椅子を見渡した。

「あの上、パイプオルガンのところ」とサルキス神父が言った。そしてくるりとうしろを向き、楽廊に通じる螺旋（らせん）階段をのぼり始めた。サン＝ジャン＝バティスト教会のパイプオルガンは、いっぷう変わっていた。ずらりと並んだミサイル発射台のように、パイプが中央に突き出ているが、鍵盤は右側の隅にあって、オルガンの本体とは直角に位置している。カスダンは青い石の手すりに沿って、赤いカーペットの上を走った。

死体はパイプと鍵盤の譜面台のあいだに挟まれていた。

右脚を折り曲げてうつぶせに倒れ、両手はまるで這い進もうとしているかのように、ぴんと前に伸びている。頭のまわりに黒い小さな血だまりが光り、楽譜や祈禱書があたりに散らばっていた。カスダンは反射的に腕時計に目をやった。午後四時二十二分。

彼は一瞬、この死、この休息を羨ましいと感じた。歳とともに、無に還るのが不安でたまらなくなるだろうと、ずっと思っていた。けれども、実際はまったく逆だった。ここ数年、死に惹かれる気持ちが、胸のうちに抗（あらが）いがたく湧き上がってきた。

ようやく、平和が訪れる。

この体に巣食う悪魔（デーモン）が黙り込むのだ。

血痕を除けば、暴行の痕跡はまったくない。男は心臓発作か上から落ちるかして、死んだのかもしれない。カスダンは床にひざまずいた。死人の顔は、曲げた腕に隠れて見えなかった。

いや、これは殺しだ。彼は心の奥底で、そう感じていた。

被害者の肘は、ペダル鍵盤を押し続けていた。カスダンはパイプオルガンの仕組みなど何ひとつ知らなかったが、ペダルの操作で錫（すず）や鉛のパイプが開き、そこにうめき声が響いて増幅されたらしいと容易に想像がついた。でも、被害者はどうやって殺されたのだろう？　なぜうめき声を発したのか？

カスダンは立ち上がって携帯電話を取り出し、空で覚えているいくつもの番号にかけた。そのたび、相手はカスダンの声に気づいて、「オーケー」と答えた。血が沸き返ってきた。まだおれは死んじゃいない。死んでなどいるものか。

彼はアルフレッド・ヒッチコックの映画『間諜最後の日』を思い出した。午後、暇つぶしにカルチェ・ラタンのアートシアターで観たモノクロ映画のひとつだ。二人のスパイがスイスの小さな教会で、オルガンの前にすわらされた死体を見つける。死体の硬直した指は、不協和音を奏(かな)でていた。

カスダンは手すりに歩み寄り、眼下のホールを眺めた。聖マタイの天使と聖ヨハネの鷲(わし)に囲まれたキリストの絵が、後陣の奥に飾られている。カットグラスのシャンデリア。祭壇の金幕。深紅のカーペット。ヒッチコックの映画と同じ光景だが、こちらはそのアルメニア版といったところだ。

「そこで何をしている?」

カスダンはふり返った。狭い額と太い眉をした見知らぬ男が、階段の下に立っている。薄暗がりに包まれた男は、黒いフェルトペンで描いた風刺漫画のようだった。どうやら怒っているらしい。

カスダンは何も答えず、静かにという合図をした。ひゅうっと空気の鳴る音を、もう少し聞いておきたかった。音はもう、ほとんど感じ取れない。やがてそれが完全に止むと、彼は新来者に歩み寄った。

「リオネル・カスダン。殺人課の主任警部だ」

男の表情が驚きに変わった。

「まだ現役だったんですか?」

たずねるまでもなく、答えはわかっている。今さらカスダンだって、ごまかす気はなかった。

砂色の戦闘服、短く刈った白髪まじりの髪、首に巻いたアラブ兵風のスカーフ。歳はもう六十二になる。現役の警察官というより、チャドかイエメンの砂利道に取り残された傭兵とでもいった見てくれだ。

相手はまるで正反対だった。若くてたくましく、動きは自信に満ちている。引き締まった体につやつやとした緑のボマージャケットを着込み、バギージーンズのベルトにはグロックがこれみよがしに挿してあった。それでも肩幅だけは、二人とも同じだった。百八十五センチを超える牛枝肉が二つ。重さはそれぞれ百キロにもなる。

「近づくんじゃない」とカスダンは言った。「証拠が台無しになる」

「司法警察第一分局のエリック・ヴェルヌ警部です」と相手は答えた。「誰に呼ばれてここに？」

彼は苛立ちを抑え、小声で話した。まるで儀式の邪魔をすまいとしているかのように。

「サルキス神父だ」

「われわれより先に、どうしてあなたに？」

「おれはここの教区の一員だからな」

男が眉をひそめると、それは一本の黒い棒になった。

「このサン＝ジャン＝バティスト教会は、アルメニア使徒教会なんだ」とカスダンは言った。

「おれはアルメニア人でね」

「でも、どうしてこんな早く着いたんです？」

「初めからここにいたからさ。中庭の反対側にある事務室に。サルキス神父は死体を発見すると、真っ先におれを呼びに来た。単にそれだけのことだ」カスダンは両手を広げて見せた。

「おれは車へ手袋を取りに行き、正面扉から戻ってきた。きみと同じようにね」

「何か物音は聞こえませんでしたか？　死体を見つける前に、争ったような物音は？」

「いいや。教会で何が起ころうと、事務室からは聞こえないからな」

ヴェルヌはジャケットのポケットに手を入れ、携帯電話を取り出した。カスダンは、ブレスレットの鎖と印章つき指輪にじっと目をやった。こいつ、絵に描いたようなデカだな。粗野で、鈍重で。そう思ったら、彼は共感が湧き上がってくるのを感じた。

「何してるんだ？」とカスダンはたずねた。

「検事局に連絡を」

「もうすませた」

「なんですって？」

「おれのチームにも連絡した」

「あなたのチーム？」

ほどなくグジョン通りから、サイレンの音が聞こえてきた。そしてたちまち教会の身廊は、白いつなぎ服を着た鑑識課員でいっぱいになった。クロムメッキした道具箱を手に、楽廊へのぼっていく者もいる。防御マスクの下で満面の笑みを浮かべているのはユーグ・ピュイフェラ、鑑識課の責任者のひとりだ。

「カスダン……あなたもタフな人だな」

「死体はまだほやほやだ」カスダンは笑って言った。「ひととおり、調べてみてくれ」

「お安い御用です」

ヴェルヌは鑑識課員と元警官のあいだに、視線を行ったり来たりさせた。呆気に取られているらしい。

「下に下りよう」とカスダンは言った。「みんなが上がってくるには、狭すぎるからな」

彼は答えを待たず階段に向かい、身廊に戻った。鑑識課員たちは早くも密封用のビニール袋を手に、椅子のあいだで指紋採取を始めている。ストロボの閃光が教会の四隅で輝いた。

サルキス神父が後陣の右側にあらわれた。白いカラー、黒っぽい服。シャルル・アズナヴールのように黒い眉と白髪まじりの髪をしている。カスダンのそばまで来ると、神父は小声で言った。

「信じられません。どうしてこんなことに」

「何も盗まれてないんですか？　間違いない？」

「ここには盗むものなんてありません」

神父の話は、嘘ではなかった。アルメニア使徒教会では偶像崇拝を禁じているので、彫像はひとつもないし、絵画もほとんどない。オイルランプと金箔を張った高座を除けば、この教会に目ぼしいものは何もなかった。

カスダンは黙って神父を見つめた。老人はじっと耐えている。その黒い瞳を覆う諦観の表情は、彼の民族が生きた二千年にわたる迫害の歴史と無縁ではないだろう。彼自身、亡命生活を送り、家族は大虐殺で命を奪われた。なのに虐殺に手を染めた者たちは、罪を告白をしようともしない。

カスダンはふり返った。ヴェルヌが数メートル向こうでうしろ向きになり、携帯電話で何か話している。

彼は近寄り、耳を澄ました。

「わかりませんよ、彼がここで何をしているかなんて……ええ……どういう綴りかって？　さあね。くるみ割り（カス＝ノワ）のカスじゃないですか」

カスダンはヴェルヌの背後でぷっと吹き出した。

「いや、玉つぶし（カス＝クーユ）のカスさ」

2

一枚目の絵は西暦四五一年、アルメニア軍がペルシャに蜂起したアヴァライルの戦いの指導者たちを描いていた。二枚目はアルメニア文字を創った聖メスロブ・マシュトツの肖像画だった。三枚目は、一九一五年の大虐殺で収容所に送られ殺された著名な知識人たちに捧げられていた。

エリック・ヴェルヌは、中庭の壁に描かれたこれらひげ面の人物たちをまじまじと眺めた。まわりでは、二十人ほどの子供たちが鬼ごっこをしている。彼はまるで火星に降り立ったかのように、途方に暮れた顔をしていた。

「今日は水曜日なので、教理の授業が終わったところなんです」とサルキス神父は説明した。「ほとんどの子供たちが聖歌隊に参加しているので、いつもなら練習がとっくに始まっているんですが。ご父兄がもうすぐ迎えに来るはずです。すでに連絡はしてありますから。それまでは、ここで遊ばせておいてもいいでしょう?」

司法警察第一分局の警部は自信なげにうなずき、フレスコ画の隣の壁に掛かっている凝灰岩の大きな十字架を見上げた。

「あなたがたは、その……カトリックなんですか?」

カスダンは背徳のニュアンスを込め答えた。

「いいや。アルメニア使徒教会は東方諸教会に属している」

ヴェルヌは目を丸くした。

「歴史的には」とカスダンは、子供たちの歓声に負けないよう声を張り上げて続けた。「アルメニア使徒教会はもっとも古いキリスト教の教会なんだ。早くも紀元一世紀に、キリストの二人の使徒によってわれわれの地に創設された。その後、ほかのキリスト教宗派と、少なからぬ対立が続いた。公会議やら、論争やら……例えば、われわれは単性論者だと言われている」

「単……性?」

「われわれにとって、イエス・キリストは人間ではない。イエスは神の息子、つまりは紛れもなく神的な存在なんだ」

ヴェルヌが黙っているので、カスダンはにやりとした。アルメニア世界がもたらすショックを目の当たりにするのは、いつものことながら愉快だった。その戒律、その信仰、その差異。ヴェルヌは不機嫌そうに手帳を取り出した。説教を聞かされるのはうんざりだ。

「ところで、被害者の名は……」彼は手帳を読んだ。「ウィルヘルム・ゴーツで間違いないですね?」

サルキス神父は腕組みをしたままうなずいた。

「これはアルメニア人の名前ですか?」

「いいえ、彼はチリ人です」

「チリ人?」

「ウィルヘルムはわたくしどものコミュニティの一員ではないんです。三年前、教会のオルガン奏者が帰国してしまい、後任を探していました。聖歌隊の指導もできる者を。そうしたら、オルガン奏者で音楽理論にも通じているゴーツの名が上がりまして。彼はすでにパリで、多くの聖歌隊の指導をしていました」

「ゴーツねえ……」とヴェルヌは、いぶかしげな口調で繰り返した。「チリ人風の名前でもなさそうだが……」

「もともとはドイツ人なんだ」とカスダンが口を挟んだ。「チリ人の多くはドイツ系だから」

警部は眉をひそめた。

「ナチってことですか？」

「いいえ」とサルキス神父は笑って答えた。「ゴーツの一家は、たしか二十世紀の初頭にチリに移住したとか」

ヴェルヌはフェルトペンで手帳をとんとんとたたいた。

「まだよくわからないのですが、チリ人とアルメニア人のあいだに、どんな共通点があるんですか？」

「音楽ですよ」とサルキス神父は答えた。

「音楽、それに亡命」とカスダンはつけ加えた。「われわれアルメニア人には、亡命者のことがよくわかる。ウィルヘルムは社会主義者で、ピノチェト体制下で弾圧を受けた。われわれのなかに、新たな家族を見出したんだ」

ヴェルヌはまたメモを取った。面倒な事件になりそうだが、彼は捜査に食指が動いている、とカスダンは感じた。

「パリに家族は？」

「妻子はいなかったはずです……」サルキス神父は考えているそぶりをした。「ウィルヘルムは控えめな男で、自分のことはあまり話しませんでした」

カスダンは心のなかで、ウィルヘルムの人物像を描こうとした。月に二回、日曜日にミサでオルガンを弾き、毎週水曜日には聖歌隊の指導をする。教会の執行部に友人はいない。六十過ぎで、痩せぎすで、影の薄い男。悲惨な過去に打ちひしがれ、人目を避けて歩く亡霊。

カスダンはヴェルヌの質問に注意を凝らした。

「被害者に恨みを持っていた者は？」

「いいえ、思いあたりません」とサルキス神父は答えた。

「政治問題絡みでは？　かつてチリで敵対していた相手とか？」

「ピノチェトのクーデターは一九七三年です。ゴーツは八〇年代にフランスへやって来ました。何かあったとしても、とっくに時効でしょう。それにチリは何年も前から、軍事政権でなくなっていますし。ピノチェトも、ついこのあいだ死にました。すべて昔の話ですよ」

ヴェルヌはあいかわらずメモを続けた。彼が事件の担当になる可能性はどれくらいあるか、カスダンは考えてみた。普通なら殺人課にまわされる事件だが、ヴェルヌが検事を説得できれば話は別だ。すでに確固たる手がかりをつかんでいるので、早期解決を見込めると言えば、検事も考えなおすだろう。カスダンは後者の可能性に賭けることにした。いずれにせよ、そのほうが具合がいい。殺人課の元同僚たちより、この男のほうが扱いやすそうだ。

「どうして被害者はここにいたんですか？」と警部は続けた。「つまり、どうしてひとりで教会に？」

「毎週水曜日は、少し早めに来て」とサルキス神父は説明した。「オルガンを弾きながら子供たちを待っていました。いつもその時間に、わたしも挨拶に行ってました。今日もそうしたんです」

「正確な時刻は？」

「午後四時十五分です。上でゴーッが死んでいるのに気づき、すぐさまリオネルに知らせました。元警察官ですから。本人からも聞いているはずです。それから、あなたがたに電話しました」

そういうことか、とカスダンは思った。サルキス神父が死体を見つけたとき、犯人はまだ楽廊にいたのだろう。神父がおれを呼びに行っているあいだに逃げたのだ。あと何十秒か早ければ、石の階段ですれ違っていたかもしれない。

ヴェルヌはカスダンをふり返った。

「で、あなたは事務室で何をしてたんです？」

「教区に関連した団体の運営も、いくつか引き受けているんでね。来年に向けて、イベントの準備をしてたんだ。二〇〇七年はフランスにおけるアルメニア年だから」

「どんなイベントを？」

「今のところ、来年の二月にオペラ・ガルニエで行なうシャルル・アズナヴールのチャリティー特別公演に、フランス語を学んでいるアルメニア人の子供たちを招待するつもりだ。《子供大使》と名づけて……」

そのとき携帯電話が鳴った。

「ちょっと失礼」

カスダンは離れて電話に出た。

「もしもし」

「マンデズだ」

「どこにいる?」

「決まってるだろ」

「今、行く」

カスダンは、サルキス神父とヴェルヌにもう一度断わってから、身廊に続く小さな扉を抜けた。リカルド・マンデズは法医学研究所(IML)でもっとも優秀な検死医のひとりで、キューバ出身の古参兵だ。殺人課ではみんな、《マンデズ＝フランス》と呼んでいる(マンデス＝フランスは第一次インドシナ戦争終結に尽力したフランスの政治家)。

カスダンが蠟燭に照らされた正面口まで来たとき、検死医が階段を下りてきた。二人はむすっとしたまま会釈を交わした。

「何かわかったか?　死因は?」

「見当もつかん」

マンデズはずんぐりした体をベージュのレインコートで包み、憮然としていた。顔色は葉巻を、髪の色はその灰を思わせる。いつでも古い通学鞄のような古い鞄を小脇に抱えている姿は、あわてて授業に駆けつける教師のようだ。

「傷は見当たらないのか?」

「今のところ、何もなしだ。検死解剖を待たないと。ただ、一見して目立った外傷はない。衣服も破れていないし」

「出血は?」

「血は出てるのに、傷がないんだ」

「ということは?」

「思うに、どこか体の穴から出血したんだろう。口か鼻、耳とか。あるいは、髪に覆われた皮膚からかもしれない。そういうところは、出血が激しいからな。ざっと見た限りでは、何も気づかなかったが」

「自然死の可能性は? つまり、病死とか、発作とか」

「心配するな」とマンデズは言って、にやりと笑った。「こいつは殺しだ。その点は間違いない。だが、どうやって殺したのかを突きとめるには、詳しく調べてみないと。今夜には、もっとはっきりしたことがわかるだろう」

マンデズの話し方には、わずかに訛りがあった。そのせいで、スペインのオペレッタから抜け出てきたような感じがした。

「それまで待ってられないな」とカスダンは言った。「あと数時間で、事件はおれの手を離れる。わかってるだろ」

「ああ、そうだったな。そもそも、どうしてあんたとこうして話してるんだか……」

「ここはおれの縄張りだから、わが父たちの教会を汚した悪党がいるからさ」

「遺体が法医学研究所に送られたら、もうあんたの縄張りじゃないぞ。あんたは引退したあともあれこれたずねまわってみんなをうんざりさせる、元警官にすぎない」

「おれをチクる気か?」

「あとで電話してくれ。だが検死報告書のコピーまでは、期待せんでくれよ。ひとつ、二つ教えてやるくらいはいいが、それ以上はなしだ」

検死医は人差し指をこめかみにあててカーボーイ風の挨拶をすると、鞄を抱えて出ていった。

カスダンは投光器の光に照らされた身廊を眺めた。四つのアーチが部屋を囲み、天蓋の下には聖母マリアの肖像画が飾られている。彼は毎週日曜日、讃美歌と香に満ちた、二時間以上にわたるミサに参加した。この場所は彼にとって、いつも変わらない暖かみと連帯をもたらす第二の衣服のようなものだった。声。慣れ親しんだ顔。体の底に流れているアルメニアの血。

階段を数段、のぼり始めると、今度はユーグ・ピュイフェラが下りてきて、かぶっていたフードをさっとはずした。何か見つけたらしい、とひと目でわかった。

「靴の跡がありました」と鑑識課員は言った。「飛び散った血のあいだ、オルガンのパイプの裏に」

「犯人のものか?」

「目撃者でしょう。サイズが三十六でしたから。犯人のものだとしたら、そうとう小柄な人物ということになる。思うに、聖歌隊の少年のひとりじゃないですか。だとしたら、すべてを見ていたかも」

中庭で遊ぶ子供たちのざわめきが、カスダンの脳裏にまざまざとよみがえった。彼は場面を想像してみた。少年のひとりがゴーツに会いに、階段をのぼっていく。そしてオルガン奏者と犯人が対峙(たいじ)しているところに出くわす。少年はパイプの裏に隠れ、また下に下りるが、ショックのあまり何も言えない。

カスダンは携帯電話を出して、聖具室係のオーヴァネスにかけた。

「カスダンだが、子供たちはまだそこにいるか?」

「帰り支度をしている者もたくさんいます。父兄が着いたので」

「予定変更だ。おれがみんなに話を聞くから、それまでひとりも帰すな。いいか、ひとりもだぞ」

彼は電話を切り、ピュイフェラの目をじっと見つめた。

「もう少し手を貸してくれるか?」

「いいですよ」

「すまん。司法警察第一分局のヴェルヌには黙っておいてくれ。今すぐはってことだ」

「どのみち、報告書を書きますがね」

「それはかまわない。だがやつに報告書を出すまでは、足跡のことを知られたくないんだ。そうすりゃ、二、三時間こっちが先を越せる。いいかな?」

「わかりました。でも今夜じゅうには、報告することになりますよ」

3

「名前は？」

「バンジャマン。バンジャマン・ザルマニアン」

「歳はいくつ？」

「十二歳です」

「どこに住んでるの？」

「十五区のコメルス通り八十四番」

　カスダンは証言をメモした。ピュイフェラに詳しく聞いたところによると、足跡はコンバースのスニーカーらしい。鑑識課員は「ぼくも同じのをはいてますよ」とつけ加えた。カスダンはその靴をはいている少年を探すよう、オーヴァネスに言った。聖具室係は七人の少年を連れてきた。みんな二色のスニーカーをはいている。どうやらこれが二〇〇六年冬のモデルなのだろう。

「学年は？」

「中学二年」

「どこの学校？」

「ヴィクトール＝デュリュイ」

「聖歌隊で歌ってるんだね？」

少年は小さくうなずいた。話を聞くのは、これで三人目だったが、そのたび返ってくるのはとぎれとぎれの、そっけない答えだけだった。カスダンとて、向こうからすらすらと証言するとは期待していなかった。しかし犯行現場を目撃したのなら、何か怯えているような、心の傷が感知できるのではないかと思っていた。けれども今のところ、そんな様子はまったく見て取れない。

「声域は？」

「セイイキって？」

「聖歌隊でのパートだよ」

「ソプラノです」

カスダンはそれもメモ帳に書き加えた。殺人事件とは関係ないだろうが、今の段階では、どんな細かいこともメモしておいたほうがいい。

「今、練習していたのは？」

「クリスマスに歌う歌です」

「どんな歌？」

「『アヴェ・マリア』」

「アルメニアの歌じゃないぞ」

「はい、シューベルトだったかな」

サルキス神父はこうした逸脱を認めざるを得なかった。もちろん、忸怩たるものはあった。すべては消えゆくか。

「歌のほかに、何か楽器もやっているのかい?」

「ピアノを」

「ピアノは好きかな?」

「いいえ、あんまり」

「じゃあ、好きなものは?」

少年はまた肩をすくめた。聞き取りは事務所の下のキッチンで行われた。ほかの子供たちは、隣の図書室で待っている。次にカスダンは、出来事を時系列順に確認した。

「教理の勉強のあと、どこへ行ったのかな?」

「中庭で遊びました」

「何をして?」

「サッカーです。ボールはひとつだけなので、ほかのみんなといっしょに」

「教会のなかには入らなかった?」

「入りません」

「ゴーツさんに会いに、楽廊に上がっていかなかった?」

「はい」

「間違いないね？」

「ぼくはそんなゴマスリじゃないです」

少年は歳のわりには妙に重々しい、耳ざわりな声でそう言った。白いシャツ、ジャカード編みのセーター、コーデュロイのズボンという服装で、ほかの少年たちより頭ひとつ分背が低い。おまけに分厚い眼鏡をかけているとあって、いかにも《ママっ子》という感じだ。しかし彼のなかには、そんなイメージを打ち壊そうとする意志、内にこもった反抗心が感じられた。少年は肌がむずむずするかのように、セーターのなかで絶えず体を揺すっていた。

「靴のサイズは？」

「よくわからないけど、三十六だったかな」

もっと別の手順で行くべきだったかもしれない。少年たちがはいているコンバースをすべて回収して、ひとつひとつ番号をふって科学捜査研究室に送って分析してもらうとか。けれども、それでうまくいくとは限らない。目撃者の少年は恐怖に駆られて、靴を洗ってしまったかもしれない。そもそもそんな手順を取る権限は、カスダンになかった。

「オーケー、もう行っていいよ」と彼は言った。

少年が立ち去ると、カスダンはリストにさっと目をやった。一人目のブリアン・ザロシアンはいちばんよくしゃべった。九歳の小柄で、おとなしそうな少年だ。カスダンは聞き取りをしている途中で、メモ帳の下に違う（ノン）と書き込んだ。二人目はクヴァン・ダヴティアン、十一歳。こいつはなかなかしぶとかった。ずんぐりした体つきで額が広く、短い黒髪はほとんど剃り上げているかと思うほどだった。カスダンの質問には、アーとかウーとかしか答えない。けれども動揺している気配はまったくなかった。やはり違う（ノン）。

ノックの音がした。四人目の少年が入ってくる。ほっそりした体形で、髪はぼさぼさだ。きつそうな黒いパーカーを着て、白いシャツの襟は二枚の青白い翼を広げたように、肩の下まで垂れ下がっていた。ロックバンドのリーダーとでもいう感じだ。

ダヴィド・シモニアン、十二歳。住所は六区のアサス通り二十七番。モンテーニュ中学校の二年生。パートはアルト、靴のサイズは三十七。

「婦人科医のピエール・シモニアンさんの息子だね？」

「そうです」

カスダンは少年の父親を知っていた。たしか、十四区のラスパイユ大通りで開業しているはずだ。カスダンは父親の近況を少したずねたあと、黙って少年の様子を横目でうかがった。恐怖の色が少しでも残っていないか、またしても探りを入れてみたものの、成果なしだった。

そこでカスダンは、別な方向から攻めることにした。

「ゴーツさんはいい人だったかな？」

「ええ」

「厳しかった？」

「そうですね。なんだかゴーツさんは……」そこで少年は少し考えた。「楽譜どおりの人って感じでした」

「どういうこと?」

「ロボットみたいに話すんです。『そのままの音で』とか、『声の出し方に気をつけて』とか、『音を区切って』とか……それから、ぼくたちに点数もつけてました」

「点数?」

「歌の点数、見栄え(みば)えの点数、行儀の点数……コンサートが終わるごとに、みんなを採点してました。誰も気にしちゃいなかったけれど」

ゴーツがひとりあれこれこだわって子供たちを指導するさまを、カスダンは想像した。そんな無害で悲しい男を、どうして殺したのだろう?

「合唱のこと以外に、彼は何か話を?」

「いいえ」

「生まれ故郷のチリについてとか?」

「いいえ、まったく」

「チリがどこにあるかは知ってるかな?」

「あまりよくわかりません。地理の授業は、ヨーロッパのことばかりなので」

「さっきまで、中庭で遊んでいたね?」

「はい。水曜日はいつも、教理の授業のあとそうしてます」

「何かおかしなことはなかったかい?」

「おかしなって?」

「友達のなかに、怯えている様子の子がいたとか？　誰も泣いてなかった？」

少年はびっくりしたような目でカスダンを見返した。

「オーケー、それじゃあ次の者」

カスダンは冷蔵庫の上の壁にかかった十字架を、じっと見つめた。ステンレスの流しと蛇口も見つめた。喉がからからだったけれど、水を飲む気になれなかった。気を緩めてはいけない。緊張を保たねば。少年のうちのひとりが犯人を目撃したはずだ、とカスダンは心の内で繰り返した。さあ、しっかりしろ。目撃証人がいるなら、なんとしてでも見つけ出すんだ……。

ドアがあいて、五人目の少年があらわれた。子供ながらに、なかなかお洒落（しゃれ）だった。黒い髪をわざと乱して、目の上にぱらりとたらしている。色の薄い、ほとんど乳白色の目の上に。リュックサックには石でもつまっているかのようだ。少年は迷彩柄のジャケットを着た背中を丸め、小さな平たい箱を操作していた。コンピュータゲーム機だろうか。カスダンはちらりと目をやり、軽いめまいに襲われた。携帯電話、インターネット、MSN……画像や音、わけのわからない象形文字（ヒエログリフ）であふれたダウンロード世代か。

カスダンは質問を始めた。アル・ザシャリアン、十歳。十八区、オルドネール通り七十二番。カヴェ通りにある小学校の五年生。パートはソプラノ、靴のサイズは三十六。少年はゲームをやめようとしなかった。苛（いら）ついているが、それだけのことだ。カスダンはいくつか遠まわしな質問をしてみたが、淡々とした答えが返ってくるばかりだった。**次の者。**

エラ・カレイヤン、十一歳。ラ・ブリュイエール通り三十四番。コンドルセ中学校一年生。

サイズ三十六。特記事項、ヴァイオリンと柔道を習っている。おしゃべり。毎週水曜日は合唱練習のあと柔道の練習に行っているが、今日はこんなことがあったので休んだという。この分じゃ、橙帯はとれそうもない。**次の者**。

ティモテ・アヴディキアン、十三歳。カスダンは少年の靴をひと目見ただけで、目撃者ではないとわかった。馬鹿でかいな。少なくとも三十九はありそうだ。それでも彼は、ほんの形だけ質問をした。バニョレ、サディ＝カルノ通り四十五番。中学三年。バス。今、熱中しているのはギター。けたたましい音をたてるエレキギターだ。元警察官は少年をまじまじと見つめた。こわそうな髪、丸眼鏡。《スーパーギタリスト》というより、真面目な優等生タイプだ。

午後四時から四時半のあいだティモテはずっと中庭にいて、ガールフレンドと携帯電話で話していた。カスダンは最後にもう一度、眼鏡の少年に目をやった。隠しごとをしている様子はない。

「もう行っていいよ」と彼は言った。

キッチンのドアが沈黙と、十字架をなかに残して閉じられた。

カスダンはリストを眺めた。成果なしか。

何か手がかりが得られるはずだと、期待をかけていたのに。

午後七時三十分。

カスダンは立ち上がった。次の計画はすでに立ててある。

けれども、まずはアルフォールヴィルに寄って、食べ物を仕入れなければ。

4

法医学研究所の正面ホールには、歴代所長の大理石の胸像が並んでいた。オルフィラ（一八一九―二二）。タルディウ（一八六一―七九）。ブルアルデル（一八七九―一九〇六）。トワノ（一九〇六―一八）……。

「まったく、しつこいやつだな」

カスダンがふり返ると、グリーンの作業服を着て《法医学研究所(IML)》のバッジカードを首にかけたリカルド・マンデズが、ちょうど出てきたところだった。さすがにその格好なら、スペインのオペレッタから『ER 緊急救命室』の登場人物に大変身だ。それでも浅黒い顔色は、こんがり日焼けしたカリブ人の魅力を保っている。

カスダンはウィンクして胸像を目で示した。

「きみもいずれあそこに仲間入りするんだろ？」

「あんたにゃうんざりさせられる。電話するって言ったのに」

カスダンは片方の手に持ったワインのボトルと、もう片方の手に持ったレジ袋を掲げた。

「ひと休みしなくちゃ。顔にもそう書いてあるぞ。夕飯(ゆうめし)を持ってきた」

「時間がないんだ。仕事がつまっててな」

カスダンはガラスの向こうに見える、夕闇に包まれた庭を指さした。

「外でピクニックと洒落込もうぜ、リカルド。食って飲んだら、さっさと退散するから」

「ほんとにしつこいやつだ」マンデズは手袋をはずして、ポケットに突っ込んだ。「五分だけだぞ。それ以上は、一分だってだめだ」

一九九〇年代から、法医学研究所所長ドミニク・ルコント教授の主導により、死体安置所（モルグ）の中庭は花壇が整備された庭園に生まれ変わった。柘植（つげ）や鈴蘭、黄水仙、リラが点々とする瞑想の場所だ。左側には柳の木が一本、中央の噴水に向かい合うように立っている。噴水の水は出ていないが、丸い澄んだ池は気持ちよかった。右側のファサードには壁画まであった。半ば消えかかった女たちが煉瓦のアーチの奥でもの憂げなポーズを取り、静かにたたずんでいる。

六十代の男二人は、どこかの公園からくすねてきたみたいなベンチに腰かけた。カスダンはアルミホイルの小さな包みを取り出し、そのうちひとつを慎重に開きながら小声で言った。

「パフラヴァス。蜂蜜とクルミがつまったクレープだ」

「臭いがきついな。脇の下で丸めたんじゃないか」マンデズはくすくす笑った。

「まあ、食べてみろよ」カスダンは紙ナプキンを差し出しながら言った。「話はそのあとだ」

検死医は三角形にカットしたクレープをひとつつかんで、かぶりついた。カスダンも同じようにした。二人は黙ってもぐもぐと食べ続けた。死体安置所（モルグ）の裏を通る高速道路の車の音が、遠くから聞こえてくる。それにときおり、高架を走る地下鉄の音も。

「ニュースを見たか？」カスダンは話の接ぎ穂にそう言った。「下院じゃ事態はおれたちに有利に動いている。法案の審議をしているので……」

「言っとくが」とマンデズは、口いっぱいに頬ばったまま答えた。「アルメニア人大虐殺の話でもおっぱじめようっていうなら、さっさと塀を飛び越え、高速道路に身投げするほうがましだぞ」

「一本取られたな。自戒しなくては。ついつい、くだらないことを口走っちまう」

「あんたの話はいつだって、くだらないことばかりだ」

カスダンは笑ってまたレジ袋のなかを探り、プラスティックのコップを二つ取り出して、白っぽいどろりとした液体を注いだ。

「マズーン。ヨーグルト・ベースの飲み物だ」と彼は説明した。「ヨーグルトを発明したのはアルメニア人だって、知ってたか?」

二人は乾杯し、マンデズはクレープをもうひとつつかんだ。

「なかなかいけるじゃないか。自分で作ったのか?」

「いや、女友達だ。アルフォールヴィルに住んでる後家さんさ」

「やるじゃないか」

「親切なのさ」

高架を走る地下鉄の音が、二人の頭上に響いた。

「後家さんか……」とマンデズはもの思わしげな口調で繰り返した。「おれもいっちょうがんばってみるかな。仕事柄、知り合う機会は山ほどあるからな」

カスダンはまた二人のコップを満たし、笑いながら掲げた。

「男の死亡率に乾杯！」

彼らは飲んで、また黙り込んだ。羽飾りみたいな白い息を、口からはあはあと吐き出している。カスダンはコップを置いて、腕組みをした。

「近々、旅に出ようかと思ってる」

「どこへ？」

「祖国へさ。今度は大旅行になるだろう」

「大旅行？」

「なあおい、おれの話をもっとよく聞いてりゃ、アルメニアがこっぴどく切り刻まれ、侵食されたってことはわかってるだろうに。歴史的にアルメニアだった三十五万平方メートルの国土のうち、今残っているのは十分の一のちっぽけな国だけだ」

「あとはどこへ行っちまったんだ？」

「おもにトルコだな。アナトリア地域の国境を超えるときは、変名を使わねば」

「名前を変えるって、どうして？」

「《アン》で終わる名前のままトルコに入ったら、いろいろ面倒だからさ。さらにアララト山まで行こうと思ったら、軍隊のお供は避けられない。もう戻ってこれないと覚悟しなくては」

「向こうで何をするつもりなんだ？」

「世界で最初の教会を、じっくり眺めたくてな。キリスト教徒がローマの円形競技場で猛獣に食われていたころ、われわれアルメニア人はもう教会を建ててたんだぞ。五世紀から作られ始めた宗教施設の跡を見て歩くつもりだ。殉教者の遺骨を収めるための聖堂《マルチュリア》や、断崖に穿った礼拝堂を……それから七世紀、黄金時代の大聖堂も訪れよう。もう道順まで決めてある」

マンデズはまたひとつクレープを取った。

「本当にうまいな、これは」

カスダンはにっこりした。食べ物が効果を発揮するだろうと期待していた。蜂蜜、クルミ、砂糖。これらの成分がマンデズの血液に行きわたるころには、やつの抵抗心もあえなく崩れ去っているはずだ。検死医はあいかわらずもぐもぐと食べまくっている。逆に自分のほうがクレープに食われているとも知らずに。

「ところで」とようやくカスダンは切り出した。「被害者の死体から、何かわかったか？」

「死因は心不全」

「あれは他殺だって、断言したじゃないか」

「まあ、最後まで聞け。激痛によって引き起こされた心不全なんだ」

カスダンはパイプオルガンに反響した叫び声を思い出した。

「正確に言うなら、鼓膜の痛みだ。血は耳から出たものだった」

「ゴーッは鼓膜を破られたと？」

「ああ、鼓膜も、耳の残りの気管もな。耳鼻咽喉科の専門医に来てもらい、すべて確かめた。

どうやら犯人は、両方の耳に細い棒状のものの先を力一杯突っ込んだらしい。『力一杯』と言ったのには、れっきとしたわけがある。本当なら、編み針とハンマーを使ってと言いたいくらいなんだが」

「詳しく説明してくれ」

「耳鏡でなかを調べたところ、凶器の先端は鼓膜を突き破り、耳小骨を破壊して渦巻管にまで達していた。そこまでするには、かなり思いきって力を込めねばならない。ガイシャのチリ人は、ひとたまりもなかったろう。心臓は一瞬で止まったはずだ」

「それほどの痛みなのか？」

「耳炎にかかったことがあるだろ？　聴覚器官には神経分枝が集まっているんだ」

カスダンは四十年にわたる警官生活でも、こんな話を聞くのは初めてだった。

「激痛のあまり死ぬなんて、あり得るのか？　俗信みたいなものでは？」

「細かく説明するのは難しいんだが、ひとには交感神経系と副交感神経系という、二つの神経系があってな。われわれの生命機能はすべて、それら二つのバランスに依存している。心臓の鼓動、血圧、呼吸。激しいストレスは神経系のバランスを崩し、身体のメカニズムに決定的な影響を及ぼす。例えば血を見て気絶するっていうのは、そういうことなんだ。感情的なショックが二つの神経系のあいだにアンバランスを生じさせ、血管の拡張を引き起こすわけだ。するとたちまち気絶してしまう」

「今、問題になっているのは、単なる気絶とはわけが違うぞ」

「ああ。ストレスは極度に激しかった。バランスはいっきに破られ、心臓がいかれちまった。犯人は痛みによって、被害者を殺そうとした。それが犯行の目的だったんだ。そんな目に遭わされるなんて、ゴーツはいったい何をしたんだろうな?」

「凶器について、手がかりは?」

「針みたいなものだろう。おそらく金属製の、とても長くてとても丈夫な針だ。明日になれば、もっと詳しくわかるはずだ」

「分析を待っているのか?」

「ああ、渦巻管が入っている側頭骨岩様部の骨を採取して、アンリ=モンドール病院の生物物理学研究所に送った。凶器の先端が骨とこすれたときの、金属粒子が見つかるだろう」

「きみが分析結果を受け取るのか?」

「まずは耳鼻咽喉科の専門医のところに届く」

「名前は?」

「忘れた。あんたのことだ、明朝、早々に押しかけて、煩(うるさ)がらせるだろうからな」

「名前を言え、マンデズ」

リカルドはため息をついて、ポケットから細巻きの葉巻を出した。

「フランス・オーデュソン。トルソー病院耳鼻咽喉科だ」

カスダンは手帳に名前をメモした。何年も前から、記憶力が衰え始めていた。

「薬物の分析は?」

「結果は二日後だ。だが、何も出ないだろう。事件は明白だ、カスダン。ありふれた事件とは言えないが、不明なところはない」

「犯人について、手がかりになるようなことは？」

「力が強くて敏捷だ。被害者が倒れ込む前に、両方の鼓膜を突き刺したんだからな。ブスッ、ブスッとね。手際は素早く、正確だ」

「解剖学の知識はあったろうか？」

「そうとは限らないが、器用な人物だろう。狙いは正確だ」

「身長や体重は推測できるか？」

「そのあたりは、何もわからない。力が強いってこと以外はね。繰り返すが、骨を突き抜けるにはとてつもない力が要る。さもなきゃ、われわれには想像もつかないテクニックを使ったかだ」

「死体のどこかに、指紋は残っていなかったか？　例えば、耳たぶとか？　DNA鑑定ができるような、唾液か何かが付着してたとか？」

「何もなしだ。犯人は被害者に触れていない。凶器の先端が、唯一の接点だな」

カスダンは立ち上がり、検死医の肩に手を置いた。

「すまんな、マンデズ」

「かまわんさ。ついでにひとつ、忠告してやろう。事件のことは忘れろ。もうそんな歳じゃない。殺人課の後輩連中が、きっちり捜査してくれる。二日もしないうちに、こんなことした悪党の正体を突きとめるだろう。だからあんたは旅行の準備でもして、もうこれ以上、誰にも迷惑をかけるんじゃない」

カスダンはふっと白い息を吐いてから、小声で言った。

「犯人はおれのテリトリーを冒瀆した。だからおれが見つける。おれは教会の守護者なんだ」

「あんたはくそ野郎の王様さ」

カスダンは検死医に取っておきの笑顔を向けた。

「残りのクレープはやるよ」

5

ウィルヘルム・ゴーツはモンスリ公園前の、ガザン通り十五―十七番に住んでいた。

カスダンはオーステルリッツ橋からセーヌ川を渡り、オピタル大通りを抜けてイタリア広場まで行った。そこから地下鉄の高架線沿いにオーギュスト＝ブランキ大通りを進み、ダンフェール＝ロシュロー広場からルネ＝コティ大通りに入った。幹線道路のとっつきに位置するモンスリ公園のゆったりとした静けさが、早くも感じられる。

カスダンは公園まで来ると左に曲がり、目的地から三百メートルほど離れたレイユ大通りに車を停めた。いちおう、用心に越したことはない。

ここまで来るあいだ、カスダンは少年たちのことで犯した失敗を反芻していた。好機に飛びついたものの、成果はなしだった。下手に聞き取り調査を始めたばっかりに、取り返しのつかない無駄をした。子供たちからはもう、何も聞き出せないだろう。ドジもいいところだ。

「もうそんな歳じゃない」とマンデズは言っていた。たぶん、そのとおりなんだろう。けれどもカスダンは、殺人犯をみすみす見逃すなんてできなかった。暴力がおれを追って巣穴の奥まで入り込んできたのは、何か意味があるんだ。おれはこの事件を解決しなければならない。そのあとはおさらばするだけだ。大旅行。初期の教会。石の十字架。起源を示す石碑。

カスダンは大通りに人気がないのを確かめると、ルームランプを灯した。ウィルヘルム・ゴーツがオルガン奏者として雇われたときに自分で記入した調査カードを失敬しておいた。たいしたことは書いてない。一九四二年、チリのバルディビア生まれ。独身。一九八七年からパリ在住。

さいわいサルキス神父が直接面談し、カードの下に鉛筆書きでメモを取っていた。ゴーツは一九六四年まで、バルパライソで音楽教育を受けた。ピアノ、オルガン、和声楽、作曲。そのあとサンチアゴに移り、そこで中央音楽学校のピアノ教師になった。当時、国を揺るがしていた政治の世界にも首を突っ込み、権力の地位に昇りつめるサルバドール・アジェンデと行動を共にした。一九七三年、ピノチェトのクーデターが勃発し、ゴーツは逮捕されて尋問を受ける。その後のことはわからない。そして一九八七年、ゴーツは政治亡命者としてフランスにあらわれる。

ゴーツは二十年のあいだにいくつもの教会でオルガン奏者の職を得て、聖歌隊の指揮もするなど、パリでの生活基盤を作った。それに加えて、ピアノの個人教師もしている。特別楽しい暮らしではないが、首都で糊口をしのぎ、古きよき民主主義の恩恵を味わうには充分だろう。ウィルヘルム・ゴーツは移民なら誰でも望む夢を叶えたのだ。人々のなかに溶け込みたいという夢を。

カスダンはゴーツに抱いていたイメージを、脳裏によみがえらせた。赤ら顔、白髪。ぼさぼさの髪の毛は、雌羊の毛並みみたいにカールしている。ほかに、目立った特徴はない。太い眉の下に隠れた目。おどおどとした視線。カスダンはいつも彼を警戒していた。よそ者に、非アルメニア人に……。

カスダンはそんな人種差別主義者のような、みみっちい気持ちを追い払おうとした。あの男が死んだからといって、自分がほとんど同情を感じていないことを思い知らされた。おれは無関心だってことか？　あるいはいちいち反応するには、単に歳を取りすぎたのか。あんな仕事をしていると、面の皮が厚くなり続ける。とりわけ殺人課で過ごした最後の数年間は、冷たくなった死体とおぞましい出来事が、日常茶飯事だった。

ルームランプを消し、グローブボックスからペンライトと外科手術用ゴム手袋、小さく切ったレントゲン写真のネガフィルムを取り出し、車を降りた。ドアに鍵をかけ、ついでに車体を点検する。小さな鳥の糞を丹念にそぎ落とし、彼は満足げに車を眺めた。五年間、大事に乗ってきたボルボのステーションワゴン。退職のときに買ったものだ。まだ、傷ひとつない。

公園の鉄柵に沿って、レイユ大通りをガザン通りに向って歩いた。ちょうど十四区との境で、このあたり特有の雰囲気を彼は胸に吸い込んだ。静かで、落ち着いた雰囲気。ジュールダン大通りの喧騒が遠くから聞こえてこなければ、どこかの田舎町にいるような気分になれただろう。十二月二十日だというのに、空気は妙に生暖かった。二〇〇六年の冬、誰もが不安を感じていた。多少なりとも長期的に見るならば、それは終末を告げるものだから。

そこからまた別の連想が浮かび、カスダンは未来の世代のことを思った。息子のダヴィドのことを。妻のナリネが死んだあと、二年前からなんの便りもよこさない。胃がきりきりと痛んだ。ダヴィドは今、どこにいるのだろう？　アルメニア共和国の首都エレバンに、まだいるのだろうか？　息子は出発するとき、こう告げていった。「アルメニアを食いつくしに」行くと。何世代もの侵略者たちが、すでにそうしてきたというのに……。

胃の痛みは怒りに変わった。おれはすべてを奪われてしまった。家族も、家族を守ることも。それが三十年近くにわたり、おれを支える任務だったというのに。激しい怒りの矛先(ほこさき)は、運命の神にでも向けばいい。できればそう願いたいところだが、結局怒りは自分自身に戻ってきた。よくもまあ、息子を行かせてしまったもんだ。あいつとおれのあいだに反目や確執、意地の張り合いが生まれたときも、ただ手をこまぬいていたなんて。おれはあいつのためにすべてを犠牲にしたのに、ほんの一回叱責しただけであいつとの絆が絶たれてしまうなんて。

ガザン通りとレイユ大通りの交差点に着いた。十五―十七番は右に少し行ったところだ。六〇年代に遡(さかのぼ)る薄汚い一角で、ひと目見ただけで気がふさぐ。薄茶色いモルタル塗りのファサード。排気ガスで薄汚れた窓。牢屋のような鉄格子が入った、染みだらけのバルコニー。ゴーツは政治亡命者だったおかげで、この低家賃住宅が借りられたのだろう。

カスダンはマスターキーを使ってホールに入った。なかは薄暗かった。模造大理石の壁、ガラス窓がついたドア。彼はこの手の建物に、何年か暮らしたことがあった。木材に合板が取って代わったように、建物の造りは安っぽかった。つるつる、すべすべの偽物、紛(まが)い物があふれている。そこで似たような人生が、なんの足跡も残さず繰り返されるのだ。

郵便受けに近寄り、居住者の名前と部屋番号を示した一覧表を確かめると、ゴーツは二階の二〇四号室だった。カスダンはそっと階段をのぼり、廊下を覗いた。誰もいない。聞こえるのは壁越しに漏れるテレビの音だけ。彼は二〇四号室に近づいた。茶色い合板のドアは、蝶番(ちょうつがい)がぐらついている。差し錠も同じようなものだ。留め金は問題なしだった。ドア枠に立ち入り禁止のテープは張ってない。もしかしたらヴェルヌがひとっ走りやって来て、そっと入ったあとかもしれない。彼はゴーツのポケットから鍵を見つけたはずだ……。

カスダンは壁に耳をあてた。なんの物音も聞こえない。ポケットのなかで丸めたレントゲン写真を取り出し、ドアとドア枠のあいだに差し込む。差し錠はかかっていなかった。ゴーツは不用心だったようだ。カスダンは肩でドアを押しながら、上から下まですばやく確かめた。数秒後、彼は部屋のなかにいた。玄関に足を踏み入れるや、物音が響いて奥のフランス窓があいた。

「警察だ！　動くな！」と叫んで、カスダンは廊下を突進し、反射的に伸ばした手を虚(むな)しく握った。銃は持ってきていない。家具にぶつかり、罵声をあげながらさらに進む。脇の部屋を自信なさげに覗くものの、暗闇が見えるだけだ。

廊下の先は居間になっていた。

あけっぱなしのフランス窓。薄暗がりのなかでカーテンが揺れている。

カスダンはバルコニーに飛び出した。

公園の鉄柵に沿って、男が駆けていく。

どうやって二階から飛び降りることができたんだろう？　見るとバルコニーのすぐ下に、小型トラックが停まっていた。屋根に激突の跡が残っている。カスダンはあと先考えずに手すりをまたぐと、ジャンプした。

車の屋根で跳ね返り、横に転がってなんとかルーフキャリアにしがみつき、そこからドアに沿って下まで滑り落ちた。地面に足が着くと、ものの数秒で方向感覚が戻った。通り、建物、人影、肩の上で揺れるリュックサック。走り去る人影はすでに左に曲がり、レイユ大通りに入っていく。

カスダンはうしろ姿に向って叫んだ。

「止まれ、この野郎！」

彼はしっかりとした足どりで走り出した。日ごろの鍛錬の賜物だろう。毎朝ジョギングをして、筋トレやダイエットにも精を出している。それがようやく役立つときが来た。

レイユ大通り。

人影は二百メートル先を走っていた。暗闇のなかを、まるで関節がはずれたみたいに腕を振りまわしながら。リュックサックが上下左右めちゃくちゃに揺れている。どうやら若い男らしい。走るリズムが乱れていることからも、パニックに襲われているのがわかる。カスダンは逆に絶好調だった。体が暖まるにつれ、力がみなぎってきた。あともう少しで追いつくだろう。

男はルネ＝コティ大通りには右折せず、カスダンが思ったとおりそのままダンフェール＝ロシュロー方面に向った。モンスリ貯水場を右手に見ながら、左側の歩道をまっすぐに走り続ける。カスダンも通りを渡った。だんだんと差が縮まる。あと百メートル。二人が走る足音が暗い通りに響き、斜めに傾いた巨大なマヤの神殿のような、窓のない建物の壁面に跳ね返った。

あと五十メートル。カスダンはリズムに乗ってきた。けれども、できるだけ早く男に追いつかねばならない。このまま走り続けたら、数分しかエネルギーが持たないかもしれない。男を地面に押しつける余力も残しておかないと。それにやつには土地勘がありそうだ。こちらの道に入ったのは偶然ではない。何かあてがあるのだろう。車とか？

カスダンの疑問に答えるかのように、男は大通りを突っ切ってバス停のポールに向かい、行先案内板につかまり懸垂の要領でよじのぼった。そしてひとつめの標識に足を掛けて移動し、貯水場の塀の縁に達した。さっきまでは不器用そうだったのに、いつのまにか身軽に動きまわっている。男は横向きに転がってまた体を起こすと、バランスを取りながら壁の上部を走っていった。

さすがにカスダンには、そんな力技はできそうになかった。そもそもバス停のポールも行先案内板も、百十キロの巨体に耐えられないだろう。かといって、ほかの手を見つけるには遅すぎた。彼は車道を横切り、いちばん上の案内板に手をかけると、いっきによじのぼった。案内板はひとたまりもなかったが、もう片方の手がすでに塀の上をつかんでいた。彼は石にしがみつき、肘をついて体を持ち上げて重たげに転がった。ごほごほと咳き込み、唾を吐きながら起き上がる。激しく動悸する胸に、誇りが満ちてきた。やったぞ。

目を上げると、獲物は墳墓のような建物のてっぺんを走っていた。夜の帳(とばり)を背景に、人影がくっきりと浮かんでいる。まるで映画の一場面だ。これまたヒッチコックの古きよき映画にも引けを取らないだろう。月の下で輝くタイル貼りの見晴台のあいだを駆ける人影。

カスダンは何も考えず、逃亡者に倣(なら)って石の階段をのぼり、外階段の鉄の手すりをつかんで、平らな屋根に向かった。彼は体を二つに折り、息を切らせて頂上に達した。

そこから見た景色に、息が止まった。

三ヘクタールの芝地、まさにサッカー・コートだ。それがパリの町を見下ろしている。下方に広がる通りの明かりが、あたり一面にこの世ならぬ輝きを放ち、マヤの神殿は冷光を発する宇宙船に変じていた。

人影は芝地を駆け抜けていく。やけに抽象的なその姿は、この世に生きる人間の孤独を一身に背負っているかのようだった。カスダンは頭に血をのぼらせ、肺を火照(ほて)らせながらも、昔見た絵を思い起こさずにはいられなかった。まるでデ・キリコの世界だ。空っぽの景色、無限に続く線。虚無感が画面じゅう漂っている。

カスダンは息を切らしながら追跡を再開した。今にも気を失いそうだ。脇腹は痛むし、膝はがくがくする。それでも、夜の闇を映し出す広大な屋上を駆け抜けた。足の下に、芝生の柔らかな弾力を感じながら。男はまだ前を走り続けていた……。

突然、男が立ちどまった。キノコ型のガラス窓が屋根にあいている。男は身をかがめ、月明りをきらめかせてガラス板をを持ち上げると、さっと姿を消した。

モンスリ貯水場に潜ってしまったのだ。

6

カスダンはあいたままの屋根窓に近寄った。やはりそうか。あいつはこの場所をよく知っていたんだ。ガラスの上げ蓋をあけるのに、ものの数秒とかからなかった。鍵は持っていたのだろうか？　まったくわけがわからない。彼は痛む胸に手をあて、暗闇にまっすぐ続く階段をそっとくだり始めた。

鉄の手すりがついた螺旋階段だった。そしてあたりは、早くもじっとり湿っている。階段の下まで来るとカスダンは立ち止まり、薄明かりのなかに浮かぶ世界に目を凝らした。今、どこにいるのかはわかっている。この貯水場のことは、テレビのドキュメンタリー番組で観たことがあった。パリの飲み水の三分の一が、ここにストックされているのだという。何本もの川から採った数千ヘクトリットルの湧水が、ここで暑さと不純物から守られ、パリの住民が飲んだり、体を洗ったり、炊事をしたりするのに使われるのを待っているのだ……。

カスダンはタンクや覆いのかかった貯水池を想像していたが、なんと足もとにそのまま水が蓄えられていた。広大な青い水面から何百本もの赤い柱が突き出ているのが、薄暗がりのなかにぼんやりと見える。夜も遅くなってきたので、水はたっぷりと溜まっていた。シャワーを浴びる時間ではない。彼は懐中電灯を取り出し、水面に光線を向けた。水底の柱の根元に、番号が読み取れた。まるで海に沈んだ古代のモザイク画のようだ。E34、E38、E42……。

カスダンは耳を澄ました。洞窟の奥から聞こえるのはただ、水が波打つひたひたという音、水辺のいわく言いがたい湿った響きだけだった。あいつはどこに行ったんだ？　おれにはわからない通路を通って、とっくに遠くへ逃げてしまったのか、それとも簡単に見つかりそうな、近くのもの陰に隠れているのか……。

あたりの様子をもっとよく見ようと、懐中電灯の光をぐるりと向けた。今いるのは狭い通路で、両端とも丸天井の廊下に続いている。カスダンは右に進み、狭い溝に潜り込んだ。壁面から水が染み出て、床はびしょびしょだ。ときおり左側の壁の上半分が途切れ、貯水池が見えた。澄んだ緑の水を、静かに湛えている。アーチでつながる柱は、ロマネスク様式の修道院のような丸天井を描いていた。水の緑と柱の赤は、マグレブのモチーフ、七宝の鮮やかな色調さえも想起させた。ここは穴居人のアルハンブラ宮殿だ。

カスダンは懐中電灯を別の方向に向けた。左の壁に石を穿った水槽がはめ込まれて、砂利を敷いた上で鱒がすいすいと泳いでいる。そういえば、ドキュメンタリー番組のなかで触れていた。かつて水の純度を確かめるため、鱒を放したのだと。少しでも汚染の兆候があれば、鱒は死んでしまう。現在、水道局は水質管理にもっと別な方法を使っているが、鱒はそのまま飼っているらしい。多分、雰囲気作りのためだろう。

あいかわらず、なんの物音も聞こえない。カスダンはとうとう、迷路のなかで迷ってしまった。するとまた、別の連想が頭に浮かんだ。ここは貯水池版ミノタウロスの迷宮だ。海の怪物が犠牲者を追いつめ、静かな波のなかで力尽きるのをじっと待っている……。

咳が聞こえた。

とても短い、場違いな音だったので、幻聴かと思った。彼は懐中電灯を消した。あたりの寒さが骨身に沁みたけれど、不思議と気分がよかった。何分か過ぎるにつれて、体が落ち着いてきた。

また、咳が聞こえた。

やつがどこかに隠れている——そして震え始めた。カスダンはまた歩きだした。でたらめな方向へ、思いきり足を上げて。足音は数十メートル先までしか響かなかったけれど。

またもや咳が聞こえた。

ほんの数歩のところだ。

カスダンはにやりとした。病人のようなか細い咳。敵が弱っている証拠だ。なるほど、鉄柵沿いに見た人影もやけになよなよしていたからな。

「そこから出てこい」カスダンはできるだけ穏やかな声で言った。「危害を加える気はない」

沈黙が続く。聞こえるのは、ひたひたという水の音だけ。カスダンは泥のなかに足を踏み入れた。湿っぽい地下室の臭いで、鼻の奥がむずがゆい。

カスダンは口調を変えた。

「そこから出てこい。こっちは銃を持ってるんだ」

少し間があって、声がした。

「ここ……」

カスダンは懐中電灯を灯し、声のほうに向けた。うろこ状にペンキが剝げ落ちたアーチの下に、男がうずくまっている。カスダンは威嚇を強めようと、光を向けた。男は壁の窪みで、必死に体を縮めた。歯がかちかち鳴る音が聞こえる。寒さよりも恐怖で。カスダンは追いつめられた獲物をゆっくりと検分し、顔から肩へ、肩から足へ光を移動させた。

若い男だった。インド人だろうか。肌の色が黒く、髪はもっと黒い。

けれども、目だけは緑色をしていた。コンタクトレンズでもはめているみたいに、瞳は不思議な輝きを放っている。彼らの背後でよどむ巨大な貯水池を思わせる、透明な目だった。カスダンは、カリブ海の島々で見かけるクレオールとオランダ人の混血を連想した。

「何者だ?」

「乱暴しないで……」

カスダンは男をつかんで隠れ場所から引き出し、ぐいっとひと息で立たせた。濡れた服の重さを入れても、せいぜい六十キロというところだ。

「おまえは何者だ？」

「な、名前は……」咳で言葉が途切れたあと、若者は続けた。「ナセルダン・サラクラマハータ。みんなはナセルって呼ぶけど」

「エジプトのナセルとは大違いだがな。で、出身は？」

「モーリシャス島」

またひとり、外国人か。アルメニア人の元警官がモーリシャス人に、チリ人の聖歌隊指揮者について尋問してるとくれば、こいつは犯罪捜査ってより《ワールド・キッチン》だな。

「ゴーツの部屋で何をしていた？」

「自分の荷物を取りに行ってただけ」

「自分の荷物だって？」

微かな笑みが、若者のピンク色の唇に浮かんだ。拳でたたきのめしたくなるような笑みだった。カスダンは事態が飲み込めてきた。

「ぼくはウィリーの友人です。つまりその、ウィルヘルムの」

カスダンは押さえつけていた手を緩めた。

「ちゃんと説明しろ」

若者はいやらしく身をくねらせた。元気が戻ってきたらしい。

「友達よ……ボーイフレンドっていうか」

カスダンは若者をねめつけた。きゃしゃな体つき。ほっそりとした手首。指輪にブレスレット。ヒップボーンのジーンズ。ひとつひとつが腑に落ちた。

さて、ここらでカードをシャッフルし、ゲームを仕切りなおすとするか。ウィルヘルム・ゴーツが私生活を必死に隠していたのにはわけがあった。あいつは古風な同性愛者だったんだ。自分の性的指向を、恥ずべき秘密だと思っていたんだ。

カスダンは湿った空気を大きく吸い込むと、こう言った。

「話せ」

「何を……何を知りたいの？」

「すべてだ。初めから、すべて」

7

「ウィリーとは警視庁で知り合いました。書類の申請で並んでたときに。滞在許可証の申請で」

現役の警察官だったときから、カスダンはつねにこの真理に重きを置いていた。話が馬鹿げて聞こえるほど、事実である可能性が高い。

「二人とも政治亡命者だったので」

「おまえは亡命者なのか？」

「モーリシャス社会主義運動が勝利を収め、アヌルード・ジュグノートが権力の座に返り咲いたあと、ぼくは……」

「身分証を見せてみろ」

若者はブルゾンのポケットを探り、札入れを取り出した。カスダンはそれをむしり取った。島の写真、ゴーツや化粧した若い男の写真。それにコンドーム。カスダンは胸がむかむかした。体の奥で疼く嫌悪感と暴力衝動が爆発しそうになるのを、必死に抑えた。

ようやく滞在許可証とパスポートが見つかった。カスダンはそれをポケットに入れ、札入れを若者の顔に投げつけた。

「没収だ」

「でも……」

「つべこべ言うな。で、初めて会ったのはいつだ?」

「二〇〇四年です。出会って、すぐに……気が合ったっていうか」

若者はなよなよとした、なかばクレオール風の鼻にかかった声で話した。

「おまえはいつからパリにいるんだ?」

「二〇〇三年」

「ゴーツの部屋で暮らしているのか?」

「週に三日泊っていただけ。でも、電話は毎日してました」

「ほかにもつき合ってる男がいるんだな?」

「いいえ」

「ふざけるな」

若者は悩ましげに身をよじった。そんな女っぽい一挙手一投足が、カスダンの癇(かん)に障った。

彼は同性愛に生理的な嫌悪感を抱いていた。

「確かに、ほかの男とも会ってるけど」

「金をもらってるのか?」

エキゾチックな小鳥は答えなかった。カスダンは若者の顔に懐中電灯の光をあて、さらにじっくりと検分した。浅黒い、猫のような顔。突き出したあご、低めの鼻。ピアスの穴みたいにあいた、丸い小さな鼻孔。赤銅色の肌より色の薄い官能的な唇。ボクサーさながらの腫れぼったい瞼の下で、目がかすかに輝いている。この手の若い男が好みなら、とてもそそられるに違いない。

「ええ、お小遣いくらいは」

「ゴーツにもか?」

「うん」

「どうして今夜、荷物を取りに来たんだ?」

「だって……」彼は咳き込んで、唾を吐いた。「面倒ごとに巻き込まれたくなかったから」

「どうして面倒ごとに?」

ナセルは困ったような目でカスダンを見上げた。涙のせいで、瞳の輝きが増している。

「ウィリーのことは知ってます。彼が死んだってこと、殺されたってことは」

「どうして知ってるんだ?」

「今夜、会うはずだったのに、約束のカフェに来なかったから。ヴィエイユ＝デュ＝タンプル通りのカフェです。ぼくは心配になり、サン＝ジャン＝バティスト教会に電話して、司祭（キュレ）さんと話したんです」

「サン＝ジャン＝バティストはアルメニア教会だから、司祭（キュレ）とは言わずに神父（ペール）だ」

「ともかく電話でたずねたら、教えてくれて」

「教会の電話番号はどうやって?」

「ウィリーが予定表をくれました。時間割みたいなものです。教会や、家庭教師をしている先の場所、時間、電話番号を一覧表にして。それを見れば、今、どこにいるのかわかるから……」

若者はうっすらと笑みを浮かべた。甘ったるい、ねばつくような笑みだった。反吐（へど）が出る。

「ぼくはヤキモチヤキなので」

「その予定表を見せろ」

ナセルはおとなしくリュックサックをおろすと、前面のポケットをあけて折りたたんだ紙を取り出した。カスダンはそれをひったくり、目を通した。これ以上望めないほどの収穫だ。ゴーツが働いている教区の住所、ピアノの個人レッスンをしている家の連絡先がすべて書いてある。この情報を手に入れるだけでも、まる二日はかかるだろう。

カスダンはリストをポケットに入れると、若者に向きなおった。

「あんまり慌てちゃいないようだな」

「慌ててますよ。でも、驚いてはいないかな。ウィリーは危険を感じてたみたいだから。おれに何かあったらって言ってたし……」

カスダンは身を乗り出した。

「わけは話したのか？」

「まずいものを見てしまったからだって」

「何を見たんだ？」

「まだチリにいたころ、一九七〇年代のことらしいけど」

政治絡みの線が、にわかに濃くなってきた。

「オーケー、じゃあじっくり取りかかろうか。それについてゴーツから聞いた話を、正確に繰り返すんだ」

「詳しい話はしませんでした。でもウィリーは、一九七三年に投獄されたんだとか。尋問され、拷問されたそうです。とても恐ろしい目に遭ったんです。今は状況も変わったので、証言する決意をしたと言ってました」

「状況？」

ナセルの顔に、再び笑みが浮かんだ。けれども今度は、軽蔑を含んだふくれっ面だった。カスダンは握り拳をポケットに突っ込んで、殴りつけたくなるのをじっと堪(こら)えた。

「当時、拷問に関わっていた連中が、今訴えられているって知ってますか？　チリでも、スペインやイギリス、フランスでも」

「ああ、聞いたことはある」

「ウィリーは、そうした悪党どもを告発する証言をしようとしてました。でも、見張られているような気がするとかで」

「やつは検事と連絡を取ったのか？」

「はっきりそうは言ってませんでした。余計なことは知らないほうが、ぼくの身のためだからって」

カスダンには荒唐無稽な話のように思えた。三十年以上も前の出来事なのに、オルガン奏者はどうしてそんなに脅威を感じていたのだろう？　裁判だってまだ始まっていないし、告発された連中は訴訟手続きが終わる前に、天寿を全うしている。ついこのあいだも、ピノチェトが死んだばかりだ。

「名前は言ってたか？」

「いいえ、多くは語りませんでしたから。でも、怯(おび)えていたのは確かです」

「ということは、やつが証言する気だと、向こうも感づいてたんだな？」

「そうでしょうね」

「何を明かそうとしていたのか、まったくわからないのか？」

「コンドル作戦に関することだっていう以外は」

「コンドル？」

「あんた、何も知らないみたいね」

カスダンが手を振り上げると、若者は肩のあいだに首をすくめた。元警官のがっちりした肩を前にすると、いっそうか細く見えた。

「あんたは暴力しか知らない」とナセルはむきになったように言った。「ウィリーはあんたみたいな連中と戦っていたの」

若者は息をついた。

「どういうしろものなんだ、コンドル作戦っていうのは？」

「七〇年代の中ごろ、ラテンアメリカの独裁者たちは互いに手を結び、敵対者を殲滅しようと決めました。ブラジル、チリ、アルゼンチン、ボリビア、パラグアイ、ウルグアイが一種の国際的な民兵組織を作って、左翼亡命者の狩り出しに当たったんです。ラテンアメリカ全域はもちろん、合衆国やヨーロッパにまで、捜索の手は広がりました。コンドル作戦はそうした亡命者を拉致し、拷問し、殺すことを目的としてたんです」

カスダンには初耳の話だった。ナセルはとどめを刺すかのように、こうつけ加えた。

「みんな知ってること。基本よ」

「どうしてゴーツがそんな作戦の情報を握っていたんだ？」

「捕まっていたときに、何か聞いていたんでしょう。それかウィリーを拷問した連中が、コンドル作戦でもひと役買っていたのか。まあ、そんなところかと……」

「いつ、証言する予定だったんだ？」

「それはわからないけど、弁護士と会ってました」

「名前は？」

「知りません」

ゴーツの通話記録を調べねばならないな、とカスダンは思った。もしかすると用心して、公衆電話をつかってたかもしれないが。何から何まで警戒する、偏執狂的な生活ぶりを彼は想像した。けれども、ドアの差し錠はかかっていなかった。そうか、ナセルが差し錠をあけておいたんだな。

「ゴーツの部屋の鍵を持ってるのか？」

「ええ、ウィリーはぼくを信頼してましたから」

「どうして荷物を取りに来たんだ？」

「巻き込まれたくなかったんです。警察にはいつだって、睨（にら）まれてますから。外国人で同性愛者とくれば、あんたらには二重に胡散臭（うさんくさ）く見えるんでしょうね」

「よくわかってるんじゃないか。で、今日の午後四時、どこにいた？」

「ぼくを疑っているんですか？」

「どこにいた？」

「グラン・ブールヴァールの共同浴場（ハマーム）です」

「あとで確かめてみよう」

形式的にそう言っただけだった。確かめる気などさらさらない。カスダンはこの若者を、一瞬たりとも疑っていなかったから。

「ゴーッとのつき合いについて、もう少し聞かせてもらおうか」

ナセルは肩をすくめ、腰をくねらせた。

「ぼくたちはこっそり会ってました。ウィリーはひとに知られたがらなかったので。彼の部屋を訪れるのも、暗くなってからと決めてました。何から何まで、心配でたまらなかったみたいです。ぼくが思うに、ウィリーは何年間も拷問を受けたトラウマが、抜けなかったんでしょう」

「やつがほかにつき合っていた男は？」

「いません。ウィリーはあんまり発展家じゃなかったから。どっちかっていうと……純情でした。ぼくたちは、真剣につき合ってたんです。難しい関係だったけど。ぼくが陰で何かするのも嫌がってました。自分自身とだって、折り合いがつけられなかったようです。自分の性的指向が受け入れられなかったっていうか……信念に引き裂かれていたんです。わかりますか？」

「まあ、多少はな。じゃあ女っけはなしか？」

ナセルがくすっと笑うのを聞きながらして、カスダンは質問を続けた。

「どうだ、やつに恨みを持つような者に心あたりは？　過去の政治がらみとは別に」

「ないです。彼はやさしくて、穏やかで、寛大でした。蝿一匹殺せないような人です。いつだって、聖歌隊のことしか考えてません。子供たちとはうまくやってました。声変わりをしても音楽を続けたい少年たちを、うまく育てていきたいと思ってたんです。あなただって彼と知り合いだったら……」

「知り合いだったさ」

ナセルはわけがわからないというように目を上げた。

「どうして彼を……」

「それはどうでもいい。おまえはさっき、まっすぐここに逃げ込んだが、この場所は詳しいのか?」

「ええ、ウィリーといっしょによく来たから。二人で人目につかないところに、身を隠したくて。それから……」若者はまたくすくすと笑った。「気持ちが昂ってくると……」

カスダンの脳裏にひとつの光景がくっきりと浮かんだ。緑がかった水の上で、二人の男が絡み合っている。こみ上げてくるのが吐き気なのか笑いなのか、カスダンは自分でもわからなかった。

「携帯電話を貸せ」

ナセルは言われたとおりにした。カスダンは一本指で自分の番号を登録し、《デカ》と名前をつけた。

「おれの連絡先だ。何か思い出したら電話しろ。おれの名はカスダン。覚えやすいだろ? ねぐらはあるのか?」

「ある、昔の女中部屋だけど」

「番地は?」

「マルゼルブ大通り百三十七番」

カスダンはナセルの住所をメモし、携帯電話の番号を登録した。これで終わりだとばかりに若者のリュックをつかみ上げて逆さにし、ぬかるんだ地面に中身を空けた。歯ブラシ、本が二冊、シャツ、タンクトップ、安物のアクセサリー、ゴーツの写真が数枚。同性愛者のみすぼらしい暮らしを凝縮したような品々だった。

カスダンは哀れを催したが、そんな憐憫（れんびん）すら胸糞（むなくそ）が悪かった。彼は思わず身をかがめ、若者が散らばった品を拾うのを手伝った。

とそのとき、ナセルがそっと彼の手を取った。

「守って。やつらはきっとぼくも殺しにやって来る。してほしいことがあったら、なんでもするから……」

カスダンはぐっと手を引いた。

「帰っていいぞ」

「ぼくの身分証は？」

「預かっておく」

「いつ返してくれるの？」

「おれがその気になったときだ。さっさと失せろ」

ナセルは悩ましげな目でカスダンを見つめたまま、動こうとしない。カスダンは本気で怒鳴った。

「ぶん殴られたくなかったら、消え失せろ」

8

アパートの床板は浮き上がっていた。

言葉のあやではない。ぶかぶかの板が一歩踏むごとに沈み込み、体がぐらつく感じがした。なんだか船の甲板で、波に揺られているような気分だ。あいたままのフランス窓から、公園の立ち木が見える。その梢(こずえ)に沿って、船は進んでいった。

カスダンは窓に施錠してカーテンを閉め、窓枠に沿ってスイッチを捜した。ロールスクリーンは自動で上下するらしい。ようやく見つけたボタンを押すと、ロールスクリーンがゆっくりと下がり、部屋は外界と街灯の明かりから遮断された。

部屋が真っ暗になると、カスダンは二つのドアを手さぐりで閉め、懐中電灯を取り出して照明のスイッチを捜した。もう、外から覗かれる心配はまずない。彼は明かりを灯した。安っぽい居間が浮かび上がる。たわんだソファ、合板の本棚、不揃いの肘掛け椅子。ゴーツは家具に金をかける趣味はなかったらしい。

まるで家具つきホテルのように、住人の個性がまるで感じられない殺風景な部屋だった。壁には絵一枚、棚には置物ひとつない。カスダンは本棚に歩み寄った。楽譜や作曲家の伝記、それにスペイン語の本が何冊か。ゴーツの地味好みは、アパルトマンの部屋にまで及んでいたようだ。目ぼしいものは、見つかりそうもない。

カスダンは外科手術用の手袋をはめ、腕時計に目をやった。そろそろ午前零時になる。必要なだけ時間をとって、じっくり家探しにかかろう。

手始めにキッチンを調べた。窓から射し込む街灯の明かりがたよりだった。きれいに洗った食器が、流しの脇の水切りかごに立てかけられ、皿やグラスが棚に並んでいる。ゴーツはきれい好きだったらしい。冷蔵庫のなかはほとんど空っぽだが、冷凍室には冷凍食品が詰まっていた。オルガン奏者は料理上手ではなかったようだ。カスダンはそれを脳裏に刻んだ。チリ料理のスパイスや食材の類もいっさいない。ゴーツは自分の過去に結びつくものを、食べ物の嗜好にいたるまできっぱり断ち切っていた。ナセルが出入りしていた痕跡も皆無だ。ゴーツは愛人に食べさせるシリアルさえ置いていなかった。

次は寝室だ。まずはロールスクリーンをおろし、明かりをつける。真四角のベッド。壁にはやはり、なんの飾りもない。衣装棚には、着古したよれよれの服がかかっていた。ゴーツの人となりを示すものといえば、わずかにミクロコスモス叢書が二冊あるだけ。一冊はバルトーク、もう一冊はモーツァルトについての本だった。ベッドの上には十字架がかかっていて、規則正しい退屈な隠遁生活の臭いがいたるところに立ち込めている。カスダンもよく知っている生活だ……。

だがそれだけじゃないと、カスダンは見抜いていた。できるだけ目立たないよう、つましく暮らす裏に、何かが隠されている。ナセルのことも、もちろんそのひとつだ。しかしほかにも、表にあらわれない側面があるに違いない。ゴーツはどこに秘密をしまい込んだのだろう？

浴室はきれいに片づいていて、怪しげなところはない。ゴーツは自分で掃除をし、ナセルにスキンケア用品の類を持ち込ませなかった。薬もまったく置いてない。ゴーツは年齢のわりに元気だったらしい。

廊下に戻ると、もうひとつ部屋があった。ピアノと、馬鹿でかい旧式のステレオセットが鎮座する音楽室だ。防音設備のつもりか、天井は卵のパックで覆われている。ブラインドを調節して光を入れると、天井に連なる無数の窪みが幾重にも重なる影を投げかけ、ヴィクトル・ヴァザルリの作品にも劣らない幾何学模様を描き出していた。

カスダンはぐるりと壁を見渡してわかった。ゴーツの私生活はここにある。この部屋には、オルガン奏者の音楽にかける熱情が息づいていた。CDやレコードが、ふたつの仕切り壁をびっしりと覆っている。オペラやシンフォニー、ピアノコンチェルトの歴史的な名盤がそろった、なかなかのコレクションだ。この部屋は、独身中年男の几帳面で気取った一面も醸し出している。音楽という主題こそ高尚だが、何かこせこせしてしみったれた雰囲気が漂い、細かな埃のように積もっていた。

カスダンはピアノに歩み寄った。電子ピアノでヘッドフォンがつないである。ステレオセットもじっくりと検分した。アンプはハーマン・カードン製。二つの巨大なスピーカーとサブウーファー。プロの機材だ。オルガン奏者は稼いだ金をすべて、よりよい音の追究に注ぎ込んでいたらしい。

デッキの上にCDのケースがひとつ置いてある。ジャケットを見ると、グレゴリオ・アレグリの合唱曲『ミゼレーレ』だった。カスダンはケースの裏を読んでびっくりした。合唱の指揮者はなんとウィルヘルム・ゴーツ自身だった。彼はリーフレットを取り出し、目を通した。聖歌隊の写真が、見ひらき二ページに載っている。白と黒の服を着た子供たちに混じって、今よりもずっと若いゴーツの姿もあった。にっこり笑ってカメラのレンズを見つめるゴーツの目には、カスダンが知らない誇らしげな光が宿っていた。聖歌隊のなかで顔を輝かせる若白髪の男、天上の音を奏でる楽器……。

ディスクの取り出し口をあけると、なかにあったのは確かに『ミゼレーレ』のCDだった。カスダンはピアノからヘッドフォンを抜き取り、アンプにつないでCDのプレイボタンを押した。大丈夫、スピーカーからは音が出ていない。

衝撃がたちまちカスダンを襲った。

合唱曲なら聞き慣れている。サン＝ジャン＝バティスト教会では日曜日ごとに、アルメニアの歌がアカペラで歌われた。けれどもそれは大人の重々しい歌声だった。今聞こえている歌は、まったく違う。『ミゼレーレ』はまるで子供のために書かれたかのように、無垢で驚くほど澄みきった和声を紡ぐ多声音楽だ。

曲は音を長く保つ歌い方で始まった。録音のせいか、厚みが増している。まろやかで透き通った響きは、人間の声というよりオルガンの音を思わせる。ここでは少年たちの喉が、オルガンのパイプなのだ……。

カスダンはヘッドフォンを耳にあてたまま床にすわり、歌声を聞きながらリーフレットの解説に目をとおした。『ミゼレーレ』は間違いなく、声楽曲の傑作だ。これまで、幾度となく録音されている。作られたのは十七世紀前半。作者のグレゴリオ・アレグリはシスティーナ礼拝堂の聖歌隊員で、この楽曲を毎年演奏することが二世紀以上にわたり慣例になっている。それにしても『憐れみたまえ（ミゼレーレ）』というタイトルと作曲者の名前はずいぶん対照的だ、とカスダンは思った。アレグリという名は陽気で楽しげで、歓喜（アレグレス）に満ちている。

そのとき突然、ヘッドフォンから鋭い声が響いた。聞く者の心を乱し喉を締めつける、異様なほど清澄な声だった。手の届かない宙をさまよう少年の声。それまでの旋律から離れて、大空に投げ出されたかのように、高いメロディラインを追っていく。

カスダンは目を涙で曇らせた。やれやれ。真夜中、殺された男の部屋でヘッドフォンを耳に、外科用のゴム手袋をはめて床にすわり込み、涙ぐんでいるなんて。彼は胸にこみ上げる感情を抑えようと、解説に意識を集中させた。書いているのはウィルヘルム・ゴーツ自身だった。彼は一九八九年のある雨の午後、思いがけずしてこのすばらしい録音をなし遂げた。歌手の少年たちはほんの数分前まで、収録が行われるサン＝ジェルマン＝アン＝レイのサン＝トゥスタッシュ教会の庭でサッカーをしていた。やがてレジス・マゾワイエという名のソリストの少年が、まだ膝小僧を泥だらけにしたまま、テイク1で朗々と歌いあげた。こうして冷えきった礼拝堂に奇跡が起こった。身廊の丸天井に、驚異の歌声が立ちのぼったのだ……。

目の前の文字が、またしても涙でかすんだ。カスダンの脳裏に思い出がよぎる。妻のナリネのこと、息子のダヴィドのこと。彼は突然、深い悲しみに襲われた。いつも心の奥底で、振りはらおうとしている悲しみ。でも決して忘れられない、葬り去れないとよくわかっていた。このささやかな聖歌隊とレジス・マゾワイエ少年に、こんな力があったとは。少年の歌声を聴いただけで憂いが胸にこみ上げ、胸の片隅にひっかかって離れない、失われた人々がよみがえってくる。

音楽を止め、ステレオのスイッチを切ると、あたりは静寂に包まれた。CDで埋めつくされた壁面、卵のパックを張った天井。そのとき、意識下に信号が灯った。警告といってもいい。殺人事件の鍵のひとつが、この魅惑的な声のなかにある。あるいは声楽曲『ミゼレーレ』のなかに。彼は立ち上がり、CDプレイヤーからディスクを取り出してケースに収め、ポケットにしまった。この楽曲には、まだ何か秘密がありそうだ。彼は明かりを消し、ロールスクリーンを上げて部屋を出た。

居間に戻って引出しを漁(あさ)ると、ゴーツの家計状況を示す資料が見つかった。社会保障の書類、銀行の取引明細書、保険証書、非営利社団法人や小教区から発行された支払証書。カスダンはざっと目を通してみたものの、収穫はなかった。数字を細かく調べようという気分ではない。

ナセルの話が脳裏によみがえった。見張られているような気がする、とウィリーは言っていたそうだ。盗聴されていたのだろうか？　だとしたら、電話に盗聴器を取りつける、昔ながらのやり方だろう。《テロ対策班》にいたころ、カスダンにも経験がある。けれども電話機にマイクロフォンが仕掛けられている形跡は、まったくなかった。

カスダンは肘掛け椅子に腰をおろし、もう一度じっくり考えてみた。ゴーツのことは、だいたいわかった。あいつはただ内にこもっていたんじゃない。何か秘密に取り憑かれていたのだ。ここにその何かがあるとしても、見つけるには部屋のすみずみまで探して回らねばならないだろう。そんな時間も権限も、カスダンは持ち合わせていなかった。居間の隅に置かれた机の上のパソコンに、彼は目をとめた。おそらくパスワードでロックしてあるだろう。パソコンのなかに秘密がしまわれているとしても、ゴーツはほかの秘密同様、注意深く隠しているはずだ。

カスダンはとりとめもなく、思いを巡らせた。今夜、手に入れた重要な情報を検討してみる。ゴーツは同性愛者だった。だとすると、痴情がらみの犯罪という新たな可能性も出てきそうだ。ナセルのほかにも、愛人がいたのかも。ゴーツに恨みを抱くイカレ野郎がなんらかの理由で、彼を激痛のあまり絶命させようとしたのでは。あるいは、質の悪い相手と行き会ってしまったのかもしれない。いくら偏見を持つまいとしても、どうにもならない。カスダンからすれば、同性愛者はみんな度しがたいセックス依存症だった。行きずりの相手のひとりが、たまたまサイコパスだったのでは？

カスダンはぐるりと部屋を見まわし、何を探すともなく、天井の四隅や壁下の幅木を眺めた。そして突然、ガラス窓のカーテンレールの上に目をとめた。おかしいぞ。彼は椅子に乗って、窓枠の上に背伸びした。フランス窓と天井のあいだだけ、色が違っている。どうやらその部分は、細長く塗り替えたらしい。カスダンはでこぼこがないか手さぐりした。指が膨らみに気づいた。一ユーロ硬貨ほどの、丸い形をしている。

キッチンへナイフを取りに行き、また椅子にのぼった。膨らみのまわりに注意深く裂け目を入れ、ナイフの刃を滑り込ませる。軽く力を込めるとペンキが剝がれて、下から何か出てきた。

カスダンは背中がぞくっとした。

手の平にのっているのは、小さなマイクロフォンだった。

それもただのマイクじゃない。韓国製のモデルで、ここ数年、司法警察局でも使っている。カスダン自身、容疑者を盗聴するときは、よく部屋に仕掛けたものだ。なかに高感度センサーが入っていて、例えば入口のドアがあいたとか、ほんのわずかな音にも反応して、スイッチが入る仕掛けになっている。

なるほど、そういうことか。考えがまとまるにつれ、寒気が全身に広がった。ウィルヘルム・ゴーツは確かに監視されていた。けれども彼を見張っていたのはチリの民兵でもなければ南米の諜報員でもなく、司法警察局だったのだ。あるいは総合情報局(RG)か、国土保安局(DST)か。いずれにせよ、純然たるフランスの組織に違いない。

カスダンは証拠物件をまじまじと見つめ、固定電話に目をやった。受話器にマイクロフォンが仕掛けられてなかったからといって、電話が盗聴されていなかったことにはならない。今どき警察は、電話局や携帯電話会社を通じて盗聴できるからな。それは電話を数本かけてみれば、簡単に確かめられる。

カスダンは盗聴器をポケットにしまい、家探しを続けた。目当てのものは、もうわかっている。三十分もしないうちに、マイクロフォンが三つ見つかった。ひとつは寝室で、ひとつはキッチンで、あとのひとつは浴室で。盗聴されていないのは、音楽室だけだった。カスダンは手袋をはめた手の平で、四つの盗聴器を弄（もてあそ）んだ。どうして警察がゴーツを監視していたのだろう？　彼は《人道に対する罪》に関わる裁判で、本当に何か証言をしようとしていたのか？　だとしても、警察当局の関心はどこにあったのか？

カスダンはもう一度部屋を見まわし、《証拠集め》の痕跡があからさまに残っていないかを確かめた。どうせヴェルヌやその部下たちは、ざっと部屋を調べるだけだろう。それなら何も気づかないはずだ。彼は家具をもとに戻して明かりを消し、ブラインドを上げた。そっと部屋を出て、玄関のドアを閉める。

今夜はこれで充分だ。

9

絶叫が響きわたる。

叫んだのはセドリック・ヴォロキンではなく、彼の腹だった。とてつもない苦痛が腸（はらわた）の奥から吹き出し、焼けつくような筋目となって喉を貫く。吐いては、また吐きを繰り返した。発作みたいなものだ。体じゅうを引き裂いて広がる痙攣。軟骨を震わし、脳味噌を踏みにじる。彼は気絶寸前だった。

ヴォロキンはトイレの床にひざまずき、便器に顔を近づけた。気管がひりひりと痛む。いつなんどき、次の攻撃が始まるかわからない。

遠くで、とても遠くで足音が聞こえた。

同じ階の隣人が、様子を見に来たのだ。あいつ、くたばりかけてるんじゃないかと。

「大丈夫か？」

いいから行け、とヴォロキンは手ぶりで言った。どうせ苦しむならひとりで、徹底的に苦しみたかった。口から唾液が筋を引いて流れ落ち、胆汁が便器の穴にぽたぽたとたれた。ヴォロキンはひらすらじっとしていた。少し動いただけでも、少し唾を飲み込んだだけでも、獣が目を覚ましそうだ……。

それに彼はストイックでありたかった。手当ては必要ない。鎮痛剤なんか飲むものか。どうせここ、《ヤク抜きの寺院》たるオワーズの施設に送られてきたんだ。だったら徹底的にノンをたたきつけてやる。

発作は収まりつつある。それがはっきりと感じられた。熱が引くと、代わりに悪寒（おかん）が襲ってきた。冷たい液体が動脈を流れ、クリスタルがかちかちとぶつかり合うような刺激が血管の内壁に伝わった。

コカインを断って、二日目になる。

今日、明日が最悪だ。

正直、そのあとはましになるだろう。

今は必死にしがみつくしかない。病気じゃないと、自分自身に証明するんだ。少なくとも、治せない病気じゃないと。いつか抜け出せるはずだ。そう言われたじゃないか。激しい禁断症状のなかで、ひたすらそう繰り返した。神だのみみたいなものだ。怪しげな噂話にすぎないかもしれないが。

ヴォロキンは立ち上がったものの、すぐにまた尻もちをついた。背中を壁にもたせかけて左腕を便座にあて、ヤクを欲しがるみたいに右腕を伸ばす。体から切り離されたその腕を、彼はじっと見つめた。黄ばんで、青や紫の染みだらけで、蔓草（つるくさ）のように痩せこけている。短い陰気な笑い声が漏れた。**絶好調とはいえないな、ヴォロキン……**。彼は前腕をゆっくりとさすった。肌は樹皮さながらにかさかさだった。その下に、麻薬に蝕まれた筋肉と骨がつまっている。

ヤク断ちの二日間。今日、型どおりの黒い穴を拭い去った。嵐の前の静けさだ。やがて怪物が食べ物を求めて、井戸の底からあらわれた。ヴォロキンは水蛇（ヒドラ）が飛び出し、恐ろしい顔を突きつけてくるだろうと覚悟していた。怪物は午前零時ちょうどに出現した。それから二時間、彼は古代の英雄みたいに格闘を続けた。

ヴォロキンは両腕を肩にあて、震えを抑えた。歯や骨があんまりがちがち鳴るものだから、脇の便器がそれに合わせて揺れた。胃がまたせり上がってくる。今のところ、大丈夫。軽いおくびのあと、急に腹が楽になった。**なんとか持ちそうだ……**。部屋へ這い戻って、明け方まで眠れますように。

昼間は昼間で、地獄は別の顔を見せた。

ヴォロキンは水洗のレバーを手で探り、水を流した。

四つん這いになって、そろそろと進み始める。汗で濡れたシャツが背中に張りつき、悪寒で百回も腕立て伏せをしたみたいに腕が震えた。

部屋に戻ろう。

寝袋に潜り込んで、体を縮こまらせる。

そして眠りを待つんだ。


目が覚めると、腕時計は四時二十分を指していた。二時間以上、意識をなくしていたようだ。トイレの外にはまだ出ていなかった。タイルの上で、文字どおり気を失ってしまったのだ。

ヴォロキンはまた歩き始めた。ナメクジ並みの歩みだった。汗でごわごわになった服のなかで、体を縮こまらせたり突っ張らせたりしながら、彼はようやく廊下の前にたどり着いた。微かな期待が胸に射した。この悪夢から抜け出せば、もっと強くなれる。そう、もっと強く。脳味噌の襞ひとつひとつにまで、灼熱のタトゥーを刻んだみたいに。**これ限り、終わりにしよう。**

彼はドア枠に肩を押しあて、どうにか立ち上がった。壁に背中をもたせて廊下に出ると、痩せこけた体を数センチ持ち上げさらに少し前に進む。モルタル塗りの壁、合板のドア。それが交互に続く。どの部屋にも、おれにみたいに悶え苦しむろくでなしがこもって、解毒治療をしているはずだ……。

ドアがひとつ、二つ、三つ……。

ようやく自室のドアノブをつかむと、ヴォロキンはするりとなかに入った。十五平米の部屋は、薄明かりに包まれている。さて、どうしよう。ここらで片を付けねば。彼は意を決するかのように、隣村の鐘の音に耳を傾けた。腕時計に目をやる。七時。またしても、気を失っていたらしい。いつのまにか、廊下で夜明けを迎えていた。

プランの練り直しだ。

もう眠るまでもない。コーヒーを一杯飲んで、出かけよう。

頭がはっきりしてくると、部屋の様子をひとつひとつ脳裏に刻んだ。すり切れた、染みだらけのカーペット。赤っぽいリノリウムの床。寝袋。イケアの電気スタンドをのせたテーブル。壁紙の模様。くすんだ陽光が射し込む窓。

ぶるっと体を震わせ、彼はもの思いから覚めた。

悪寒が続いている。この二日、焼けるような熱と冷えきった震えが交互に押し寄せた。服は始終、ぐっしょりと湿っていた。白目から足指の先まで、全身が一様に黄ばんでいた。小便は赤く、熱はどす黒い。つまるところ、禁断症状とは熱帯の疫病のようなものだ。どこか遠い国で染みついた汚物、おなじみの腐敗。ヘロインの泥濘(でいねい)。

熱いシャワーを浴びたかったけれど、廊下に戻るのは嫌だった。とりあえず、コーヒーにしよう。必要なものはすべてそろっている。コンロ、インスタントコーヒー、水。ヴォロキンは流しへ行き、小鍋に水を入れてコンロの前に戻った。震える手でマッチを擦り、青い炎に魅せられたかのようにただじっとしていた。火が指先に触れるとはっとわれに返り、もう一本、またもう一本とマッチを擦った。

四本目で、ようやくコンロに火がついた。くるりとうしろを向き、注意深くスプーンをつまんで、インスタントコーヒーの瓶に挿した。小鍋のなかでお湯が沸騰し始めると火を消し、また手を止めた。スプーンと粉。気がつくと、やけに念入りにこの作業にかかっていた。まるでそれが、忘れようとしている儀式であるかのように。

コーヒーの粉をぱらぱらとグラスに入れる。泡立つお湯を目の前にしたら、またしても意識が遠のいた。気がつくと、鐘の音が響いている。一時間過ぎてしまった。時が膨張していく。それはダリの絵を思わせる、ぐにゃぐにゃとした何かだった。そこでは時計の針が、細長い甘草の根のようにたわんでいる。

ヴォロキンは袖のなかに手をひっ込め、温めなおした小鍋の柄をつかんだ。お湯をグラスに注ぐと、たちまち褐色の液体でいっぱいになった。陰鬱な朝の時間にふさわしい色だった。

そのときになって、ようやく待ち合せがあるのを思い出した。

昨晩、発作の前に電話を受けたのだ。

暗闇のなかの予兆……。

ヴォロキンは、内緒でまわしてもらった報告書のことを思ってにやりとした。

殺人、教会、子供たち。おれが欲しがっていたものが、すべてそろっている。

状況はひとことで言いあらわせる。自明の理だ。

その事件の捜査には、おれが必要だ。

だが何よりもおれのほうが、その捜査を必要としている。

10

男は土埃のなかを転げまわった。いつものことだ。

アフリカの赤い土埃。

長衣(ジェラバ)の裾に足をとられながら、男は立ち上がろうとした。その腹やあごの下を、ブーツが蹴り上げる。男は反り身になって倒れた。さらに蹴りが入る。顔に、腹に、股ぐらに。鉄板で覆った爪先は、頰や脇腹、肉の下に浮かび出たもろい骨に狙いをつけた。男はもう動かない。攻撃者は思うぞんぶん蹴り続けた。下あご、鼻梁、唇、目の奥。裂けた皮膚の下から筋肉や筋が露出し、男は血と土にまみれた。

二本の手が石油缶をつかんだ。軽油の臭いが血の臭いに取って代わる。顔や首、髪の毛はぐしょぐしょだった。かちっという音がしたかと思うと、火のついたライターが男の上半身めがけて飛んだ。炎がいっきに燃え上がる。紫色の火はたちまち赤色に変わった。男ははじかれたように立ち上がった。それはトカゲだった。巨大なトカゲ。尖った顔がフードの奥から突き出し、鉤爪(かぎづめ)のついた手が長衣(ジェラバ)の袖から覗いている……。

リオネル・カスダンは目を覚ました。心臓が高鳴っている。焼けた布の臭い、焦げた肉や髪の毛の臭いが、まだ鼻の奥に残っていた。燃える炎の音だと思ったのは、電話の音だったと気づくのに数秒かかった。

「もしもし」

「おれだ」

法医学研究所の検死医リカルド・マンデズは、甘ったるい声で言った。

「起こしちまったかな?」

「ああ」カスダンは腕時計を見た。午前八時十五分だった。「でも、ちょうどよかった」

「統計によると、老人は平均的な年齢の男性より四時間多く眠るそうだ」

「ほっといてくれ」

「不機嫌になりやすいのも、老人の特徴だぞ。まあいい。おれはこれから寝るところだ。チリ人の検死で徹夜しちまったんでね。最終的な結論を聞きたいか?」

カスダンは片肘をついて、体を起こした。恐怖が血液に溶け込み、すっと引いていく。

「要は、昨日話したとおりなんだが」とマンデズは続けた。「死因は激痛による心停止。両方の聴覚器官を、細い針の先のようなもので突き刺されたのだろう。新たにわかったことだが、死因には前段階があった」

「『前段階』というと?」

「被害者はもともと心臓に問題を抱えていたんだ。梗塞による病変の跡が、はっきり残っていたよ。筋肉が赤ばんで、ところどころ斑点があった。詳しい話ははしょるが、やつのチクタク時計はこれまで何度も止まったことがあったはずだ」

「つまり?」

「ふつうは心臓がそこまで傷んでると、いろいろ過剰摂取の痕跡が見られるものなんだが。煙草の吸いすぎとか、暴飲暴食とか……ところがゴーツの動脈は、若者のものと変わらない。不摂生とはまるで無縁そうだ」

「だったら?」

「おれが思うに、心臓の短い停止が繰り返されたり、冠動脈が痙攣したりしたのは、心的なストレスが原因だろう。極度の恐怖とか、激しい不安とか」

カスダンは顔をこすった。頭がはっきりしてくる。悪夢は遠ざかり、豚を炙るような臭いも消えていた。

「ゴーツはチリの軍事政権に捕まって、拷問を受けていた」

「なるほど、それで病変の説明がつくな。病変だけじゃない」

「なんだ?」

「傷痕さ。ペニス、上半身、手足に無数の傷痕が残っていた。とりわけペニスにね。そこのところは、もう少し調べてみないと。顕微鏡でじっくり見てみれば、いつごろのものか正確にわかるだろう。何を使ってできた傷なのかも」

カスダンは黙ったまま、ゴーツの死因について考えた。激痛による死。圧政の被害者だった過去と殺された状況のあいだには、何か関連がある。チリの死刑執行人たちが、処刑にやって来たのか？

「最後にもうひとつ」とマンデズは続けた。「被害者は椎間板ヘルニアの手術を受けていて、フランス製の固定器具が埋め込まれていた。器具のメーカーとシリアルナンバーから、いつ、どこで手術したのかがわかるだろう」

「それで？」

「被害者が今と同じ名前でフランスに入国したのかどうか、確かめられるじゃないか」マンデズはくすっと笑った。「移民にはつねに警戒が必要だ」

「アンリ＝モンドール病院に、耳の骨の分析を依頼したと言ってたはずだが……」

「まだ結果は届いていない」

「トルソー病院の専門医とは？」

「電話連絡が取れてない。でも、その人喰い鬼みたいな形相で押しかけようなんて思わないでくれよ。あそこは小児病院なんだ。耳の不自由な子供がいっぱいいる。クリスマスどころじゃなくなっちまうからな」

「ありがとうよ、リカルド」

カスダンは電話を切り、ベッドの上で伸びをした。夢が切れ切れに戻ってくる。夢の世界に関する本なら、何冊も読んだ。とりわけ、フロイトの著作を。だから夢のなかに働く主な原理はわかっていた。圧縮、置き換え、視覚化。そんなふうに形をずらした場面の背後には、つねに性的な欲望が潜んでいる。だとしたら、数十年来繰り返しあらわれる凄惨な処刑場面には、どんな欲望が隠されているのだろう？　カスダンは頭を振った。この歳になっても、まだ自分に嘘をついている。あれがただの悪夢だと、信じているふりをしている。本当は、記憶に基づいた夢なのに。

　カスダンは浴室に向かった。三年前から、サン＝タンブロワーズ通りとヴォルテール大通りの角にある建物の屋根裏部屋に暮らしている。まずは一九九七年、そこの一室を息子のために買い、二〇〇〇年代になって残りの三部屋も買った。リフォームして人に貸し、年金の足しにしようと思ったのだ。

　ところが運命の悪戯か、状況が一変した。妻のナリネが亡くなり、息子は家を出て、カスダンは二十年間住み慣れたバラール広場近くのアパルトマンにひとりきりになってしまった。そこで心機一転しようと、まだペンキの臭いも新しい四部屋続きの屋根裏に引っ越すことにした。縦一列に並ぶ部屋を行ったり来たりする生活さえ厭(いと)わなければ、ひとり暮らしの男には理想的な住まいだ。もうひとつ問題があるとすれば、勾配のついた天井だろうか。カスダンは部屋の隅を横切るたび、身を屈めねばならなかった。つまりは一日の半分は、体を二つ折りにしているということだ。引退生活の屈辱をよくあらわしている。

　カスダンはシャワーを浴びながら、捜査について考えた。いつもなら、朝の日課は同じだった。起床。ヴァンセンヌの森で散歩、ジョギング、エクササイズ。家に戻って朝食。十一時まで新聞を読み、そのあと正午まで書類、ネット、郵便物に目を通す。昼食を済ますと、午後は自分の《仕事》に入る。彼はいろいろなアルメニア関連団体と関わっていた。誰も手を出したがらない仕事だが、彼は違った。午後四時、「パリスコープ」誌をポケットにカルチェ・ラタンへ向かい、古い映画を観てまわる。ときにはぶらぶらと、シネマテークまで足を延ばすこともあった。パリの隅っこのベルシー地区に移転しようなんて、シネマテークもつまらない考えを起こしたものだ。

カスダンは浴室から出て、鏡に映る姿を眺めた。短く刈った白髪まじりの髪が、武骨な表情を際立たせている。肥満とは無縁そうな、引きしまった顔つき。深く刻まれたしわは、ペインティングナイフで描いた絵のようだ。ごつごつした大きな鼻が、苦みを醸し出している。そんな不愛想な顔のなかに例外があるとすれば、二つの泉にも似た灰色の日だろう。それはテネレ砂漠のオアシスだ。

彼は寝室に戻り、服を着替えた。キッチンに行って、今風のカクテルを準備する。デパコート五百ミリ錠とセロプレックス十ミリ錠。服用を続けて四十年になる。飲んでいる薬にどんな作用があるのか、知りたいとも思わなかった。わかっているのはデパコートが精神安定剤で、セロプレックスが次世代型抗鬱剤だということくらい。けれどもこの二種類が絶妙のバランスで、彼を精神状態を保ってくれた。

六十二歳の今、まずまず落ち着いた日々を味わっている。精神医学に関わる症状なら、ひととおり経験してきた。憂鬱、幻覚、妄想……それに治療に関しても。抗鬱剤、精神安定剤の歩く見本市だ。七〇年代はテラリットやアナフラニル。八〇年代はデパミドやプロザック。躁鬱の発作が出たときには、もちろん神経弛緩薬もがぶ飲みしなければならなかった。《急性譫妄発作》と呼ばれる状態だ。この数十年で治療法が格段に進歩するのを、彼は間近で見てきた。今では自分にぴったりの薬を、個別に処方してくれる。副作用もない薬。それが当たり前になっていた。

カスダンはコーヒーの支度にかかった。昔ながらの淹れ方だ。ペーパーフィルターに粉を入れ、一滴一滴抽出する。カプセル式コーヒーメーカーを買うのはあきらめた。暖色系で統一され、にこやかな案内係がいる店でメンバーズカード取得のため、細々とした好みについて申込用紙に記入するよう求められたときのことだ。おれはうまいコーヒーが飲みたいだけで、新興宗教に加わろうってんじゃないと捨てゼリフを残し、彼は店を出た。くだらないアンケートやら顧客優待カードやらでいっぱいの消費社会は、もううんざりだ。小心翼々とした物質主義社会。そこでいちばん危険なのは、親友が煙草に火をつけるのを眺めること。そこで一番の幸福は、クリスマスの買い物の支払いをギフトチェックだけで済ませること。カスダンはにやりとした。結局おれは、何もかもが気に入らないんだ。マンデズの言うとおり、「不機嫌になりやすいのも、老人の特徴」なんだろう。

ビール片手に机の前に腰かけ、まずは調べておきたい手がかりの品を広げた。ゴーツが愛人のために書いた予定表だ。カスダンは眼鏡をかけて、リストに目を通した。オルガン奏者は商売繁盛していたらしい。アルメニア教会のほかにも、三つの教会へ仕事に行っていた。ノートルダム＝デュ＝ロゼール教会、レイモン＝ロスラン通り、十四区。ノートルダム＝ド＝ロレット教会、フレシエ通り、九区。サン＝トマ＝ダカン教会、サン＝トマ＝ダカン広場、七区。

カスダンはそれぞれの連絡先に、蛍光ペンでマークした。ゴーツは《緊急の場合》に愛人が連絡を取れるよう、聖具室係や司祭の名を丹念にメモしていた。カスダンは電話をかけるだけでいい。

ゴーツはピアノの家庭教師もしていて、パリじゅうを飛び回っていた。やれやれ。一軒一軒、家を訪ねてみなくては。いや、電話で済まそう。しかし、どんな些細な可能性も無視できない。生徒と淫らな関係になってしまったかもしれない。痴情がらみの殺しということもある。あるいは怒った両親が、復讐したのかも。

カスダンはリストを折りたたんで、ジーンズのポケットにしまった。ひとまわりする前に、あちこち電話をしておかないと。

まずは鑑識課のピュイフェラだ。

「オルガン奏者殺しについて、その後何かわかったか？」

「いいえ。手すりに残っていた指紋はすべて被害者のもので、ほかには何も見つかりませんでした。発見と言えば、昨日もお話ししたように、スニーカーの足跡だけで」鑑識係はそこで言葉を切り、報告書をがさごそ取り出した。「そうそう……あと、もうひとつ。楽廊から木片が見つかりました。棘(とげ)立った小さなかけらですが」

「手がかりになりそうか？」

「まだなんとも言えません。リヨンのラボに送り、分析してもらってます。わたしが思うに、オルガンの破片でしょう。ゴーツは犯人ともみ合いになったんです」

カスダンは犯行現場を思い浮かべた。オルガンのパイプ、鍵盤。ピュイフェラは間違っている。オルガンはぴかぴかで、引っ掻き傷ひとつなかった。木片はほかから来たものだ。

「報告書はもう送ったのか？」

「ええ、たった今」

「メールで？」

「メールと郵送で」

だとすると、ほどなくヴェルヌも追いついてくる。あの若造、スニーカーをはいた少年を全員、警察署に呼び出すに違いない。おれより成果を上げるだろうか？　いや、おれがひと足先に、ひとりで運試しの賭に出たと気づくだけだ。きっと電話をよこして、怒鳴り散らすぞ。

「分析結果が出たら、電話してくれ」

「いいですよ。そういや昨晩、おかしな話を聞いたんですがね。どこかの建物の屋根で、スーパーマンがワンダーウーマンを見つけ……」

「それならもう知ってる。じゃあ、電話をくれよ」

次にカスダンは、機密捜査技術援助課（SCOAT）の番号をプッシュした。そこでは十名ほどの係官が、容疑者のアパート盗聴にあたっている。ハイテク分野に通じているというより、配線業者との仲を重んじている連中で、本部は県番号七十八の小都市ル・シェネにある。

電話に出たのは古い知り合いのニコラ・ロンゴだった。

「用件は？」

「盗聴装置のことだ。ウィルヘルム・ゴーツ、ガザン通り十五―十七番。十四区」

「何を追ってる？」

「ゴーツは殺された。やつの部屋から、おまえさんのところの装置が見つかった。カーテンの上に仕掛けてあったよ」

「思い当たるふしはないが」

「だが、おまえさんのところの装置だ。アンプはカーテンレールの軸にはめ込まれてた」

「どうしてその事件に、あんたが鼻を突っ込むんだ？」

「殺されたのが、おれの教区のアルメニア教会だったからさ」

「被害者はアルメニア人なのか？」

「いや、チリ人だ。盗聴器が見つかったってことは、捜査対象だったはずだ。なんの捜査だったのか知りたい。それに盗聴を命じた判事が誰なのかも」

「あんたは誰の命令で動いてるんだ？」

「おれは五年前に引退した」

「そのはずだよな」

「調べてもらえるか？」

「同僚に確かめてみよう。でもチリ人のことなら、国土保安局（DST）か対外治安総局（DGSE）に問い合わせるがな」

ロンゴの言うとおりだった。確かに外務省が絡んでいる可能性は高い。だとすると面倒だぞ。

カスダンは在職中、やつらと関わる機会がよくあった。たいていはライバル関係というか、いがみ合いだ。だからあっちの方面からは、なんの情報も得られないだろう。

　カスダンはもう一本、古い知り合いに電話した。逃亡者捜査班（BNRF）という、逃亡中の容疑者を専門に担当する部署を新たに立ち上げた男で、麻薬捜査班時代の仲間だ。名前はロージエ＝リュスタンだが、みんなリュスティーヌと呼んでいる。

　携帯電話に男が出た。カスダンの声だとわかると、警察官はぷっと吹き出した。

「釣りの調子はどうだ？」

「まさに釣りの話で電話したんだ。大物釣りの話でね」

「まだあれこれ、事件をかぎまわってるんじゃないだろうな」

「ひとつだけ教えてほしいんだ。おまえのところの新しい捜査班には、二つの路線があると思うんだが」

「『二つの路線』っていうと？」

「海外へ逃亡したフランス人の捜索と、フランスに隠れている外国人の捜索だ」

「ああ、ヨーロッパ諸国の警察と協力してね」

「戦争犯罪人も扱っているのか？」

「われわれの領分は、むしろギャングやシリアルキラー、それに小児性犯罪者だな」

「ちょっと調べてくれるか？」

「どんな連中を捜している？」

「チリ人だ。ピノチェト体制時代の生き残りで国際手配され、フランスに隠れていると思われる連中を」

「チリじゃあシェンゲン圏（ヨーロッパ二十七か国から成り、そのなかではお互い自由に行き来できる）の外だからな。さて、刑事共助条約が結ばれていたことやら」

「そいつらを追っているのは、たぶんチリの司法当局じゃないだろう。ほかの国から逮捕状が出てるんだ。スペインかイギリスか、それともフランスか……チリに在外自国民がいた国さ。チリではヨーロッパ出身者が、たくさん犠牲になったからな」

「ご教示、感謝するが、実のところ、そんなに簡単な話じゃない。そいつらがまだチリ国籍なら、追いまわすにはチリの承諾が必要になる。告発者の国じゃなくってね。わかるな？」

「いちおう、確かめてくれないか？」

「名前はわかってるのか？」

「いいや」

「身体的特徴は？」

「まるっきりだ」

「おれだって、ほかに用があるんだぞ。幽霊のあとを追いかけろっていうのか？」

「昨日、チリ人の男が殺された。政治亡命者だ。彼はかつての拷問人たちを、告発しようとしていたらしい。その手のゲス野郎どもが、そっちのリストに載ってないか見てもらいたいんだ」

「それにしても、あんたの口からチリ人の話を聞くとはな」

「どうして?」

「ほんの一時間前にも、同僚がチリに関する問い合わせを受けたばかりなんだ。ちょっと待ってくれ」

カスダンはそのまま待機した。ほどなくリュスティーヌが電話口に戻った。

「エリック・ヴェルヌ、司法警察第一分局。知ってるか?」

「穴馬ってところかな。この事件を正式に担当しているやつだ。じゃあ大至急、電話してくれ」

「同僚といっしょに、確認してみよう。二人がかりなら、今日じゅうになんとかなる」

「ヴェルヌより先に知らせてもらえるか?」

「そんなにあれこれ注文つけるなよ、カスダン」

カスダンは電話を切った。ヴェルヌの名前が出たおかげで、二つ明らかになったことがある。ひとつは警部がまだ事件を担当しているということ。もうひとつは、ボマージャケット野郎はまだ、政治絡みという見立てを捨てていないことだ。

カスダンは立ち上がり、戦闘服に着替えた。

教会まわりをする前に、下調べをしておこう。

11

『ファイル・ピノチェト』

『至高の独裁者』

『専制的デモクラシーという虚構』

『ピノチェト対スペイン司法』

『無法の二十年』

『コンドル　影のプロジェクト』

　チリの政治的混乱を論じた本は、書店の棚三つ分を占めていた。ピノチェトと彼の独裁制に関するものが、そのうち二段にわたっている。カスダンは参考になりそうな本を選んで踏み台から降りると、一階に続く階段に向かった。

　エコール通り十六番。アルマッタン書店の地下売り場。そこはカスダンお気に入りの店だった。とりわけアフリカ関係の専門書に強く、まるで店全体が本でできているかのように、壁一面びっしり背表紙で埋めつくされている。書棚の上段は手が届かないので、お客は脚立を使わねばならなかった。

　カスダンは支払いを済ませた。けっこういい値段になった。経費で落とせたころが懐かしい。外に出ると、大きく深呼吸した。本屋はエコール通りの端にあった。カルチェ・ラタン風の建物が途切れ、その先にはまた別の地区が広がっている。モンジュ通りはどこに向かうのだろう。大型客船の舳先のように突き出たアム・ピアノ店、映画館アクシオン座……。

　カスダンは携帯電話を確かめた。サルキス神父からメッセージが届いている。カスダンはかけ直すことにした。

「どうしました？」

「別の刑事が話を聞きに来たんだが」

「殺人課の者ですか？」

「いや、Bなんとかと言ってた。たしか『青少年』という言葉が入っていたような」

「BPM。青少年保護課（ブリガード・ド・プロテクシオン・デ・ミヌール）では？」

「ああ、それだ」

カスダンは顔をしかめた。スニーカーの足跡に触れたピュイフェラの報告書は、今朝九時ごろヴェルヌのもとに届いたはずだ。今は午前十一時。警部はすぐさま青少年保護課（BPM）に連絡を取り、聖歌隊の少年たちの尋問に課員の派遣を要請したのだろうか？　妙だぞ。ほかの課を巻き込んでも、ヴェルヌにとっていいことは何もない。

「どんな刑事でした？」

「ちょっと変わってたな」

「というと？」

「若い男だ。薄汚くて、無精ひげを生やして。でもなかなかハンサムで、どちらかというとロック・ミュージシャンみたいだった。オルガンも弾いてたし」

「なんですって？」

「嘘じゃない。わたしを待っているあいだに、二階席にのぼっていってね。黄色いテープがまだ張ってあったが、その下をくぐり抜けて鍵盤の前に腰かけ、やおら弾き始めた。七〇年代頃のロックのイントロを……」

サルキスはしゃがれ声でメロディをハミングし始めた。なんの曲か、カスダンはすぐにわかった。

「ドアーズの『ハートに火をつけて』だな」

「そう、たぶん」

カスダンは刑事の姿を想像してみた。薄汚い身なりの若い男。殺人事件の現場にずかずかと入り込み、おいおれの教会でドアーズの曲なんか弾きやがるとは、確かに並みのやつではなさそうだ。

「名前は言ってましたか?」

「メモしてある……セドリック・ヴォロキンだ」

「聞かない名だな。身分証は見せましたか」

「ああ、怪しげところは何もなかった」

「で、その刑事はなんと?」

「死体発見の時刻、死体の位置、血痕について細かくたずねた……それに少年たちにも話を聞きたいとか。きみと同じように、コンバースのスニーカーをはいた少年たちの話を」

間違いない。ヴェルヌは捜査情報を漏らしたのだ。でも、どうして? 自分では少年たちに尋問できないと思ったのだろうか?

「こっちからも、探りを入れてみます」とカスダンは言った。「ほかに何か?」

「ヴェルヌとかいう昨日の刑事さんからも電話があり、少年たちに話を聞きたいとか。できればきみの力で、二人を……」

だとすると、辻褄が合わないぞ。ヴェルヌも少年たちに尋問しようとしているなら、ロック野郎はよそから湧いてきたことになる。でもそいつは、どうやって事件のことを知ったんだ？

「わたしがもう少年たちに尋問したことは、ヴェルヌに話したんですね？」

「そうせざるを得ないだろ、リオネル」

「どんな反応でした？」

「ちくしょうって顔をしていたよ」

「また電話します。心配はいりません」

カスダンは車に歩み寄った。そして運転席にすわるなり、司法警察第一分局の警部に電話した。ヴェルヌはこっちが話す間もなく、いきなりまくしたてた。

「どういうつもりなんですか、ふざけた真似して！」

「先手を打った。そういうことだ」

「誰の、どんな権限で？」

「あの教会はおれの縄張りだ」

「いいですか。この先一度でもわたしの邪魔をしたら、しばらくブタ箱に泊ってもらいます。そこで頭を冷やすといい」

「わかったよ」

「いや、あんたはまるでわかっちゃいない。でも、やると言ったらやりますからね」

　ヴェルヌは短い沈黙のあと、声を潜(ひそ)めて続けた。

「少年たちから、何か聞き出せましたか？」

「いや」

「くそっ、ただの無駄骨ですか。あんたのせいで捜査が台無しだ」

「まあ、落ち着け。どうもしっくりこないんだ。おれは心理学に強いわけじゃないし、一発大当たりの証言が得られるなんて、初めから期待しちゃいない。だが、何かとっかかりがつかめると思ったのに。殺人現場を目撃した少年がいれば、動揺が見て取れるはずだ」

「けれど誰ひとり、ショックを受けている様子はなかったと？」

「ああ。でもそれは、ほかに説明がつくはずだ。そっちはどこまで進んでる？」

「正式な報告書を出せとでも？　あなたに話すことはありません。これ以上、わたしの事件に首を突っ込まないでください」ヴェルヌはまた怒りが込み上げてきた。「よくもまあ、勝手に少年たちから話なんか聞けたもんだ。必要な用心もまったくしないで」

　カスダンは答えなかった。言うだけ言わしておけば、そのうち一段落する。ついでに怒りもおさまるだろう。ようやく彼は口をひらいた。

「最後にもうひとつ、青少年保護課(BPM)に何か話したのか？」

「ＢＰＭに？　どうしてそんなことするんです？」

　それには答えず、カスダンは口調を変えた。

「いいから聞いてくれ。きみが腹を立てるのも無理はない。おれみたいな老いぼれの手なんか、借りる必要ないって思っているんだろう。だが、ひとつ忘れるな。きみがこの事件を片づけるには、一週間しかないんだぞ」

「一週間？」

「ああ、現行犯捜査期間さ。そのあと判事が任命され、カウンターはゼロに戻される。ちょっとした家宅捜索にも、許可申請が必要になる。今はまだ、きみひとりで好き放題やれるけどな」

ヴェルヌは黙った。法律は心得ている。死体発見から一週間は、検事が認めた部署に全権が与えられ、捜査に当たる警察官は司法共助依頼をする必要がない。つまり家宅捜索や尋問、監視、なんでもできるってことだ。

「だがきみには助けが必要だ」とカスダンは続けた。「事件が起きたのはアルメニア人の縄張りだ。しかもそこには、チリ人のコミュニティも関わっている。そこでおれみたいな老いぼれ移民が、配管工事にひと役買うってわけだ。手柄はきみがひとり占めさ」

「あんたのことは調べさせてもらいました」ヴェルヌはうなずいた。「優秀な警官だったそうですね」

「過去形かい。まあ、そのとおりだが。初動捜査は終えたのか？」

「周辺の聞き込みは、ひととおり。でも、目撃者はいません。グジョン通りは閑散としてますから」

「検視結果は？」

ヴェルヌの話はすでに知っていることばかりだったが、おかげで彼が嘘をついていないとわかった。こいつは能無しの警官じゃない。むしろやる気まんまんの若手ってところだ。

「で、きみの見立ては？」カスダンはさらにたずねた。

「政治絡みだろうと思います。ゴーツがチリで何をしていたのか、調べてみようかと」

「チリ大使館には問い合わせたのか？」

「ええ、でも事情がわかりそうな大使館員は、ひとりだけでした。ベラスコっていう男ですが、出張で二日ほど留守だとか。パリにはチリの連絡将校もいません。アルゼンチンの連絡将校にあたってみるつもりですが、うまくいくかどうか。国際関係局（DRI）やインターポールにも電話しました。国際逮捕手配書が出ていないか、確かめたいんで」

「ゴーツに対してか？」

「どうしてゴーツに？　違いますよ。やつに恨みを抱いていた独裁時代の死刑執行人たちにです。逃亡者捜査班（BNRF）にも問い合わせました。目下、逃げ回っているチリ人はひとりもいないそうです。ゴーツの指紋を国際ファイルに照会してみました。もしかして……本物のゴーツは別人かもしれないですからね。結果は明日わかります」

「よくやってるじゃないか。あとは何か？」

「フランスやヨーロッパ諸国で、同じような殺人事件がほかにも起きていないか、ＳＡＬＶＡＣで検索してみました。つまり、鼓膜を突き破る殺人が」

犯罪関連暴力情報分析システム（SALVAC）は、フランスで起きた殺人事件を検索できる、アメリカ流の最新式情報システムだった。カスダンも名前くらいは聞いたことがある。ともかくヴェルヌは最善を尽くしているようだ。

「あんたのほうは？」

カスダンはイグニッションキーをまわし、エンジンをかけた。

「おれか？　まだ目を覚ましたばかりだ」カスダンは嘘をついた。

「これからどうするつもりです？」

「まずはジョギングだ。そのあと、教区の書類に目を通してみる。手がかりがあるかもしれない。アルメニア人のなかにも前科者がいるだろうし……」

「馬鹿な真似はしないでくださいよ、カスダンさん。まだわたしの邪魔をするようなら、こっちにも……」

「わかったって。そうかりかりするな。何かつかんだら知らせてくれ」

カスダンは電話を切った。話し合いは失敗だったらしい。信頼は得られなかった。はったりの応酬で、お互いそうやすやすと手の内を見せないからな。それでもまだもの別れに終わったわけじゃない、とカスダンは感じていた。


フォッセ＝サン＝ベルナール通りをソルボンヌの理学部沿いに下りながら、カスダンは薄汚い身なりの若い警官のことをあらためて考えてみた。サン＝ジャン＝バティスト教会にやって来て、パイプオルガンを弾いていっただと？　そんなやつが絡んでくるわけは、ひとつしか思いつかない。上層部の差しがねだろうか。重大事件が起こるたび、内務省宛に報告書が作られる。今でも《テレックス》と呼ばれていて、ヴェルヌも昨晩送ったに違いない。ヴォロキンとかいう刑事は、なんらかの方法で事件のことを嗅ぎつけたのだろう。誰が情報を漏らしたのか？ そんなことができるのは、二十四時間体制で当直勤務に当たっている、何人かの女性職員に限られる。

だとすると、女性警官のひとりが型破りなデカとねんごろになったのかもしれない。なかなかハンサムだったと、サルキスも言ってたくらいだからな。でもヴォロキンは、どうやって足跡のことまで嗅ぎつけたのだろう？

カスダンはピュイフェラに電話した。鑑識課員はすぐに出た。

「勘弁してくださいよ、カスダン。こっちだっていいかげん……」

「青少年保護課(BPM)の刑事から、今朝電話があったんじゃないか？ ゴーツ殺しの件で」

「ええ、あんたの電話のすぐあとに。まだ九時にもなっていませんでしたが」

前腕に震えが走った。電光石火の早業だな、その若造。

「足跡の話をしたのか？」

「どうだったかな……ああ、したした。向こうもすでに、知ってたんじゃないですか。自分から少年の話を持ち出したんだから……」

いや、そうじゃない。ヴォロキンは単に殺人事件について探りを入れようと、鑑識課に電話したんだろう。彼が聖歌隊員の少年たちの話をしたものだから、ピュイフェラはつい口を滑らせてしまったんだ。コンバースの件は解禁だから、大丈夫だと思って。

「どうやって知ったのか、たずねなかったのか？」カスダンはぶつくさ言った。「そのときはまだ、ヴェルヌに報告書を送っていなかったんだろ？」

「ええ、確かに。そこまで考えませんでした。まずかったですかね？」

「まあいい。分析結果が出たら、電話してくれ」

カスダンは腕時計を見た。午前十一時二十分。地下鉄の高架線に遮られた、オーステルリッツ河岸の端まで来ていた。左側、セーヌ川の反対岸に、平らな屋根をしたベルシー多目的スポーツセンターのピラミッド型の建物が見える。カスダンはそちらに向かって曲がった。トルソー病院耳鼻咽喉科の専門医に、そろそろ話を聞きに行こう。ウィルヘルム・ゴーツの聴覚器官を調べた結果が、もう届いているはずだ。

12

アルマン＝トルソー病院は炭鉱の村に似ていた。村から持ってきた煉瓦造りの建物を、四角く並べていったかのようだ。新たな中庭に入るたび、灰色やピンク、クリーム色のファサードが四方から迫ってくる。いつか壁と壁のあいだに挟まれ、押しつぶされるのではないか。この迷宮を車でまわっていると、檻のなかのネズミみたいな気分になった。

カスダンは病院を毛嫌いしていた。生まれてこのかたずっと、この陰気な場所で定期的に過ごさねばならなかった。パリのサン＝タンヌ病院やメゾン＝ブランシュ病院。ヌイイ＝シュール＝マルヌのヴィル＝エヴラール病院。ヴィルジュイフのポール＝ギロー病院……（いずれも精神科の病院）彼はそこで敵のない兵士として、孤独な戦いを続けた。彼の戦場は頭のなかだったと言うべきかもしれない。錯乱と現実が絶えずぶつかり合い、やがて休戦のときが来る。いつだって、一時的なものではあるけれど。そしてカスダンは退院した。びくびくと、恐れおののきながら。ひとつだけ、確かなことがある。いつかまた、新たな発作のせいで、ここに舞い戻ってくるだろう。

けれども病院に関わる最悪の思い出は自分自身の狂気ではなく、妻ナリネのことだった。彼女と知り合ったのは三十二歳のころ、アルメニア人仲間の結婚式のときだった。当時カスダンは、捜査介入部隊（BRI）のヒーローだった。初めはナリネを熱烈に愛していた。愛情はやがてただの敬意に変わり、最後は心底耐えきれなくなった。もはやナリネは、彼の人生に影のようについてまわる存在、銃のように切っても切れない存在にすぎなかった。二十五年にわたる結婚生活を、ひと言では言いあらわせない。けれどもひとつだけ確かなのは、ナリネが彼の人生でもっともよく知る人物だということだ。それは向こうも同じだろう。二人はいっしょに年を経て、あらゆる感情とあらゆる苦難をともに過ごしてきた。けれども今、過去をふり返ったとき、思い浮かぶのはいつも同じ場面、ナリネが死ぬ数時間前、ネッケル病院の病室を最後に訪ねたときの場面だけだった。

あのときのナリネはもう、おれと運命を共にした女ではなかった。化粧もしていなければ、ヘアウィッグもつけていない。紙でできた緑色の入院着を着て、痩せ細った坊さんみたいだった。モルヒネのせいだろうか、話し方まで妙によそよそしくて、もはや意味不明の言葉ひとつひとつが、まるで小さな死の証（あかし）であるかのように、カスダンの頭に突き刺さった。

それでも彼は笑って枕もとに腰かけ、妻から目をそむけて、まわりの器具を眺めた。鼓動測定器（フィジオガード）の緑色の波線。半透明の点滴液に反射する、蛍光灯の白い光。そうした装置やぽたぽたとたれる液体は、薬物依存症患者になじみ深い習慣を思い起こさせた。ヘロインの注射や阿片パイプを。こうした道具やそれを扱う手つきには、何か念の入った悪意が感じられた。結局ものごとは、始まったときと同じように終わるものなのだ。なぜってほら、忘れもしない、将来、妻となる女の名前が《ナリネ》だと知ったとき、すぐに《水煙管（ナルギレ）》という言葉を連想したじゃないか……。

ナリネはしゃべり通しだった。脈絡のないその言葉に、カスダンは怖気（おじけ）づいてしまった。話しているのは幽霊だった。すでに死の相貌がくっきりとあらわれた幽霊。はるか昔の記憶が、脳裏によみがえった。カメルーン、一九六二年。村人たちはその晩、祭りをひらいた。太鼓の音、ヤシ酒、赤土をこする裸足の足。とりわけ思い出されるのは、ダンスをするひとりの女だった。彼女は無造作に腕を広げて星空を見上げくるくるとまわった。口もとに放心したような作り笑いを浮かべて。まるで夢遊病者だ。けれども、その目は魅力的だった。緊張感に満ちて、じっと遠くを見つめている。そのせいか傲慢そうで、捕えがたい感じがした。カスダンはしばらくして、ようやく気づいた。女は盲目だったのだ。彼女が見ているのは、鼓動のようにリズムを刻むこもった音、夜の裏側だ。

ナリネはあのときの踊る女を思わせた。彼女の言葉は暗闇のなかを漂った。彼女の目は、どこかかなたを見つめている。この世ならぬ、名状しがたい世界に向かっている。その晩、カスダンは車を使わず、デュロック地区を徒歩でさまよった。ネッケル病院からほんの数分のところに視覚障害研究所があるので、ほかにも目の不自由な人たちと何人もすれ違った。なんだか幻想世界に入り込んでいくような気がした。そこでは彼ひとりが、まだ生きている。

ようやく家に帰ると、メッセージが待っていた。ナリネが息絶えたと。町をさまよっているときから、彼にはわかっていた。今、別れてきたばかりの奇妙な女のことを、いつまでも忘れないだろう。あの幽霊は、ほかのすべてのイメージを覆い隠してしまうだろうと。


カスダンは病院の敷地に車を停め、瞼を閉じた。あふれる思い出を押しとどめるかのように、手の平を左右のこめかみにあて、大きく深呼吸をする。再び目をあけたとき、彼は過去から現在にしっかり戻っていた。トルソー病院、耳鼻咽喉科の専門医、殺人事件捜査に。

病院のアンドレ＝ルマリエイ棟は中庭の奥にあった。明るい色をした煉瓦造りの建物で、ところどころに色の濃い鋳造タイルが張ってある。六番ドアに示されたいくつもの科のなかに、耳鼻咽喉科があった。

ホールに入ると、早くも独特の雰囲気があった。サイやライオン、シマウマの絵が壁を覆い、大きな木製の箱や色鮮やかなベンチが四角く並んでいる。そして床に散らばるおもちゃ……カスダンはマンデズの言葉を思い出した。「あそこは小児病院なんだ。耳の不自由な子供がいっぱいいる。クリスマスどころじゃなくなっちまうからな」花飾りや色とりどりのボールが、天井からさがっていた。部屋の隅に飾られたクリスマスツリーのイルミネーションが点滅し、蛍光灯もすでに灯されている。

部屋の中央では、鈴がついた緑の帽子をかぶった看護師たちが木やフェルトでできた舞台を設置していた。

カスダンは看護師たちに歩み寄った。部屋の熱気と薬の臭いが同時に鼻を突いた。気分がますます悪くなる。外界から切り離された子供たちの殺伐とした雰囲気とゴーツの死体とが、わけもなく彼のなかで結びついた。

「フランス・オーデュソン先生にお会いしたいのですが」

ミニチュア劇場の赤い幕があき、肩幅の広い女があらわれた。

「わたしですが、どんなご用件でしょう?」

フランス・オーデュソンは五十がらみ。ずんぐりと太って、白髪まじりの髪が、左右対称に丸く顔を縁どっている。マミー・ノヴァ・ヨーグルトの宣伝に、昔こんなおばさんが出てきたっけ。彼女は立ち上がって左にまわった。なんと妖精のかっこうをしている。ストラップで吊った真緑色のジャンパードレス。蝶の形をした大きなバックルつきの黒い靴。鈴のついた帽子。

カスダンはこっそりとっておいた警察の身分証を見せた。未練たらしい警官がみなそうするように、退職の半年前に紛失届を出しておいたのだ。職を去るときは新たに取得した身分証を返却し、古いほうはお守りがわりに手もとに残した。

「わたしはウィルヘルム・ゴーツ殺し捜査チームのものです」とカスダンは言った。

フランス・オーデュソンは鈴の音を響かせながら帽子を脱いだ。

「今朝、モンドール病院から分析結果を受け取りました。こちらにどうぞ」

カスダンは妖精の扮装をしたほかの看護師が好奇の目で見るなか、彼女のあとについていった。二人は木製の箱がいくつも並ぶ脇を抜けていった。どうやらこれは飾りではなく、本物の机らしいとカスダンは気づいた。耳鼻咽喉科の専門医は奥から二番目のドアの鍵をあけた。ドアにはトナカイの顔の絵が張ってある。

「クリスマス会の準備をしているんです」とオーデュソン医師は言った。「子供たちのために」

部屋は狭苦しかった。右の壁にぴったりつけて、机が置かれている。その脇に肘掛け椅子がひとつ、斜め脇にもうひとつ。部屋じゅう書類でいっぱいで、鼓膜の断面図やCTスキャンの画像がピン止めされている。体重百十キロのカスダンは、身動きもとれないほどだった。

「おかけください」とオーデュソンは言って、左側の肘掛け椅子に積んであった書類の山をどけた。

カスダンはそろそろと腰かけた。女医はジャンパードレスのストラップをはずし、扮装を脱いだ。下に着ていたのは丸首シャツと黒いジーンズで、太めの体型がよくわかる。胸はどっしりとしていた。白いブラジャーが黒っぽい生地の下に透けて見え、雪山の頂上よろしくくっきりと浮かんでいる。カスダンは股間がじんわり熱くなるのを感じた。悪い感覚じゃない。

「結果にひとつ問題があって」とオーデュソンは、壁に立てかけた封筒をつかんで言った。腰かけて、封筒をあける。「ラボの検査では、何も見つかりませんでした」

「つまり、微細な粒子もなかったと?」

「ええ、まったく。モンドール病院のスタッフは、側頭骨岩様部の内部を電子顕微鏡で調べ、化学検査も行ないました。しかし、何も出てきませんでした。小さな破片はおろか、やすり屑ひとつなかったんです」

「だとすると、考えられるのは?」

「鼓膜を突き破るのに使われた針は、高密度の合金で作られていたので、骨にあたっても砕けなかったのでしょう。でもそこが、なんとも奇妙な点なんです。針は小管のあいだに入り込み、渦巻管のなかまで突き刺さっているんですから。つまり摩擦があったのに、針はなんの痕跡も残していないわけです」

「針はどんな形状だと思われますか?」

「とても長いですね。それがとても強力な音波のように、聴覚器官のなかに入り込んだんです。そして針の先端が、渦巻管の有毛細胞を破壊しました。渦巻管のなかには、コルチ器と呼ばれる、音を感受する器官があります。電子顕微鏡で撮った写真をお見せしましょう」

　女医はテーブルの上にモノクロ写真を何枚か並べた。海藻がうじゃうじゃと生えた、深海平原のようなものが写っていて、まるで悪夢の一場面だ。そもそもこれは顕微鏡が捕えた、肉眼では見えない生体の微細な活動なのだ。繊毛の無秩序な動きは、大きく渦巻く潮の流れを思わせた。

「外側に見える有毛細胞は」と専門医は続けた。「音の振動を捕えて増幅する感覚部位です。見てわかるとおり、繊毛は凶器によって損なわれています。被害者はたとえ一命を取り留めたとしても、一生耳が聞こえなかったでしょう」

カスダンは顔を上げた。女医の胸がまた目に入ったけれど、それを見ても今度は何も感じなかった。

「マンデズ先生は編み針みたいなものじゃないかと言ってましたが、どう思いますか？」

「そうではないでしょう。凶器に使われた針の先端は、もっと鋭いはずですから」

オーデュソンは立ち上がり、壁に掛けた図を指さした。色とりどりに塗り分けられた、カタツムリのようなものが描かれている。彼女は人さし指で、狭い通路を示した。

「これは耳の図です。ほら、耳小骨がわかりますね。それがここで、とても狭い通路を作ってます。針の先端は、この隙間に刺し込まれたんです。針にはおそらく握りがついていたのでしょう。全体が砕けないくらいに固い、同じ合金で作られていたのだと思います」

フランス・オーデュソンはすわりなおした。そこでカスダンはふとひらめいた。荒唐無稽な思いつきではあったけれど。

「もしかして先端は氷でできていたのでは？　氷なら、溶けてしまえば痕跡が残らず……」

「いいえ、そんなに細い氷の針では、骨にあたったときに砕けてしまいます。凶器の太さはミクロン単位なんですよ。何か、未知の合金でできている凶器……サイエンス・フィクションに出てくるような」

そこでオーデュソンは、おかしなことを言ってしまったと気づいたのか、にっこりした。

「ごめんなさい、テレビドラマの観すぎですね。わたしが言いたかったのは、謎はそこにあるってことなんです。凶器が何かってことに」

カスダンはもう一度写真に目を落とした。カーボン色の平原は、まるで被害者の苦痛を写し取り、そこに焼きつけたかのようだった。またしても、直感が働いた。死因と苦痛、動機のあいだには、隠れた結びつきがある。そこにはチリと拷問者が関わっているのだろう。

「わたしはたまたま、犯行直後に現場に到着することができました」とカスダンは言った。

「被害者の叫び声が、まだオルガンのパイプにこだましているうちに。ウィルヘルム・ゴーツは恐ろしいうめき声をあげたに違いありません。リカルド・マンデズ先生は被害者が激痛のあまり息絶えたのだろうと考えています。そんなことがあり得ると思いますか?」

「ええ、充分に。鼓膜が痛みに耐える限界について、わたしたちはここでたくさんの研究を重ねてきました。鼓膜というのは、とても敏感な部分なんです。海に潜ったり、飛行機で空を飛んだりしているとき、急激な気圧変化による鼓膜障害の治療は、一年じゅう行なっています。話を聞くとみなさん、とても激しい痛みだったと言います。今回の殺人事件では、針の先端がさらに奥まで入り込んでいますからね。激痛のせいで体の代謝がいっきに変調をきたし、心臓が止まってしまってもおかしくありません」

カスダンはうっかり書類の山を崩さないように気をつけながら立ち上がり、重々しい声で言った。

「ありがとうございます、先生。写真と分析結果をいただいていっていいですか?」

オーデュソンははっと体をこわばらせた。目に警戒の光が浮かんでいる。

「通常の手順を踏むほうがいいでしょう。法医学研究所にすべて送りますから、あなたの部署宛のコピーを受け取ってください」

「ええ、そうします」カスダンはおじぎをしながら言った。「手っ取り早く進めようと思っただけですから。おかげさまで、すでにだいぶ時間の節約になりました」

フランス・オーデュソンは名刺を取り出し、電話番号を書いた。

「わたしの携帯番号です。お渡しできるのはこれくらいなので」

カスダンは女医が脱いだ帽子をつかみ、鈴をならした。

「これはどうも。では、メリークリスマス!」

13

カスダンはトルソー病院をあとにすると、ゴーツがオルガン奏者や聖歌隊の指導者として務めていたほかの三つの教区を訪ねた。十四区のノートルダム=デュ=ロゼール教会では、話を聞ける者がひとりも見つからなかった。施設付き司祭は体調がすぐれず、ほかの司祭は不在だった。フレシエ通りのノートルダム＝ド＝ロレット教会で会ったミシェル神父は、皆が知っているゴーツ像を語っただけだった。控えめで、もの静かで、穏やかな男。カスダンはサン＝ジェルマン大通り近くのサン＝トマ＝ダカン教会へ向かったが、そこも空振りだった。教会の責任者は二日間の旅行中だった。

午後三時半、カスダンは自宅に戻り、キッチンでサンドイッチを作った。食パン、ハム、ゴーダチーズ、ピクルス。それといっしょにぬるいコーヒーを飲んだ。ゴーツがピアノの個人レッスンをしていた家に電話するのは、どうも気が進まなかった。チリの現代史を調べるのも億劫だ。けれども、なぜか首を突っ込んできた若い警官のことはとても気になる。何者か知らないが、お手並み拝見ってところだ。

サンドイッチを数口で平らげ、もう一杯コーヒーを淹れると、カスダンは机の前にすわった。そしてジャン＝ルイ・グレシに電話した。殺人課の元同僚で、青少年保護課の課長になっている。

「元気か？」とグレシ警視は大声で言った。「あいかわらず、暴れまわってるのか？」

「とんでもない、おとなしいもんさ」

「で、どんな風の吹きまわしだ？　急に電話してくるなんて」

「セドリック・ヴォロキン。知ってるな？」

「うちの腕利きのひとりだ。どうして？」

「おれの教区に関わる殺人事件の捜査に、首を突っ込んでるらしいんだ。アルメニア教会で起きた事件だ」

「あり得ないな。あいつは今のところ、使いものにならない。しばらくずっとこのままだろう」

「それはまた、どうして?」

グレシは少し言いよどみ、声をひそめた。

「ヴォロキンは問題を抱えてて」

「どんな問題だ?」

「麻薬だよ。ヘロイン中毒なんだ。うちの管内のトイレで、ヤク中の女と捕まった。さすがにまずいっていうんで、ヤク抜きの施設に入らせたが」

「クビにならなかったのか?」

「ああ、おれがもみ消した。歳とって、丸くなったんだ」

「施設っていうのは?」

「オワーズ県にある、《青少年支援センター》ってところだが、みんな《コールドターキー》って呼んでるよ」

「どういう意味なんだ?」

「薬剤も化学物質も使わずにヤク抜きをすることを、英語でそう言うんだと。そこでは言葉で治療するらしい。それにスポーツで。自然志向のやり方っていうか、アンチ精神医学の流れだな」

それにしても、妙な表現だ。カスダンは冷たい雨が降りしきる、イスタンブールの阿片窟を思い浮かべた。阿片パイプ、ミナレット、水キセル。そこではっと間違いに気づいた。《ターキー》はトルコではなく、七面鳥のことだったのか。《コールドターキー》、つまり《冷たい七面鳥》。禁断症状の比喩だ。冷や汗や鳥肌を連想させる比喩……。

「じゃあおれの事件について、ヴォロキンがどこかから情報を得たなんて、あり得ないっていうのか？」とカスダンはさらにたずねた。

「あいつは三日前に入院した。おれが思うに、今ごろは寝袋にくるまって、がちがち歯を鳴らしてるだろうよ」

「歳はいくつなんだ？」

「二十七、八だったかな」

「学歴は？」

「法学と哲学の修士号を取ったあと、カンヌ＝エクリューズの警察学校を出てる。頭はいいがそれだけじゃない。射撃の腕前もトップクラスだ。それに武道の全国チャンピオンだった。なんの競技かは忘れたが」

「警察に入ってからは？」

「まず麻薬取締課に二年いた。思うにそこで、ヘロインにはまっちまったんだな」

「なのにおまえの捜査班にひっぱったのか？」

「額にジャンキーって書いちゃいなかったからな。それに本人がどうしてもと言ったんで。あいつみたいな大学出を断わる理由はない。麻薬課じゃ、九八パーセントの検挙率を誇ってた。ギネスブックに載るような男さ」

「ほかには?」

「音楽も得意だ。たしかピアノをやってるとか」

カスダンは話の断片を、ひとつに組み立てていった。聞けば聞くほど興味深い。実にユニークな警官だ。

「結婚は?」

「してないが、モテモテだ。若い女はみんな、ころっとまいっちまう。女はああいうタイプが大好きなんだ。イケメンで、苦悩に満ちていて、高嶺(たかね)の花って感じで。磁石がやすり屑を引きつけるみたいに、黙っててもアマっ子が寄ってくる」

どうやら、思ったとおりらしい。ヴォロキンは本部勤めの女性職員を通じて、気になる事件がないか探りを入れていたのだ。

「どうしてヴォロキンは青少年保護課(BPM)に志願したんだろう? 何か知ってるか?」

「思うところがあったのさ。個人的な動機がな。間違いない。ヴォロキンは孤児だ。あっちこっちの児童養護施設や里親、宗教施設をたらいまわしにされている。ずいぶん酷い目に遭ってきたことは、想像にかたくない。小児性愛者(ペド)どもと決着をつけようとしてたって、なんの不思議もないさ」

「ちょっと安易な推測じゃないか?」

「安易に見える推測ほど、的を射てるもんさ。カスダン、おまえだってよく知ってるだろ」

　カスダンは言い返さなかった。人間っていうのは、確かに想像力に欠けている。四十年にわたるデカ人生で、それは嫌というほど思い知らされた。紋切型の正しさが、デカの暮らしでは日々証明される。

「ともかく」とグレシは続けた。「やつはしょっちゅう歯止めが効かなくなる。このあいだも小児性愛者（ペド）をひとり、ぶちのめした。こっちはそんな事件、気にもとめなかったがな。告訴するっていうなら、殺人犯でいっぱいの房に入れてやるって、向こうには言ってやったさ。だけどヴォロキンとはさしで話した。おれたちの役目は、容疑者を殴ることじゃないってね。この仕事をしていると、そんな誘惑に駆られることはしょっちゅうあるけれど」

　狂犬の姿がはっきりしてきた。有能で、切れ者で、危険。そいつがどうしてサン＝ジャン＝バティスト教会の殺人事件に興味を持ったのだろう？　少年たちが絡んでいるから？

　グレシはさらに続けた。

「でもあいつの能力は、すべてを補って余りある。あいつは少年たちとうまが合うんだ。おれたちの課じゃ、子供がポイントになる。たいていの場合、彼らが唯一の検察側証人だからな。怯えきって、ショックを受けている子供が。そうなると、ひとことだって引き出せない。ヴォロキンを除いては」

　そういやおれも、聖歌隊員の少年たち相手にしくじったっけ、とカスダンは思った。

「どうやるんだ？」

「そこが不思議なところさ。あいつは少年たちの心をつかむ術を知ってる。信頼を勝ち得る術を。少年たちの沈黙や、言いかけた言葉の意味がわかるんだ。彼らが描いた絵や身振りも読み解くことができる。たいした心理学者だよ、まったく。それに仕事熱心で、昼夜を問わず働きずくめだ。課内でこんな冗談が広まったくらいだ。あいつは同僚の警官より、夜勤の掃除婦と顔を合わせる時間のほうが長いんじゃないかって」

カスダンはふと思った。もしかしたら、相棒にできそうなやつが見つかったんじゃないか？年は三十五も下だが、おれと同じはぐれもので、おれにない技量を持っている。

「センターの連絡先はわかるか？」

グレシはパリから五十キロも離れたヤク抜き施設の住所を言った。でも、あり得ないな、と彼は繰り返した。今ごろセドリック・ヴォロキンは苦しみ抜いて、うなっているはずだと。カスダンは警視に礼を言って電話を切った。

もっと情報が要りそうだ。カスダンはさらに一時間かけて、ヴォロキンのことを調べた。まずはカンヌ＝エクリューズの警察学校に電話し、進路指導員につないでもらった。自信たっぷりに登録番号を言えば、あとは話し方次第でどんな同僚のどんな情報も手に入れることができる。

「よく覚えてますよ」と進路指導員は言った。「ここには一九九九年九月から二〇〇一年六月までいました。ちょっと待ってください。ファイルを調べてみます」一分ほどして、男は電話口に戻ってきた。「あんなに優秀な生徒は、めったにいません。彼は同期トップで卒業しました。すべての分野で抜群の成績でした。まあ、肝っ玉が据わってるというか。研修報告書もその点を強調してます。勇敢で粘り強く、直観力にすぐれているって」

「二〇〇一年の卒業時、何歳だった?」

　進路指導員は怪しむような声になった。

「そちらで生年月日がわからないんですか?」

「今、手もとにないので」

「二十三歳になるところでした。一九七八年九月生まれですから」

「出生地は?」

「パリの九区です」

「こっちのメモによると、卒業後は麻薬取締課に配属されたそうだが」

「本人の希望です。彼の成績なら、もっといい部署も選べたでしょうに」

「確かに。どうしてもっと将来性のあるポストを狙わなかったんだろう? 内務省とか?」

「オフィスワークには、まったく向いてません。彼は現場の仕事がしたかったんです。ヤクの売人を憎んでいるようでした」

　カスダンは進路指導員に礼を言い、電話を切った。グレシの話によると、ヴォロキンは孤児だったらしい。カスダンは県の社会保険福祉局に電話した。ヴォロキンは身元不明の母親から生まれたのではないし、初めから孤児だったわけでもないだろう。生まれてすぐに遺棄され、親がわからない赤ん坊には、たいていファーストネームを組み合わせた名前がつけられる。ジヤン＝ピエール・アランとか、シルヴィ・アンドレとかいうように。それに出生地は、社会保険福祉局の本部がある十四区で登録されることになっている。子供たちは不幸な星のもとに生まれたってことがわかるようになっている。

案の定、電話に出たのはやけに口の堅い役人だった。木で鼻をくくったような、そっけない返事しか得られなかった。それでもカスダンは、なんとか住所を聞き出した。一九八三年、セドリック・ヴォロキンが最初に収容されたエピネ＝シュール＝セーヌの児童養護施設。そのとき彼は五歳だった。

何人もの人のあいだをたらいまわしにされたあと、ヴォロキンをよく知っているという老婦人からようやく話を聞くことができた。カスダンは司法警察内の会報に載せる記事の話をでっち上げ、こうつけ加えた。セドリック・ヴォロキンは勇気ある行動によって表彰されたのだと。

「思ってたとおりだわ」と老婦人は自慢げに言った。「セドリックは大物になるって確信してました……」

「彼はどんな子供でした？」

「あらゆる才能に恵まれていました。ピアノも先生につかず、独学で弾けるようになったんですよ。知ってました？　ミサで、歌も歌ってました。本当に、天使のような声で。木の十字架少年合唱団に入ることもできたでしょうに。父方の祖父がいなければねえ。ひどい男ですよ」

「詳しく話してください」

「本当にすべてお聞きになりたいんですか？」

「思い出したことを話してください。取捨選択はわたしのほうでしますから」

「セドリックがここに入ったのは、五歳のときでした。父親はあの子が生まれて間もなく亡くなりました。アルコール依存症の上、その場しのぎの借金生活を続ける役立たずの男でした」

「母親は？」

「母親も酒飲みで、おまけに精神疾患がありました。セドリックが生まれると、一種の退行化が始まりました。子供を保護したときには、もう読み書きもできない状態でしたよ」

「どうして祖父が子供を育てなかったんです？」

「息子と五十歩百歩でしたから。ロシア人で、ろくな男じゃありません」

「施設には会いに来てたんですか？」

「ときどきは。彼はよくない人間です。気難しくて、意地が悪くて。セドリックは彼と暮らさなくてよかったと、わたしはいつも思ってました。ところが数年後、祖父はセドリックを別の施設に移してしまいました。宗教関連の施設だったようです。祖父は後見人の権利を取り戻していたんです」老婦人はそこで声を潜め、こうたずねた。「これはわたしの見解なんですが、よろしいですか？」

「もちろんです」

「あの男はお金目当てで、そんなことをしたんだと思います。社会保障の補助金が欲しかったんです。でも、ほどなく癌にやられてしまいました。祖父が死ぬと、セドリックはまた別の施設に移されました。どこかはわかりません」

「その後、彼からは音沙汰なしだったんですか？」

「十年ほどは、なかったわね。そのあとまた、わたしに会いに来ました。大学入学資格試験(バカロレア)に通ったところだって。十七歳でよ！　神々しいほどハンサムな少年に成長してたわ。それ以来、年に数回寄るようになりました。あるいは、電話してくるか。だからあの子の近況は、今でもよく知っていて……」

カスダンはメモを取った。ヴォロキンは成人するまで、施設を転々としていたらしい。学費はどうしていたんだろう？　孤児に奨学金を支給する、市の援助制度を利用していたのだろうか？

カスダンは老婦人に礼を言い、計算してみた。ヴォロキンが十八歳前にバカロレアに通ったのだとすると、一九九六年六月に合格したことになる。それからソルボンヌ大学のアサスかナンテールのキャンパスで法律の勉強をした。当時の先生に問い合わせてみようか？　いや、それよりスポーツで上げた成果を調べたほうがいい。ネットに情報が残っているはずだ。

あれこれ探すまでもなかった。「キックボクシング」とか（あたりをつけて選んだだけだが）「チャンピオン」とか「フランス」とかキーワードを入力すると、「パンチ＝キック・ボクシング」という総合サイトに行き当たった。キックボクシング、フルコンタクト、フランス式ボクシング、ムエタイと呼ばれるタイ式ボクシングをすべて扱っているサイトだ。サイトマップを見ると、あらゆる分野にわたる過去数十年のチャンピオンリストがあった。八〇年代、九〇年代、明日のチャンピオン……。

九〇年代のチャンピオンリストに、ヴォロキンの名がすぐに見つかった。ピンボケ写真も添えられている。

セドリック・ヴォロキン

一九九五年度、一九九六年度ムエタイ・フランス・ジュニアチャンピオン。一九七八年九月十七日、パリ生まれ。身長百七十八センチ、体重七十～七十二キログラム。対戦成績三十四試合、三十勝（二十三KO）、二引き分け、二敗。


記事によれば、ヴォロキンはルヴァロワ＝ペレのボクシングジム《ムエタイ・ロワジール》に、まだ属しているようだ。カスダンは電話した。

「もしもし？」

息切れした声が聞こえた。どうやらトレーニングの最中だったらしい。カスダンは名前を名のり、責任者に話を聞きたいとたのんだ。

「わたしが責任者で、ジムのトレーナーをしています」

「セドリック・ヴォロキンのことで電話しました」

「彼に何かトラブルでも？」

「いえ、まったく。資料の更新をしてるだけです」

「警察監査官ですか?」

気難しそうな男だ。カスダンは精一杯、熱のこもった口調で答えた。

「いいえ、事務手続き上の調査です。優秀な警察官については配属や昇進を決めるのに、正確な学歴を把握しておかねばならないので。おわかりいただけますよね?」

沈黙が続いた。トレーナーの男は納得した様子はなかった。実際、納得のいくような話じゃない。

「で、何をお知りになりたいんですか?」

「われわれの資料によると、セドリックはフランス・ジュニアチャンピオンに二度輝いたあと、一九九六年以降は出場を取りやめてますね?」

「そのとおりです」

「どうして続けなかったんですか? シニアのカテゴリーでは一度も試合に出てないですよね?」

再び沈黙が続いた。前よりも長く、前よりも不機嫌そうな沈黙が。

「申し訳ありませんが、それは職業上の秘密です」

「そんな、大袈裟な。医者や弁護士でもあるまいに。教えてください」

「だめです。職業上の秘密ですから」

カスダンは咳払いをした。下手に出るのはやめて、強権を発動するときだ。

「いいですか、ここではお話しできませんが、この件はもっと重要な事件に関わっています。

だから今、電話で話して三分で終わらせるか、明朝召喚状を用意するかです。そうしたら、警視庁司法警察局まで来てもらうことになる」

「司法警察局ってことは、殺人課ですか?」

「それだけじゃありません」

「あなたはどこの課なんです?」

「質問するのはこちらです。まだ答えてもらっていませんが」

「どこまでお話ししたんだったか」トレーナーはぶつぶつつぶやいた。

「さっきから進んでませんよ。どうしてヴォロキンは選手権試合の出場をやめたのか?」

「問題があったんです」とトレーナーは答えた。「一九九七年のドーピング検査で」

「ヴォロキンは薬をやっていたと?」

「いいえ、でも尿検査で引っかかって」

「何が検出されたんです?」

男はまたしてもためらっていたが、結局こう答えた。

「微量の阿片。それにヘロインが」

カスダンはトレーナーに礼を言って電話を切った。決め手になる情報が得られた。しかも、話の流れを一変させる情報が。非の打ち所がない若者が、ヤクの売人や依存症患者と接触をするうち、二十五歳で自分もどっぷり漬かってしまったという話かと思っていたところが違った。

まったくそうじゃない。

麻薬取締課に配属される前から、ヴォロキンはすでにヤクに手を出していた。カスダンの頭に浮かんだのは、何かトラウマに囚われた若者の姿だった。早くからヤクの味を覚えた少年。施設での暮らしや、ろくでなしの祖父と過ごした日々を忘れるために始めたのだろう。

ひとつどうしても頭にひっかかる疑問があった。ヴォロキン青年は学生のあいだ、金はどうしていたんだろう？ 月に千フランほどの補助制度では、日常的にヤクを買えるわけがない。容易に思いつく解決法はひとつだけ。ヴォロキンは売人をしてたんだ。あるいは、何かほかの犯罪に関わっていたか。

カスダンは司法警察局の元同僚に電話し、情報ファイルを確かめてほしいとたのんだ。相手はしばらくぐずぐず言っていたが、セドリック・ヴォロキンの運転免許と、学生時代に住んでいたアパルトマンについて調べてくれた。

ヴォロキンは一九九九年、法学部の修士課程に在学中、トロンシェ通り二十八番に住んでいた。マドレーヌ寺院にほど近い、百平方メートルの3ＬＤＫ。家賃は二万フランを下らないだろう……。

売人だな。

ヴォロキンがどんな車に乗っていたかもたずねると、パソコンはものの数秒で答えた。一九九八年、彼はメルセデス三〇〇ＣＥ二四を買っている。当時としては最新流行の高級車。成金趣味の車だ。ヴォロキンはまだ二十歳だったのに。

売人。
カスダンは違反歴確認システム（STIC）も調べてもらった。そこにはどんなに些細な交通違反も記録されている。ヴォロキンの名前はどこにもなかったが、それだけではまだわからない。軽微な違反はあったけれど、大統領選挙の恩赦にうまく乗じたのかもしれない。だとするといったんすべて帳消しになり、またゼロから始まる……。

カスダンは電話を切った。ここはひとつ、じっくり考えてみなければ。ヤク中で売人だったヴォロキンは、仕事も順調だったさなかに、どうして警察学校に入学し、二年後には警官になろうとしたのか？　答えは明らかだと同時に、かなり倒錯的だ。ヴォロキンは、うまいこと考えたつもりだったのだろう。いずれ自分は転落する、ムショのなかで禁断症状に悶え苦しみながら、じわじわとくたばっていくとわかっていたんだ。だったら最大限安全にヤクを手に入れられる場所はどこか？　警察だ。ヴォロキンがこっちの陣営に鞍替えしたのは、捕まらずにヤクが確保できるからだ。しかも、ただで。

あまり褒められた話じゃないし、共感もできない。

けれどもカスダンは、常識はずれの独自のやり方で人生を乗り切ろうとした狂犬に、心惹かれるのを感じた。だが、それだけじゃない。さらに別の真実があるのではないか？　売人をしたり、麻薬取締課に務めたりはヴォロキンにとって、ステップのひとつにすぎない。彼が警察官になることを選んだ本当の理由は、もっと別なところにあるような気がしてならない。

麻薬取締課に入った二年後、ヴォロキンは青少年保護課（BPM）に移った。とりわけ熱心な仕事ぶりだったらしい。彼の本当の戦い、本当の動機は小児性愛に関わっている。子供たちを守りたい。そのために、ヤクが必要だったんだ。麻薬取締課に勤務し、独自のネットワークを作り上げねばならなかった。そうして初めて、一番の目的に乗り出した。小児性愛の捕食者たちをたたきのめす戦いに。

メモに目を通していたら、スーパーヒーローの伝記でも読んでいるような気がした。昔、愛読したキャプテン・マーヴェルやドクター・ストレンジのようなコミックブックに、そんなキャラクターが出てきたっけ。知性、勇気、タイ式キックボクシングの技術、射撃の腕前――すべてに秀でたスーパーヒーローだが、アキレス腱、つまり弱点もある。アイアンマンは心臓が弱かったり、スーパーマンはクリプトナイトに過敏だったりするように……。

セドリック・ヴォロキンの弱点は麻薬にある。彼はそれを決して克服できなかった。今、解毒治療施設に入っているのがいい証拠だ。

カスダンはにやりとした。

長年、警察で仕事をしてきたが、こんなねじくれた動機で警察官になったやつはひとりしか知らない。

このおれだ。

14

正式な捜査にあたっているエリック・ヴェルヌは、べつに問題じゃない。

面倒なのはもうひとり、アルメニア人のほうだ。

ヴォロキンはサン＝ジャン＝バティスト教会に行ったあと、コンバースのスニーカーをはいていた六人の少年たちの家に電話をした。けれども対応はそっけなかった。少年たちはすでに、リオネル・カスダン主任警部の尋問を受けたというのだ。ヴォロキンはそれ以上たずねなかった。カスダンのことは、司祭のサルキスからすでに聞いていた。《教区の熱心なメンバー》で、定年退職した元警察官。死体発見時に現場にいたのだという……。

ヴォロキンは昼にチリ大使館へ行ってみたが、今度はヴェルヌに先を越された。彼はとっくにラ・モット＝ピケ大通り二番に来ていた。どうしてもう一度別の警官がやって来て、同じ質問をするのかと、またしてもいぶかしがられることになった。死体はひとつなのに、警官が多すぎだ。

ヴォロキンはざっと現状分析にかかった。殺された被害者については、まだよくわかっていない。だったら、生きている連中はどうだ？　捜査のライバルたちは？　ヴェルヌのことは、電話一本で大方わかった。歳は三十五。警部。三年前から司法警察第一分局に勤務している。

上司のおぼえはいい。なかなか有能らしく、今回も検事局から捜査を任されている。あいつなら一週間みっちり働いて、犯人を見つけ出すだろうというわけだ。けれどヴォロキンの邪魔にはならない。理由は簡単。ヴェルヌは政治絡みの線を追っているが、この事件は被害者のチリ時代の過去とは関係ないと、ヴォロキンはふんでいたから。

問題は、もうひとりだ。

ヴォロキンは退職したアルメニア人の情報を集めた。六十二歳。警察勤めは長い。名前には聞き覚えがあった。カスダンはもともと捜査介入部隊(BRI)に所属していた。ロベール・ブルサールが率いていた全盛時代だ。そのあとフランス国家警察特別介入部隊(RAID)を経て、殺人課で数々の大事件、例えばギー・ジョルジュ事件を担当して華々しく定年を迎えた。

銃の腕前については、大げさな話しか伝わってこないので、ヴォロキンは信用できなかった。けれどもカスダンは、足で稼ぐタイプの警官らしい。粘り強く、暴力も辞さず、人の性格や犯罪に確かな嗅覚を具えている。現場慣れした男だが、権力志向はない。何度も表彰され、成果を上げたおかげで主任警部にまでなったが、本人は出世などどうでもよかった。

銃弾に立ち向かっていったことも珍しくない。殺人課では記録的な犯人検挙率がよく話題にされるが、カスダンの成果はそんなものではなかった。彼の嗅覚、根気、勇敢さ、それに仲間思いのところについても、みんな口々に褒め称えた。くだらない価値観だ。ヴォロキンはそんなもの、どうでもよかった。いささかファッショな、古臭い警官の価値観だ。今どき流行(はや)らない。そんな伝説を耳にしたころ、ヴォロキンはまだ麻薬取締課で働いていた。注射器と手錠の毎日だ。自分で打つのと密売ルートの準備で忙しかった。フランス国歌の『ラ・マルセイエーズ』がリオネル・カスダンの勇ましいテーマソングだったとすれば、ヴォロキンの仕事はニール・ヤングの歌そのものだった。注射針とイカレちまったやつをずっと見続け、自分のなかにもそれを見てきた。彼もほかのジャンキーと同じ、沈む太陽なのだ。

ヴォロキンは詳しい情報が欲しかった。日付や出来事が。午後、警視庁の資料室に足を運んだ。そこには警察官ひとりひとりのファイルが保管されている。日付もはっきり記されていた。事実は伝説を覆すものではなかった。

一九四四年。

リール生まれ。パスポート上の国籍はイラン。一九五九年、アラスの学校で寄宿生となり、奨学金を受ける。パリ三区でなめし革製造を営む両親の熱心な働きかけにより、フランス国籍を取得。一九六二年、兵役。カメルーンに赴任。ヴォロキンは知らなかったが、当時カメルーンではアルジェリアと同じく、《暴動鎮圧作戦》が行なわれていた。一九六四年、フランスに戻る。一九六六年までの経歴は不明。警察官採用試験に合格、認識番号《RY四五六三二一》になって、パリ十八区の第二国土防衛班(BT)に配属される。

戦争慣れしていた男のことだからして、街頭のパトロールにはうんざりしていたことだろう。ほどなく戦争が勃発して、彼は街頭に飛び出した。一九六八年の五月革命だ。町が戦場と化したとき、カスダンは制服を脱ぎ、群衆に混ざって戦った。

警視庁の資料室で小さな机の前で、ここまで調べが進んだところで、ヴォロキンはあちこちに電話して、資料に記されていた事実についてさらに情報を集めた。古株の知り合いがたくさんいるので、さらに詳しい話が聞けるだろう。

　カスダンはバリケードの前で、ロベール・ブルサールと出会った。当時は警察官が総動員されて、左翼のくず連中と対峙していた。ブルサールは彼が警官だと見抜いた。そして大胆不敵なアルメニア人の巨漢に目をつけた。

　三年後、ブルサールは捜査介入部隊(BRI)を任されたとき、元兵士のことを思い出した。一九七二年、アルメニアの民族楽器の名を取って《ドゥドゥク》とあだ名された男は、捜査介入部隊(BRI)、通称アンチ・ギャングの一員となった。やがてジスカール・デスタン大統領時代に入ると、大がかりな凶悪犯罪が頻発した。ジャック・メスリーヌやズムール兄弟、フランソワ・ベスといった犯罪者たちが、武器を手に強盗をしたり、人質を取ったりと……カスダンは愛用の銃マニューリンを片手に、彼らに戦いを挑んだ。

　毎年、年末になると、警察官は直属の上司から七点満点で評価が下され、その評点が昇進の判定に重要な役割を演じる。カスダンはつねに満点だった。ヴォロキンは、老アルメニア人警官に対する賞賛の念が湧き上がると同時に、彼のよき共和国兵士ぶりに漠然とした反感も抱いた。おれはきな臭い評判を引きずってるせいか、いつも最高で四点どまりだった。《ドゥドゥク》より十倍も優秀なはずなのに。

　資料ファイルには、ブルサールの回想録から抜き出した一節のコピーもあった。警視はこう書いている。「リオネル・カスダンは捜査介入部隊(BRI)のなかでも、もっとも一筋縄ではいかない人物のひとりだった。腕力にも知力にも長けている男だ。腕力に頼るのは、ろくでなしを相手にするときだけ。知力は自分を制するために取ってある。彼は知的な人間だ、本物の知性を備えていると、わたしはつねづね思っていた。しかし彼が言葉で誰かをやり込めることは決してなかった。無口で、簡潔で、仲間と群れないが、チームで行動する術は心得ている。そしてつねに、どこまでも誠実だ」

七年間の《奇襲攻撃》のなかで、カスダンはあらゆる体験をした。

まずは負傷。

一九七四年、ブレストで、勤め先を解雇された元幹部社員による、立てこもり事件が起きた。犯人はほかの社員八人を人質にした。アンチ・ギャングがその晩のうちに乗り出し、カスダンは現場となった会社の入口まで近づいた。とそのとき、新聞記者のひとりが車のヘッドライトをつけてしまった。犯人はガラス扉に映るカスダンの人影に気づき、あわてて引き金を引いた。五十四発の散弾が束になってカスダンの胸と首にあたったが、彼はブレストの大学病院センター外科医チームのおかげで、奇跡的に一命を取り留めた。入院は三か月に及んだ。内務大臣から激励の手紙が届き、普通は死後にもらう功労勲章が授与された。

次は過失。

一九七七年、マルセイユのギャングがパリの八区で捕まった。ロベール＝エティエンヌ小路まで追いつめた末の逮捕だった。数時間後、男は司法警察局でカスダンの尋問を受けたあとに死亡した。カスダンは自分の両手を見つめ「まさかこんなことになるとはな」と言った。それが唯一、彼の弁解の言葉だった。検死の結果、死因は外傷性ショックによる脳震盪と判明した。だがそのショックは追跡の途中で受けたものなのか、それとも尋問中に受けたものなのか？そこは最後までわからず、カスダンは免訴となった。

一九七九年。

三年間、カスダンの消息が途絶える。この期間についての記録は、何ひとつ見つからなかった。次にカスダンが姿をあらわすのは、一九八二年である。ときはミッテラン大統領時代。大統領自身が非合法な盗聴活動を命じたことから、《盗聴器時代（アネ・ゾンゾン）》とも呼ばれている。カスダンもそこに加わった。国家憲兵隊治安介入部隊（GIGN）の創設者クリスティアン・プルトーが、テロリスト対策ユニットを立ち上げたところだった。彼はそこに参加するよう、カスダンに声をかけた。二人は射撃訓練場で知り合ったのだという。カスダンが加わると、ユニットは国内の諜報活動部門へと急速に変貌した。おそらくカスダンは、政敵や重要人物、ジャーナリストを狙った非合法盗聴を行なっていたのだろう。一九九八年、クリスティアン・プルトーの訴訟に際して彼は証言台に立つが、無事切り抜けた。

一九八四年、再び消息不明となる。

一九八六年、当時の内務大臣ピエール・ジョックスが、国家憲兵隊治安介入部隊（GIGN）の警察版であるフランス国家警察特別介入部隊（RAID）を創設する。それを仕切ったのが、またしてもブルサールだった。彼はこのときも、カスダン警部のことを思い出した。カスダンは四十歳近く、妻と五歳になる息子がいた。カウボーイごっこを続ける歳じゃない。彼はエリート・スナイパーの指導官になった。カスダンはセミ・オートマチック拳銃のスペシャリストで、警察内部でこのモデルを普及させるのに尽力することになる。

フランス国家警察特別介入部隊(RAID)の隊員がトレーニングをするビエーヴルで数年が過ぎた。一九九一年、カスダンは現場復帰をする。パリ警視庁殺人課だ。カスダンはそれまで、純粋に犯罪捜査官として働いたことはなかった。行動の男、秘密諜報員、指導員であって、証拠集めや書類書き、訴訟手続き、科学捜査には慣れていない……カスダンは四十七歳にして初めて、緻密な犯罪捜査に非凡な能力を発揮することになる。手がかりを見つけ、事実を分析し、証拠を組み合わせて容疑者を追いつめるエキスパートとなった……。

この時期について、ヴォロキンはカスダンの同僚だった男に話を聞くことができた。カスダンは刑事として、すばらしい能力を発揮した。つねに耳をそばだてている男。細部を見逃さない感覚は、驚異的な記憶力にも通じている。唇を読むこともできるし、一度見た顔は絶対に忘れない。とりわけひとの心の奥底を覗き込み、隠された動機や嘘を見抜く技に長けた警察官だった。

カスダンはその歳まで積み上げた悪と暴力の経験を、殺人犯逮捕へとうまく差しむけることになったのだろう。こうして彼は犯人を見つけるまで、必要な時間をたっぷりかけて忍耐強く捜査にあたる職人肌の警察官となった。

一九九五年。

カスダンは五十一歳で主任警部となり、五十七歳で規定どおり退職した。そのとき以来、司法警察局ではぷっつり彼の噂を聞かなくなった。オルフェーヴル河岸三十六番のオフィスに、彼が足を踏み入れることはなかった。ろくでもないノスタルジーで後輩の連中をうんざりさせたりは、決してしなかった。

カスダンは決然とページをめくったのだ。

午後四時。ヴォロキンは捜査の真っ最中らしい自信ありげな顔で係員たちに一礼し、資料室をあとにした。仕入れたばかりの情報が、頭のなかでぶんぶん鳴っている。カスダン、恐れも知らず、非難を受けることもなく、有能で職務に忠実な四十年にわたる警察官人生。これこそ本物の警察官だ。週末にはヴァイオリンを奏でたり、文献学に情熱を傾けたりという、ミステリ小説に出てくるインチキ野郎じゃない。ヴォロキンは車に戻ると、ふと思った。あのプロフィールの裏には、何か隠されているような気がする。言葉では言いあらわせないけれど、欠落が感じられた。

彼はネットカフェに行って、いちばん奥のボックスに陣取った。ネット上に残るカスダンの痕跡を見つけるために。新聞記事の切り抜き、アルメニア関連団体への参加、結婚式の挨拶……なんでもいい。個人的な事柄に関するものならば。

何度かクリックして、ヴォロキンはわが目を疑った。

願ってもない情報源が見つかったのだ。アルメニア人警官自らの手による自伝が！　年代を追ってきちんと構成され、本として出版された文章ではなく、アルメニア人コミュニティの月刊誌「アララト」に連載された記事だったけれど。アルフォールヴィルに本部を置くアルメニア総連合（UGA）という団体の関連雑誌だ。カスダンは数年前から、そこに毎月記事を書いていた。与えられたテーマに関するものだが、いつも個人的なエピソードから始めて、わが愛するアルメニアというお気に入りの話に結びつけるパターンだ。

この時評はあらゆる話題であふれていた。アルメニア人のパスポート問題。ヴェネチア沖の島にあるサン・ラザロ修道院のこと。ウィリアム・サローヤンの小説。アンリ・ヴェルヌイユの業績について。ヴェルヌイユはフランスの映画監督だが、本名はアショド・マラキアンといった。カスダンはアメリカのニュー・メタル・バンド《システム・オブ・ア・ダウン》まで取り上げていた。このバンドは、メンバーが全員アルメニア系なのだ。これにはびっくりだった。ロサンゼルスを本拠地とするこのバンドを、数年前からヴォロキンも聞いているが、「チョップ＝スエイ」や「アタック」のようなエレキギターの大音響とうめき声で引き裂かれた歌を、いい歳したおっさんが聞いているとは想像できなかった。

記事を読み進めるにつれ、驚きはますます大きくなった。カスダンは洗練されてニュアンスに富む、複雑な人間だとわかってきた。「知的な人間」とブルサールは評していた。いずれにせよ、容疑者がわが手のなかで息絶えようとも、「まさかこんなことに」とうそぶく粗暴で偏狭な警察官とはほど遠い。

サン・ラッザーロ・デッリ・アルメニ、《アルメニア人の聖ラザロ》と呼ばれる小島についての記事は、とりわけ印象的だった。カスダンは一九六四年、カメルーンから戻ったあと、ほとんどアルメニア人修道士が住むだけのこの島に隠棲した。彼はそこでアルメニア文化に浸り、アルメニア語を学びなおした。カスダンの言葉、孤独と安らぎを描く彼の筆致は、ヴォロキンのなかにさまざまな思い出を呼び覚ました。彼もまた離脱と引きこもりの時期を経験しているから。彼もまたそんな平穏を味わい、揺さぶったことがあったから。暴力とドラッグに彩られた混沌の日々から抜け出した、というか抜け出そうとしていたころだ。

ほかに驚くべき記事があった。トルコ系アメリカ人画家アーマン・タテオス・マヌーキアンに関する記事だ。マヌーキアンはハワイが大好きで、一九三〇年代、ホノルルに移り住んだ。ゴーギャンを思わせる色づかいの絵を残したが、鬱状態が嵩じ二十七歳で服毒自殺を遂げた。

カスダンの文章にヴォロキンは驚嘆した。彼は画家の二面性を見事に描き出していた。絵を特徴づける滑らかな線や平板な色と、頭のなかに巣食う闇。ヴォロキンにはよくわかった。カスダンは内面の憂鬱を語っている。彼自身、精神的なトラブルを経験しているのだ。

あともうひとつ、重要な肖像がある。アンリ・ヴェルヌイユことアショド・マラキアンの肖像だ。この映画監督には、カスダンを魅了する要素がそろっていた。まずは彼と同じ移民であること。そして彼の作品の多くが、暗に流謫の感覚を描いていること。さらにヴェルヌイユは一九六〇年代、アクション映画を数多く撮っている。ジャン＝ポール・ベルモンドやアラン・ドロンが出ているような映画だ。カスダンはその手の警官に自己投影していたんじゃないか？ヴォロキンはそんな気がしてならなかった。まさに、彼はベルモンドが演じる『恐怖に襲われた街』の主人公を地で行っていたのだろう。

さらにカスダンの意識の奥底には、モノクロ映画に対する愛着が秘められているとヴォロキンは見抜いた。コントラスト、投射影、風景に同化する顔。そんなモノクロ映画の美学に対する偏愛が。そう、カスダンは人生をモノクロームで見ている。自分のことを、時代遅れの退屈なミステリ小説の主人公のように思っているんだ。『地下室のメロディー』のジャン・ギャバンのように。

ヴォロキンは午後六時にネットカフェを出た。夕食を告げるベルが、もうすぐヤク抜き施設に鳴り響く。彼はもの思いにふけりながら、首都圏高速交通網（RER）の駅に続く階段を降りた。カスダンの人物像をまとめてみよう。歳は六十二。身長百八十八センチ、体重百十キロ。現行犯逮捕のエース、秘密諜報員、指導員、刑事。と同時に、彼はひとりのアルメニア人でもある。憂いに満ちた流滴者。毎週、欠かさず教会に行き、結婚式では同じアルメニア系のシャルル・アズナヴールを気取り——それについては、電話で話した別のアルメニア人警官から聞いた——アルメニア人コミュニティでは一目置かれている。鬱病の気があるらしく、不安感に苛（さいな）まれる男。相矛盾する価値観を、自分のなかに山ほど抱えている。知的で、質素で、《女たらし》の面もあるが、妻と別れることはなかった。

施設に着いたとき、ヴォロキンの脳裏にふとひとつのイメージが浮かんだ。カスダンはクラスター爆弾のような男だ。なかに無数の小弾がつまっていて、いつでも爆発できるように身がまえている。ひとたび彼が爆発したら、死の破片が四方に飛び散るだろう。これまでそうならずにすんだのは、警官という仕事のおかげだ。それが彼をしっかり制御していたのだ。

ヴォロキンはベルを鳴らさずに正面扉をあけ、庭がわりの空地に入った。そして菜園の脇にある手押し車に身を潜めた。大麻煙草(ジョイント)を一本やるのには、格好の隠れ場所だ。いいライバルだな、とヴォロキンは思った。いっしょに組めるかもしれない。共通点は何もないが、ひとつだけ、デカが天職だってところは同じだ。それがいちばん肝心じゃないか。

冷たい夜気が骨に沁み入ってくる。ヴォロキンは手押し車のなかで、煙草を爪で縦に裂き、二枚つなげた巻紙に茶色い葉をぱらぱらと入れた。そのとき、正面扉があく音がした。彼は目を上げ、手を止めた。

そしてあんぐりと口をあけた。

鉄柵のあいだに、クラスター爆弾本人が姿をあらわした。

リオネル・カスダンがずかずかとこっちにやって来る。

砂色の戦闘服を着て、首にはスカーフを巻いて。

ヴォロキンはにやりとした。

いずれ来るだろうとは思っていた。でも、まさかこんなに早くとは。

15

「やあ」とカスダンは言った。

返事はない。

「おれが誰だかわかってるな?」

沈黙が続く。

カスダンは鉄柵につけた電球の明かりで、相手を顔を細かく見ることができた。写真よりもずっとくっきりと。まず驚いたのは、とても整っていることだった。サルキス司祭の話は嘘じゃなかった。その若い刑事は雨で髪がべったりと貼りつき、無精ひげを生やしていたけれど、光り輝くようだった。端正な顔つき、大きな明るい目。くっきりとした太い眉のおかげで、女っぽくは見えずにすんでいる。形のいい唇は官能的で、グランジ系の若いロックシンガーを思わせる。

「呆気にとられて、声も出ないっていうのか」とカスダンは続けた。「まさか、そんなことはないだろう」

ヴォロキンは睫毛(まつげ)一本動かさなかった。手押し車の端に踵をもたせかけ、前髪をぐっしょり濡らす霧雨など気にせず、遠くの一点を見つめている。

カスダンは周囲に目を向けた。架台に杭が何本か、置かれている。ここは非常手段に訴えよう。彼は両腕で一本つかみ取って日本刀のようにかまえ、くるりとふり返ってジャンキーの頭にたたきつけようとした。

けれども動きかけたところで、体が止まった。宙にふり上げた両腕を、ヴォロキンが左手でブロックしている。右手の拳はといえば、カスダンの喉もとからほんの数ミリのところでぴたりと止まっていた。拳の微かな震えが感じ取れるほどだった。冷たい震えが靴下のなかまで走った。間違いない。この若者は一発で、おれをたたきのめすことができる。体重百十キロの力自慢を。

「反射神経は戻ったようだな」

ヴォロキンはうなずいた。手巻き煙草の紙に包まれた茶色い葉は、上着の折り目に挟まれたまま微動だにしていない。

「あんたの反射神経よりはましだよ、おっさん」

カスダンはあとずさりして相手のブロックをはずし、《剣》を地面に投げ捨てた。

「確かにそのようだ、ぼうや。さて、お互い不快な呼び方はやめにしないか？」彼は手拍子を打った。「ここらで自己紹介と行こうか」

「必要ない。あんたのことはもう調べました」

「だろうと思ってたさ。じゃあ、おれについて何を知ってる？」

「リオネル・カスダン。アルメニアの戦士。いつでもあらゆる手段を尽くして、寡婦、孤児、罪なき人々を守ろうとする男……とりわけ、アルメニア出身の者たちを」

「殺人事件のことは、どうやって知ったんだ？」

「指令本部から。内務省（ボーヴォー）に女友達がいて、ちょうど当直だったんでね。関心ありそうな情報を流してくれるんです」

やっぱりそうか、最初に睨んだとおりだ。

「その女（こ）をものにしたのか？」カスダンは共犯者めいた口調でそう言い、ウィンクをした。

「いや」ヴォロキンは煙草を巻き終えた。大麻を混ぜるつもりだったが、もうあきらめた。「あんたとは違う」

「おれとって？」

「みんな言ってましたよ。女には見さかいなしだって」

カスダンはほっとした。まだ女たらしの評判が衰えてないと知って、悪い気はしなかった。けれどもそれが、うっとうしくもあった。現役中は一生懸命保ってきた伝説は、必ずしも事実ではなかったが、今になってみると下らない気がした。目の前にいる、やつれて無精ひげを生やした若者からは、何かもっと心惹かれる純粋なものが感じられた。

「まあいい。じゃあ、ヴェルヌが送った《テレックス》を手に入れたんだな？」

「ええ、今じゃメールですがね」

「何時に？」

「昨晩、午後十一時ごろ」

「そして今朝、鑑識課に電話したと？」

「質問はもういいでしょう。答えはわかってるんだから」

「まだわからないのは、どうしてきみがこの事件に関心をもったのかだ」

「子供たちが絡んでるから」

「絡んでいる子供はひとり。目撃者の少年だ。きみはそっちのスペシャリストなんだな？」

ヴォロキンはにっこりした。口もとから官能的な魅力がほとばしる。警視庁の秘書たちは、みんなイチコロだろう。

「カスダン、あんたもこっちの経歴はわかっているはずだ。時間節約と行きましょう」

「きみは青少年保護課（BPM）の警察官だ。小児性愛者の狩り出しに執念を燃やしているが、殺人事件のスペシャリストではないし、今回の事件に関わった子供たちの尋問を任された心理学者でもない」

　ヴォロキンは煙草に火をつけ、それをカスダンに突きつけた。

「あんたはぼくが必要だ」

「少年たちを尋問するのにか？」

「それだけじゃありません。この事件の問題点を捉えるのにね」

　カスダンは笑い声をあげた。

「お手やわらかにたのむよ。ヒントをくれ」

　若い警官は深々と煙草を吸い、古参兵をちらりと見た。その目は勢いを増した雨の下、澄んだ輝きを放っていた。雨粒が睫毛にたまっている。カスダンははっとした。麻薬の禁断症状でやる気をなくし、打ちひしがれているのは見せかけにすぎない。罠（ルアー）みたいなものなんだ。ぼろぼろになった姿の下に、鋭い眼力が隠されている。

　力強い相棒になれる男だ。

「スニーカーの足跡です」

「というと？」

「あれは目撃者の足跡じゃない」

「なんだって？」

「あれは犯人の足跡です」

明るい目がカスダンの瞳を射抜いた。

「犯人は少年だったんです、カスダン」

「少年？」とカスダンは馬鹿みたいに繰り返した。

「思うにゴーツは小児性愛者だったんでしょう。聖歌隊の少年のひとりが、仕返しをした。そういう見立てです。レイプされた少年の復讐。つまりは少年がたくらんだことなんです」

16

帰り道、繰り返し脳裏に浮かぶ言葉があった。アンリ・ドコワン監督の映画『家の中の見知らぬ者たち』で、主演のレミュが言う有名なせりふだ。酒に溺れる弁護士役のレミュは、法廷でこう叫ぶ。「子供たちが犯人だなんてありえない」と。カスダンはそのせりふを、車のなかで大声で繰り返した。レミュの南仏訛りを真似、語尾に抑揚をつけて……。

そのせりふに応じるかのように、ヴォロキンの声も聞こえた。「犯人は少年だったんです」

まさかそんな。おぞましいことだし、馬鹿げてる。子供が犯した殺人事件なんて、四十年にわたる警官人生で聞いたことがない。新聞の三面記事でも、めったにお目にかからないだろう。何やってるんだ、おれは。五十キロの道のりを飛ばし、三時間も無駄にして、ただの与太話を聞いただけとは。

　ヴォロキンがどんな男かはよくわかった。つねに緊張感でいっぱいなのだろう。子供時代のトラウマに苦しみ、いたるところに小児性愛の捕食者が見えてしまうのだ。握手をし、携帯番号を交換すると、カスダンは彼に言いふくめた。ここにいなくてはいけない。この施設でヤク抜きをしろと。そして事件の捜査で、もうおれの邪魔をするなと。

　腕時計を見ると、午後九時だった。あと三十分もかからず家に着く。熱いコーヒーを淹れて、専門書を読みふけることにしよう。政治絡みの線が、どうやら本命らしい。明日の朝には、チリの政治史通になっている。

　外環道路に入ったところで、電話が鳴った。

「マンデズだ」

「何かわかったのか？」

「いや、まあそうだな。毒物検査は予想どおり陰性だった。だが、ほかにちょっと」検死医は咳払いをして続けた。「ひとつ、しっくりこないことがあってな。傷痕、特にペニスの傷痕について、病理検査をしたんだ。顕微鏡で観察して」

「それで？」

「傷は一九七〇年代まで遡るものじゃない。もっとずっと新しい。なかにはヘモジデリンを含むものもあった。鉄分、つまり血液の痕跡だ。ということは、まだきちんとふさがっていなかったんだな……」

「ゴーッは今年になって、拷問を受けていたかもしれないと？」

「いや、拷問じゃない。思うにもっと胸糞悪いっていうか……」

「どんな？」

「やつは自分で傷つけてたんだ。性器の傷には、特徴的な行為の痕が見られた。快感を高めようとして、自分で縛ったんだろう……」

カスダンは黙ったままだった。マンデズは話を続けた。

「まあ、そんなこともある……つい先週、性器の一部を受け取った。そう、切り取ったペニスだ。郵送されてきたんだが、それは……」

「ゴーッは性倒錯者だったと？」

「ああ、ＳＭ趣味があったんだろう。一〇〇パーセント確実というわけじゃないが、自分のペニスに切り傷をつけてたようだ……」

カスダンは同性愛者の青年ナセルを思い浮かべた。こんな忌まわしいゲームの相手は、あいつだったんだろうか？　二人が貯水場の奥で楽しんでいたエロティックな行為を思い浮かべる。新たな手がかりが出てきたぞ。性倒錯者のたちの歪んだ世界。サディスティックなゲームの相手が、どこかに隠れているのかもしれない。

「それだけか？」

「いや、固定器具のことでも謎があって」

「固定器具？」

「昨日、説明しただろ。ゴーツは椎間板ヘルニアの手術を受けていたって……」

「オーケー、そうだった」

「シリアルナンバーから、固定器具の出所と手術が行なわれた場所がわかるはずだったんだが」

「だめだったのか？」

「ああ、出所はわかった。フランスの大手メーカーだ。だが、それを入荷したクリニックだか病院だかが突きとめられない。固定器具の出荷ルートが追えないんだ」

「どうして、そんな？」

「まず考えられるのは、輸出されたってことだ。だがそれなら、税関に記録があるはずだ。なのになんの痕跡も残ってない。フランス国外へ持ち出されたのに、国境を越えてないんだから、わけがわからん」

この話をどう捉えたらいいのか、カスダンにもわからなかった。単なる行政手続き上のミスなのかもしれない。とりあえずカスダンには、もうひとつの発見のほうが関心があった。ゴーツはSM行為にふけっていたかもしれないという話だ。

カスダンはマンデズに礼を言い――またひとつ、ヴェルヌに数時間先んじて手がかりをつかんだのだから――電話を切った。

外環道路を降りてシャペル通りに入り、スムースな車の流れを味わった。いつもだと、この通りは混んでいる。雨に濡れた夜のパリの、生き生きとした輝きも楽しんだ。四十年間、夜の町を歩きまわっているが、いまだに飽きることがない。

そのとき、また電話が鳴った。

カスダンはマルクス＝ドルモワ通りに入りながら、着信キーを押した。

「カスダンさん？」

「わたしだが」声の主が誰かわからずに答える。

「スタニスラス神父です。ノートルダム＝デュ＝ロゼール教区の責任者です。十四区の」

昼間、教会を訪れたときに不在だった司祭のひとりだ。

「ウィルヘルム・ゴーツのことは聞きました。恐ろしい話です。まったく理解できない」

「誰から聞いたんです？」

「サルキス神父です。彼から伝言がありました。彼とは親しいんです。あなたは事件を担当している警部（アンスペクトゥール）さんですよね？」

《アンスペクトゥール》なんて古臭い言葉が、あとまだ何世紀使われるんだろう？　でも今は、細かなことにこだわっているときじゃない。

「ええ、わたしが調べています」とカスダンは答えた。

「わたしに何かできることが？」

「ゴーツについて、お話をうかがいたいのですが。彼がどんな人間だったのかを知りたいんです」

神父が語ったのは、とおりいっぺんの人物像だった。模範的な移民で、大の音楽好きで。カスダンはついつい言い返したくなった。

「彼が同性愛者だったことは、ご存じでしたか？」

「そうだろうとは思っていました」

「それであなたは平気だったんですか？」

「どうしてわたしが平気でないと？　どうやらあなたは少し……偏狭なお考えの方らしいですが、警部（アンスペクトゥール）さん」

「ゴーツはひとに言えない、秘密の生活を送っていたのでは？」

「つまり、同性愛と関連した生活を？」

「あるいは、ほかのことかも。何か異常な性癖とか、常軌を逸した行為とか……」

むっとしたように言い返されるだろう、とカスダンは思っていた。それを覚悟の上で、わざとぐいぐい攻めたのだ。ところが、沈黙が続いた。司祭は考え込んでいるらしい。

「何か思いあたることがあるんですね？」カスダンはだめを押した。

「そういうわけでは……」

「なんなんです？　はっきり言ってください」

「おそらく事件とは無関係でしょうが……前にこの教会で問題が起きまして」

「どんな問題ですか？」

「失踪です。聖歌隊で」

「子供が?」

「ええ、子供がです。二年前に」

「何があったんですか?」

「聖歌隊員が行方不明になった、それだけです。なんの痕跡も残さず、忽然と消え去ったんです。初めは家出だろうと思いました。捜査の結果、少年は荷物をまとめていたようでしたから。けれどもあの子の性格からして、まさかそんな……そんな決心をするなんて」

「ちょっと待ってください。車を止めるので」

シャペル大通りの、地下鉄の高架線の下まで来た。カスダンは鉄柱の陰に駐車してエンジンを切り、手帳を取り出した。

「少年の名前は?」カスダンはサインペンのキャップをはずしながら、小声でたずねた。

「タンギー・ヴィーゼル」

「ユダヤ人?」

「いえ、カトリックです。でも、おそらくユダヤ系でしょう。はっきりはわかりませんが。名字の綴りはVです」

「何歳でした?」

神父の声がこわばった。

「過去形でおっしゃいましたが、死んだという証拠は何もありません」

「失踪時、何歳だったかと訊いてるんです」

「十一歳です」

「失踪の状況は？」

「練習を終えた火曜の夕方六時、ほかの子供たちと同じように教会を出て、それきり家には帰りませんでした」

「正確な日付は？」

「ちょうど新学年が始まるころでした。二〇〇四年十月です」

「捜査はされたんですよね？」

「もちろんです。でも、手がかりなしでした」

「事件を担当した部署の名前は覚えていますか？」

「いいえ」

「捜査官の名前は」

「覚えていません」

「ＢＰＭという部署に聞き覚えは？」

「ありません」

「どうしてその話をする気になったんです？　ウィルヘルム・ゴーツが疑われたんですか？」

「とんでもない。何を知りたいんです？」

「ゴーツは事情聴取されましたか？」

「わたしたちは全員、事情を訊かれました」

短い沈黙が続いた。何かが明かされようとしている、とカスダンは感じた。

「神父さん、話すべきことがあるなら、今がそのときですよ」

「これ以上、お話しすることはありません。その晩タンギーを最後に見たのが、ウィルヘルムだったということだけで」

神父は及び腰になったが、カスダンは手を緩めなかった。

「彼が聖歌隊の指導をしていたから?」

「それだけではありません。ウィルヘルムも練習を終えると、教会をあとにします。だから生徒たちの何人かと、連れ立って帰ることもあります。その日はタンギーといっしょだったか、警察は彼にたずねました」

「それで?」

「違う、とウィルヘルム・ゴーツは答えました。タンギーとは、同じ帰り道ではないと」

「少年の住所は?」

「それが捜査に重要なんですか?」

「どんなことでも重要です」

「ヴィーゼル家は十四区に住んでいました。ブラール通り五十六番、ダゲール通りの近くです」

カスダンはメモをして、またたずねた。

「ゴーツについての話は、それですべてですか?」

「ええ、繰り返しますが、彼はヴィーゼルの事件で、何も疑われてはいませんでした。こんな話、しなければよかった」
「心配はいりません。よくわかりました。明日、またお寄りします」
「なんのために？」
「あんたが言わなかったことを、その目のなかから読み取るためさ」とカスダンは言ってやりたかったが、「単なる形式です」と答えるにとどめた。電話を切ると、手足に震えが走った。少年の失踪とゴーツの死とのあいだには、関連があるかもしれない。

カスダンは手帳とサインペンをしまい、地下鉄高架線の大きなアーチ型の柱を見つめた。マンデズが言っていた、異常な性癖の可能性。そして今度は、子供の失踪……ゴーツはそんなに清廉潔白な男ではなかったのでは？　カスダンは頭のなかで、三つの言葉を結びつけずにはおれなかった。同性愛、性倒錯、小児性愛。

もしかして、ヴォロキンの言うとおりなのでは？

カスダンは論理的に考えてみた。殺しの手口からして、子供が犯人だとは思えない。未知の合金でできた鋭い針で、鼓膜を突き破るなんて、少年が仕返しのためにすることだろうか。

カスダンはギヤを入れ、ロシュシュアール大通りに入った。

子供たちが犯人だなんてありえない。

映画のなかでレミュが言い返す声が、今は虚ろに響いた。

それはもう、自明の理とは思えなかった。

17

セドリック・ヴォロキンは精一杯めかし込んでいた。

着古したダークスーツ。厚いコットン地の白いシャツ。襟はぴんと立っている。黒っぽいよれよれのネクタイは子供がつけるみたいな、できあいの結び目から襟の下にはめるゴムが伸びているタイプだった。うえにはカーキ色の重いデニムのコートを着込んでいる。

不格好でダサイ服装だが、どこか胸に響くものがあった。それに一生懸命そろえた服に似合わないスニーカー。しかもしっかりコンバースだ。こんな細かなところも、ヴォロキンと聖歌隊の少年たちには近しいものがある証拠だとカスダンは思った。

ヴォロキンはヒッチハイカーみたいに、施設(コールドターキー)の鉄柵の前でうろうろしながら待っていた。そしてカスダンのボルボが近づいてくるのに気づくと、走り寄ってきた。

「それで？　気が変わったってことですか？」

カスダンは朝一番でヴォロキンに電話し、十時ちょうどに迎えに行くと伝えたのだった。ややこしい取引(ディール)じゃない。もう一度少年たちから話を聞いて、おまえの推理が正しいことをなんらかの方法で証明してみろ。カスダンは青少年保護課(BPM)のボスのグレシにも連絡して、ぼうやを冷蔵庫から引っ張り出すからと言っておいた。「研修だよ」と。警視はびっくりしたようだが、何もたずねなかった。

「乗れ」

ヴォロキンはぐるりと車のうしろをまわって、反対側のドアへ向かった。肩にかけているのは、軍隊で使う鞄だとカスダンは気づいた。第一次大戦のときに兵士たちが、あんな鞄に手榴弾を入れ、肩から斜めにかけたんじゃないか。

ヴォロキンが乗り込むと、カスダンは車を出した。初めの数キロは、二人とも黙ったままだった。十分ほどすると、ヴォロキンは昨日と同じことを始めた。巻紙。茶色い煙草……。

「何してる？」

「あんたの意見は？ ぼくたちにマリファナをくれるのは、センターの所長なんです。これは天然ものだからって。食堂の掲示板には、『大麻万歳！』って張り出してるくらいでね。ありませんよ」

「そんなもの続けてたら神経をやられるって、教わらなかったのか？」

ヴォロキンは巻紙の糊づけ部分をなめ、二枚の紙を貼り合わせた。

「ぼくの故郷では、このほうがまだましだったんでね」

カスダンはにっこりした。

「カメルーンじゃ、こう言ってたな。尻に一発食らうほうが、心臓に一発食らうよりましだって」

「まさしく。カメルーンって、どんなところでした？」

「とても遠いところさ」

「フランスから？」

「それに、今というときからも。あんなところに行ってたなんて、ときどき自分でも信じられなくなる」

「あっちで戦争があったなんて、知りませんでした……」

「おまえだけじゃない。でも、そのほうがいいんだ」

ヴォロキンはアルミの箱から棒状の乾燥大麻をそっと取り出すと、ライターで隅を炙って粉にし、煙草の上に散らした。ドラッグの魅惑的な匂いが車のなかに広がる。おかしなことになってきたな、とカスダンはサイドウィンドウをあけながら思った。

彼は単刀直入にたずねることにした。

「タンギー・ヴィーゼルのことは、どうやって知ったんだ？」

「誰ですか、それ？」

「タンギー・ヴィーゼル。行方不明になった少年だ。ノートルダム＝デュ＝ロゼール教会の聖歌隊員だった」

「少年？　聖歌隊？」

カスダンはちらりとヴォロキンを見た。大麻を詰めた巻紙を糊づけしているところだった。

「何も知らなかったのか？」

「誓いますよ、閣下」ヴォロキンはジョイントを持った右手を上げて敬礼した。

カスダンはシフトダウンして、高速道路に続く道に入った。タンギー少年の失踪事件を担当した捜査班は、昨晩のうちに突きとめておいた。メーヌ大通りにある司法警察局第三分局の連中で、青少年保護課(BPM)ではない。だったらヴォロキンは、本当に知らなかったのかもしれない。

カスダンはざっと説明してやることにした。

「二年前、少年が行方不明になった。彼はゴーツが指導していた聖歌隊のひとつに属していた。ノートルダム＝デュ＝ロゼール教会の聖歌隊だ」

「ゴーツがあちこちの聖歌隊で指導していたのも、知りませんでしたよ。で、行方不明になった状況は？」

「夕方、教会を出て、そのまま家に帰らなかった」

「家出をしたのでは？」

「確かに、バッグに荷造りはしてたらしいが。捜査は収穫なしだった。タンギー・ヴィーゼルは煙みたいに消えてしまった」

「小児性愛者がらみっていうぼくの説を裏づけるかもしれないけれど、早合点は禁物です」

「確かに。ゴーツが関わっているという証拠はないのだから。そう、何ひとつない」

ヴォロキンは巻いた煙草に火をつけた。車のなかに立ち込めるハシッシュの匂いが、いっそう強くなった。カスダンもこの匂いは、ずっと好きだった。アフリカ時代を思い出させる。エキゾチックで熱烈な香りと、見渡す限り荒涼とした景色とのコントラストが浮かび上がる。黒っぽい草原、汚らしい小屋、けばけばしい色合いの商店街。

「昨日ひと晩かけて、いろいろ資料を漁ったんだが」とカスダンは続けた。「ゴーツに前科がないかってね。だが、何も見つからなかった」彼は親指の爪で歯の先をカチッとはじいた。「性犯罪者情報データベース（FIJAIS）も調べたし、きみの所属する青少年保護課（BPM）の資料にもあたった。暴力行為防止中央局（OCRVP）のほうも確認したが、ゴーツの名前はどこにも出てこない。あいつはまっさらだ」

ヴォロキンは鼻の穴からゆっくりと煙を吹き出した。

「でも、ぼくを迎えに来たってことは、そこまで確信がないからでは？」彼はもう一回、うまそうにゆっくり煙草を吸った。「それに先端技術の分野でも、データの過信は禁物です。何年ものあいだ、ネットの目をうまくくぐり抜けてきた小児性愛者を、たくさん知ってますよ。小児性愛者っていうのは、とても用心深いんです。それに狡猾だ。あんたが扱いなれているがさつな犯罪者とは違ってね。あいつらは警官だけでなく、まわりの人間をすべて警戒しています。神様さえも。普通の世界には生きてない。自分が怪物だってことがわかっているんです。誰にも理解されないってことが。ムショのなかでも、ほかの犯罪者たちに殺されかねないと。だから誰の目にも留まらないよう、身を潜めている……」

カスダンは肩をすくめ、説明を続けた。

「ナセルについても、何も見つからなかった」

「ナセルって？」

「ゴーツの愛人だ。ゴーツが同性愛者だってことは、知っていたんだろ？」

「いえ」

カスダンはため息をついた。

「ナセルはインド系のモーリシャス人で、歳は二十代。数年前からゴーツとつき合っていただけでなく、陰で客も引いていたようだ。青少年保護課（BPM）にやつの記録がなかったのは驚きだよ。ドーフィーヌ広場やマレ地区、あるいは郊外で逮捕されたことがあるはずだ。まだ未成年のころに」

「それは知りませんでした」

「確かにきみは、何も知らないようだ」

そうは言ったものの、何も知らなかったからこそすごいんだとカスダンは思った。まったく手がかりなしに、ゴーツのことを正しく見抜いていたのだから。ヴォロキンはジョイントを差し出したが、カスダンは首を横に振った。

「あんたはまだ、全部話してませんね」と若い警官は言った。「ゴーツは小児性愛者で、犯人はやつに恨みを抱いた少年だっていう見立てを昨日ぶつけたとき、あんたは一笑に付した。ところが今日は、わざわざぼくを迎えに来た。ゴーツが同性愛者なのはわかっていたし、やつの身近で少年の失踪事件が起きていたことも判明したから。でも、それだけじゃないはずだ」

「まあな」とカスダンは認めた。「昨晩、検死医から電話があった。ゴーツの体には傷痕があった。とりわけ、性器にな。初めはピノチェト時代のチリで拷問された痕かと思ったんだが、傷はもっと新しいものだった。ゴーツは自傷していたらしいんだ。もしかしたら恋人の男が、やつのペニスを弄んだのかもしれないが」

「ははあ、なるほど。あんたは同性愛者だから性倒錯者だって、単純に結びつけた。そこから今度は、ゴーツが少年を愛でたんだろうと思った……」

「そうじゃないと?」

「違いますね。あんたが言っている三つは、まったく別々のことです」

「同性愛者だからって、小児性愛者とは限らない。確かにそうだろう。だがゴーツはそうとうイカレた野郎だったってことがわかり始めた。愛人のナセルだって、純真無垢とは思えない。クレージーなやつらの欲望を満足させるのに手慣れた男娼だ……」

ポルト・ド・ラ・シャペル。絡み合った植物みたいに、高速道路が交差し、重なり、もつれ合っていた。トンネルがまっ黒な恐ろしい口をあけている。市内に向かうには避けて通れない闇の試練だ。

ヴォロキンはもう一本、ジョイントを巻いた。こんな調子で大丈夫か、カスダンは心配になった。かさかさという紙の音と大麻の臭いが、外のクラクションやエンジン音と混ざり合った。外環道路に入り、ポルト・ド・ベルシー方面に向かう。

ヴォロキンはまた紙をなめ、こう言った。

「そろそろ手の内を見せ合いましょう。あんたにはぼくが必要だし、ぼくにはあんたが必要だ。子供が関わることなら、こっちはあんたより経験がある。あんたには、ぼくに無縁の威光がある。だがぼくたちは二人とも、しょせん非合法に動いてるはぐれ者の警官だ。汚い真似もするでしょうが、やり損なうかもしれません。なにしろ手段が限られてますから」

「だったら？」

「そこはしかたありません。いずれにせよ、お互いもう少し知り合わなくちゃ。研修中ってわけです。あんたとぼくでうまくやってけるように」

カスダンは片手でハンドルを操作しながら、グローブボックスをあけた。

「きみのだ」

ヴォロキンはジョイントをつまんだまま、左手をグローブボックスに入れ、グロック19を取り出した。ポリマーと鉄でできたコンパクト・ガンで、装弾数は十二発。カスダンはちらりとヴォロキンの顔を見たが、無表情だった。

「ちょっとやりすぎでは？」

カスダンも、自分の銃の重みを感じていた。シグ・ザウアーP・226と九ミリパラベラム弾。今朝、金庫から引っ張り出してきた。

「最悪の事態に備えるのが、研修の第一の鉄則だ」

ヴォロキンはジョイントをくわえて安全装置を確かめ、銃をベルトに挿した。それから悠然と、煙草に火をつけた。銃なんかどうでもいいとでもいうように。

「ほかに規則は？」

「少年相手のとき以外、尋問はおれがする。つねにだ。チームを紹介するのもおれだ。ポケットの奥に、まだ昔の身分証がある。みんなの目を欺くには充分だ。子供から話を聞くにはむいてない面（つら）かもしれないが、大人に睨みを利かせるにはまだ通用する」

「そうでしょうとも」

「何かドジを踏んだら、すぐさま施設に送り返すからな。余計なことを言ったり、禁断症状が出たり、馬鹿をしでかしたりしたら、ふり出しに戻る。オーケー？」

「問題なしです」

「ヤクのことはとやかく言わん」

「ぼくはまっさらですよ、カスダン」

「犯罪者はみんなやってないって言うもんだ。ジャンキーはみんなまっさらだって言う。今度また、真っ昼間からやってるそぶりがあったら、施設に直行する。その前に、顔面をぼこぼこにしてな。わかったな（キャピッシ）？」

ヴォロキンは笑って煙を吐き出した。

「口うるさい母親みたいだけど、それも悪くないかな。ヴェルヌはどうします？」

「あいつはおれが引き受ける」

ヴォロキンはやけに大声で笑った。大麻の影響だろう。

「ぼくたち二人が組めば、いい仕事ができそうだ」

カスダンは心が浮き立った。ずっと有頂天のまま捜査をするわけにいかないぞ。彼は緩んだ気持ちを締め直そうと、教練教官のような口調で言った。

「質問は？」

「ありません」

「そっちで決めておきたい規則は？」

「いえ。そのほうが力を発揮できます」

ヴォロキンは目の前に漂う煙をひと払いすると、道路の上の標示板を眺めた。カスダンはポルト・ド・ヴァンセンヌ出口に向かったところだった。

「これからどうするんです？」

「捜査はゼロからやりなおしだ。おまえは聖歌隊の少年から、ひとりひとり話を聞け。お手並み拝見と行こう。おまえの考えどおり、なかのひとりが犯人だとすれば、簡単に見つけられるはずだ」

「今日は学校があるのでは？」

「そうさ。だから中学校を順番にまわらなきゃいけない。リストを用意してある」

「ネクタイを締めてきて、正解でしたよ」

「まったくだ。ヴェルヌに先を越されてなきゃいいが。そうなったら元も子もない」

18

「名前は？」

「ケヴィンです」

「サンタクロースは今度出たゲーム機Ｗｉｉを持ってきてくれそうかい？」

「サンタクロースは父さんだけどね。二人でゲームショップへ行ったよ」

「予約は大丈夫？　ちゃんとリストに載ってるかな？」

「第一期だもの」と少年は笑顔で答えた。「九月から予約済みさ」

「ゼルダ、ニード・フォー・スピードカーボン、スプリンターセル二重スパイじゃあ、どれがいちばん好き？」

「ニード・フォー・スピードカーボンだな。Ｗｉｉ版はすごいみたいだし」

「知ってるか、Ｗｉｉ版のウイニングイレブンが話題になってるのを？」

「すごいよね」

　会話はこんなふうに、カスダンには理解不能な言葉で続いた。けれどもひとつ確かなのは、話が通じているということだ。口調。声。すべて違う。カスダンは黙って聞いていた。差し向かいで話している二人から数メートル離れ、がらんとした教室の壁に寄りかかって。

　エレーヌ＝ブシェ中学校に着いたのは午前十一時半だった。食堂で昼食の時間だ。少年をひとりにさせるにはちょうどいい。校長は何も異を唱えなかった。ケヴィン・ダヴィアンの両親は息子を学校に送ってきたとき、事件のことを伝えてあったし、ヴェルヌはまだ来ていなかった。正式な捜査のテンポは、例によって緩慢だ。その点、カスダンとヴォロキンは自由にてきぱきと動きまわれる。

ヴォロキンは本題に入った。

「ゴーツはいいやつだったかい?」

「まあ、そうだね」

「ひと言で言いあらわすとしたら、どうなるかな?」

カスダンは尋問をヴォロキンにまかせ、廊下を抜けた。あいつ、あんな仲間同士みたいな口調で、おれより成果が得られるんだろうか? でも彼なら、ちょっとした表情や言葉の端々から、目撃者の少年、犯人の少年を捕えられるのかもしれない……。

カスダンは二階から、階段を下りた。校舎は印象的な建物だった。まわりの平原や山々と競い合って立つ、南米の町の建物を思わせる。

カスダンは携帯電話を取り出した。電波が届いていない。彼は正門に向かった。ここはまったくやっかいな場所だ。青銅と大理石と煉瓦に囲まれている。あいかわらず電波は届かない。入口を抜け、クール・ド・ヴァンセンヌ通りまで来ると、ようやく携帯の画面に電波が通じている表示が出た。カスダンは元同僚の番号を押して、パソコンでいくつかデータベースを検索してほしいとたのんだ。

犯人は子供だとすると、やっておかねばならないことがある。殺人をしでかすような少年なら、前から目をつけられていたはずだ。前歴があるかもしれない。心理的な問題や非行が指摘されていたかも。リストの名前をひとつひとつ、確かめてみなければ。

元同僚は嫌がった。データベースを参照すれば、その日時や接続した警官の登録番号が記録されるようソフトウエアが設定してある。何ひとつ、見逃されない。カスダンはさらに交渉を続け、ようやく電話の向こうの男を説き伏せた。こんなふうに電話で《データベースの参照》ができるなら、手っ取り早くていい。

三十分かけても、手がかりはなしだった。少年たちのひとりが犯罪に関わったり、心理的問題で入院したりした形跡はまったくない。カスダンは眼鏡をはずし、礼を言った。元同僚は釘を刺した。

「何をこそこそ調べてるのか知らないが、これっきりにしてくれよ」

カスダンはホールに引き返した。ヴォロキンがこっちに歩いてくる。

「それで？」

「収穫なしです。あの少年は何も知りません。彼がオルガン奏者を殺すところなんて、想像できませんね」

カスダンは思わずにやりとした。狂犬は言葉を続けた。

「お次は？」

「左岸に渡る。ダヴィド・シモニアン、十歳。六区のモンテーニュ中学校だ」

二人はナシオン広場からディドロ大通りに入り、オーステルリッツ橋まで下った。向こう岸に渡って、ノートルダム大聖堂に向かって川岸を進む。石造りの建物は空と同じ色をしていた。排気ガスが灰色の雰囲気を醸（かも）している。この瞬間、パリはたったひとつの素材でできていた。倦怠だ。

カスダンは左に曲がり、サン＝ジャック通りをのぼりきったところで右に曲がり、アベ＝ド＝レペ通りからオーギュスト＝コント通りに入ると、モンテーニュ中学校の前に出た。こんな見事なハンドルさばきに、ヴォロキンはひとこともなかった。どんな警官も退職後にはタクシー運転手に転職できると、カスダンと同じく彼にもよくわかっていた。

学校のなかに入ると、同じ手管が繰り返された。無効になった身分証を提示し、公式の捜査だとはったりをかます。校長から父兄に一本電話するだけで、あるいは司法警察局に一本電話するだけで、二人は一巻の終わりだ。食事中のダヴィド・シモニアンを迎えに行き、食堂に連れていった。

すらりと背が高く、髪を逆立てた少年だった。確かにヴォロキンと似ている、とカスダンは思った。まるで同じロックバンドのメンバーのようだ。カスダンは今度も席を外した。何か別の手を試せないだろうか。もしゴーッが本当に小児性愛犯罪者で、少年がトラウマを受けるようなこと、恨みを買うようなことをしたのだとしたら、そこを徹底的に探っていかなければならない。殺人者の少年は、ほかの聖歌隊のメンバーかもしれない。例えばノートルダム＝デュ＝ロゼールとか？

カスダンはゼロから始めようと、ノートルダム＝デュ＝ロゼール教会のスタニスラス神父に電話した。彼とは面と向かって話を聞くつもりだったが、ヴォロキンを置いて行きたくなかった。会うのはまたあとにしよう。神父は聖歌隊員のリストを、おとなしく読み上げた。彼はデータベースの検索を引き受けてくれる警官をもうひとり、苦労して見つけた。

カスダンは眼鏡をかけ、中学校のホールで行ったり来たりしながらリストの名前を読み上げては、ひとつひとつ検索結果を待った。そのあいだに、前に見た建物との建築的な違いを観察した。ここでは切り出した石が、おもに使われている。どっしりとしていつまでも変わらない、明るい色合いの石だ。校舎は建てられてから少なくとも三百年にはなりそうだが、全面的に改装されている。白い石。整った庭。広々とした空間に、葬列のような足音が響いている。

三十分ほど検索を続けたが、何も見つからなかった。ヴォロキンが浮かない表情で戻ってきた。またしても収穫なしらしい。

午後二時、二人はアンヴァリッド大通りのヴィクトール＝デュリュイ中学校で車を降りた。

バンジャマン・ザルマニアン、十二歳。

少年に話を聞いているあいだに、サンドイッチを買ってきてくれと、ヴォロキンはカスダンにたのんだ。カスダンは出かけたものの、なんだか若造の助手になったみたいで不愉快だった。食料をたずさえ戻ると、ヴォロキンが教室から出てきた。やはり成果なし。カスダンはこの不首尾に、内心ほくそ笑んでいた。

ヴォロキンのほうが、おれよりデキるわけじゃない。

午後二時四十五分。ブリアン・ザロシアン。

ジャック＝ドクール中学校、トリュデーヌ大通り、九区。

失敗。


午後三時三十分。アル・ザシャリアン。

ジャン＝ジョレス中学校、カヴェ通り、十八区。

的外れ。

カスダンは尋問のあいだ、ヴォロキンの脇についていることにした。コンピュータゲームやテレビドラマの登場人物、新しいコミュケーションツールの話はひとこともわからなかった。大人と子供が真の交流をするために必要な道なのだろう。いくら少年の警戒心が解けても、どうにもならなかった。困惑している様子はまったくない。秘密を漏らすような証言は、結局ひとことも得られなかった。


午後四時四十五分。エラ・カレイヤン。

コンドルセ中学校、ル・アーヴル通り。

サン＝ラザール駅地区の中心街は、交通渋滞が激しくなる一方だった。夕方が近づくにつれ、石造りの建物と車の首かせは二人を締めつけた。今度も完敗だった。


午後六時。尋問するべき少年は、あともうひとりだけ。

ティモテ・アヴディキアン、十三歳。住所はパリ郊外のバニョレ。

どうしようか、ためらった。あたりは暗くなっている。こんな渋滞では、順調に一日を終えられそうにない。

それでも二人は、車を走らせた。犯罪捜査では、リストの最後まで終えなければ始めなかったのと同じだ。ヴォロキンはむっつりと黙り込んでいる。不毛な一日に落ち込んでいるのだろうか、とカスダンは思った。それとも、ヤクが切れた影響なのか。

ポルト・ド・バニョレ。カスダンは思いきって荒れ具合を探った。

「どう思う?」

「べつに。みんな、ボロを出してないのか、本当に何も知らないのか。単にそういうことです」

二人はバニョレに入った。くすんだ郊外の町、暗い郊外の町。まるでべとつくタールに絡め取られているかのようだ。ティモテ・アヴディキアンは学校から帰ってきてるはずだ。住所はわかっている。二人はポール=ヴァイアン=クチュリエ通りの家に着いた。

警察だと家族に告げ、さっそくヴォロキンが少年から話を聞き始めた。

カスダンは庭に出て、ブランコ型のガーデンチェアに腰かけた。両親があれこれ確かめに来たら、面倒なことになる。ヴォロキンの不機嫌が伝染したようだ。とりわけ怒りが、胸にこみ上げてきた。おれはここで何をしてるんだ? 蜃気楼を追って、一日を無駄にした。ヤク漬けの若造警官の直感を当てにしすぎて、大事な時間を浪費してしまった。この調査は、時間との戦いだというのに。

政治絡みの線も考えていただけに、余計むかっ腹が立った。ウィルヘルム・ゴーツは盗聴されていた。総合情報局(RGDST)か国土保安局が、オルガン奏者に目をつけていた。そっちの線を追えば、何か出てくるかもしれない。ゴーツの政治的な過去に関する情報を得るためには、そうした部署を突ついてみるべきだったのに。彼の通話記録を細かく調べ、相談していた弁護士の電話番号を割り出すべきだった。ゴーツが個人レッスンを行なっていた家にも、電話で問い合わせるべきだった。それらをみんな、ヴェルヌが今やっているだろう。経験豊富な元警官のおれが、小児性愛にこだわっているジャンキーといっしょに、一日を無駄にしていたあいだに。

どうしてヴォロキンの話を聞いてしまったのか、自分でも心の底ではわかっていた。おれは傷を抱えて生きている。それに惑わされたんだ。息子が出て行ってしまったという傷に。ところが目の前に、息子と同じ年ごろの相棒があらわれた。おれはあいつのなかに、ダヴィドを見ていたんだ。しかもおれとは、似た者同士だ。同じ警察官、市井の男なんだから。決して忘れたことはない。息子と決裂した本当の原因、息子との仲を裂いた鋭い石刀は、警察官という仕事だったのだと。

ダヴィドは警官を嫌っていたわけではない。軽蔑していたのだ。ある日、息子は皮肉っぽい棘のある口調で言った。「デカなんて、やくざのなりそこないさ」と。本当に、そう思っていたのだ。ベンチャー企業やら先進技術やら、手っ取り早い金もうけに目が眩(くら)んだ世代の一員には、四十年間も安月給で町をほっつき歩く父親が理解できないんだ。

そう、カスダンにはヴォロキンと組む理由があった。あいつは気に入った。おれの最盛期を思い出させてくれる。いっしょに同じ時を過ごし、築きそこねた息子との関係を帳消しにしたかったんだ。おれは分別をなくしていた。おれは……いや、それも真実じゃない。おれはそこまでヴォロキンに入れ込んじゃいない。わざわざあいつを迎えに行って、歳の近い少年たちの尋問をもう一度やらせようとしたのは、あいつの説が捜査の的を射てるかもしれないと、直観的に思ったからだ。教会の楽廊に足跡を残した少年は、単なる目撃者ではなかったのかもしれない。今ならそう断言できるだろう。

そのとき背後で、足音がした。

ださいスーツにパーカー姿のヴォロキンが、うつむいてネクタイをなおしながらやって来る。

「それで?」

「だめでした」

「おまえの説を見なおしたほうがいいんじゃないか?」

「いえ、間違いありません。そこまで的外れじゃない」

「頑固だな。警察官にとって、最大の敵だ」

ヴォロキンは目を上げ、カスダンをじっと見つめた。その瞳は、闇に光る二匹のホタルのようだった。彼は煙草を一本抜き取って、火をつけた。口もとの筋肉がいったん緊張してから緩み、すっと煙を吸った。

「ぼくはずっと直感の声を聞いてきました」とヴォロキンは一服した煙を吐き出しながら言った。「いつもうまくいってたんです」

「まだ三十前だろ。勝手な原理原則に囚われる歳じゃない」

ヴォロキンは茶色い煙を羽根飾りみたいにくゆらせ、くるりとうしろを向いた。

「行きましょう。ちょっと思いついたことがあるので」

カスダンは錆びたブランコから立ち上がり、通りを歩いているヴォロキンに追いついた。彼といっしょにいると、なんだか自分が下っ端捜査員になったような気がする。何も見ていない証人たちを尋問したり、犯行現場から一キロも離れた場所を訪れたりと。

「思いついたって?」

「ゴーツの家に行くんです」

「家探しならもうやった。目ぼしいものは出ちゃこなかったが」

「パソコンのなかは調べましたか?」

「いや、パソコンまでは。そっちの方面は、あんまり詳しくないんで……」

「じゃあ、行ってみましょう」

カスダンはひとまたぎでヴォロキンの前に立った。

「いいか、ゴーツは秘密主義の男だった。本物のパラノイアだ。ヤバい証拠は決して残さないだろう。パソコンのなかだろうと、どこだろうと」

ヴォロキンはこの日の午後、初めてにっこりした。

「小児性愛者っていうのは、ナメクジみたいなもんです。どんなにがんばっても、這った痕が必ず残る。その痕は、パソコンのなかにあるんです」

19

「パワーマック　G4か」ヴォロキンは薄暗いアパルトマンでパソコンを見つけると、小声でそう言った。「《G4》の名前で知られている旧モデルです」彼は部屋のロールカーテンを閉め、パソコンの電源を入れた。「プログラムをロードさせましょう」

「マッキントッシュだと、何か問題が？」

「いいえ、ウィンドウズでもマックでも、ぼくには大差ありません。やつらにもそれぞれ好みがありますが、どっちだろうが逃がしはしません」

「ずいぶんコンピュータに詳しいんだな？」

ヴォロキンはうなずいた。下から照らすパソコンの光で表情が輝いている。宝を見つけた海賊のようにじっと画面を見つめる目は、まるで二粒の真珠だ。

「ヨーロッパ一のハッカーたちから、ドイツでみっちり仕込まれたんです。カオス・コンピュータ・クラブの面々からね」

「何者なんだ、それは？」

「情報技術の天才集団ですよ。自由な情報のための、開かれた《銀河コミュニティ》と自称しています。社会を脅やかすテクノロジーの危険性を暴くため、ハッカー攻撃を仕掛けているのだと。ドイツでは銀行のコンピュータシステムを、何度もハッキングしました。不正に引き出した大金を、そのたびに翌日に返却しましたが」

「どうやって彼らと知り合ったんだ？」

「パリとベルリンのあいだで起きた小児性愛者の事件で、力を借りたんです。彼らのおかげで、薄汚い犯人の足跡をたどることができました。さっきも言ったとおり、変質者どものアキレス腱は、やつらが使う道具にあります。パソコンには検索や接触の痕跡が、ほんのわずかにせよ残るんです。ぼくは何日も徹夜して、ネット上に上がっている写真や動画を特定しました。P2P方式のアプリケーションのおかげでね。サイバネティックスに基づいた捜査が、性犯罪者を追いつめるための切り札なんです」

カスダンは若い警官のうしろについた。時代にすっかり取り残された気分だった。ディスプレイには、どこまでも真っ白な塩の砂漠が映っていた。おそらくチリの風景なのだろう。

「パソコンを立ち上げるのに、パスワードは必要ありませんでした。出だしは上々。さもないと、アウトです。パソコンを工房に持ち込んで、ばらさない限りは」

よくわからないな、カスダンは思った。ヴォロキンはそう言うが、ディスプレイにはパスワードを要求する表示が出たところだった。ヴォロキンは、彼が困惑しているのに気づいた。

「今、求められているのは、単なるログインのパスワードです。ゴーツのドキュメントを閲覧するための。これはまあ、問題じゃない。このパスワードは、なしでもすませられますから」

ヴォロキンはデニムのコートを脱ぎ、ぱちぱちとキーボードをたたき始めた。小さすぎる黒い上着、分厚いシャツ、ワンタッチネクタイ。まるでしがないブローカーだ。自分が住む世界のしきたりも、高級ブランドの決まりも知らないブローカー。あるいはモーパッサンの短編小説から抜け出した、一張羅姿の若い田舎者と言ったほうがいいかも。

　ヴォロキンがパソコンを操作するのを、カスダンはじっと眺めた。退職した当初は、インターネットに夢中になって、この新たな技術からどんな楽しみを引き出せるだろうかとわくわくしたものだ。しかしすぐに幻滅した。ウェブの世界は情報のファストフードだとわかった。うわべだけで、深みもニュアンスもない。マルクス主義者が言うような、**疎外を生み出す機械**だ。今では古きよきミニテルみたいに、本やＤＶＤをネットで注文するくらいしか使わない。

「何をしてるんだ？」

「シェルスクリプトを表示させているんです」

「フランス語で話してくれよ」

「オペレーションシステムの言語です。コンピュータにとって人間の言語は、数あるソフトウエアのひとつにすぎません。コンピュータはフランス語を理解しているように見えますが――そんなふりができるように、プログラミングされているからで――本当は二進法の数字の配列を捉えているだけなんです……」

　カスダンは文字列が次々に続くのを眺めた。そうした記号の意味は、普通の文字よりずっと微妙で不確かだ。彼は映画『マトリックス』を思い浮かべた。監督のウォシャウスキー兄弟は、コンピュータ言語とアジアの書法（カリグラフィ）とのあいだに類似性があることを、見抜いていたのだろう。

「どこまで進んだんだ?」

「設定(コンフィギュレーション)ファイルを作成しました。ファイルリストにアクセスするため、通常のユーザーより上位にある《スーパー・ユーザー》ってことです」

ヴォロキンはコンピュータを再起動した。ブーンという音が始まり、画面にまたパスワードを求める画面があらわれた。ヴォロキンが何か文字を入力すると、コンピュータはおとなしくアイコンの一覧を表示した。

「これからプログラムの根幹に遡ります。コンピュータは系統樹のように機能します。システム、アプリケーション、ファイルというふうに、順番にはめ込まれているサブディレクトリの連鎖をたどっていかねばなりません……」

名前がずらりと縦に並んであらわれた。それがどんどん増えていく。

「ゴーツが作成して保存したドキュメントです。文章、画像、音声……」

画面には目まぐるしいスピードで、略号、数字、文字があらわれた。文字列は風に吹かれる雑草のように、くるくると跳ねまわっている。

「こんなもの、どうやって読み取るんだ?」

「読み取りはしません。選別するんです。ネットから取ってきたプログラムに、これらのリストを通すんです。小児性愛者たちが使うキーワードが、網に引っかかるってわけです。たとえ暗号化されていても」

わけのわからない文字がさらに続いた。ときおりヴォロキンはリストを止めて、ファイルを開いた。そしてまた無数の文字が、さらに勢いよく画面を行き過ぎる。

「やれやれ」とヴォロキンはつぶやいた。「何もなしです。このマックの持ち主は、ただの平凡なチリ人音楽家だったってわけか。メールにも怪しいところはまったくない。よほど警戒していたんでしょう」

「でも、忘れちゃいかん。今のところウィルヘルム・ゴーツは、被害者の側なんだぞ。鼓膜を突き破られた、六十三歳の男なんだ」

「彼が盗聴されてたことも、忘れてはいけません。あなたが言ったんですよ」

「誰が、なんのために盗聴していたのかわからないが。ゴーツが性的倒錯者だと主張しているのは、おまえだけだ」

ヴォロキンはまたもやキーをたたいた。

「ネット検索の足跡を探ってみましょう。宝の山ですからね、そこは」

「ゴーツが小児性愛関連のサイトを見ていたとしても、閲覧履歴は消去しているのでは？」

「もちろんです。でもコンピュータからは、何も消し去ることはできません。それは不可能なんです。わかりますか？」

「いや」

「ユーザーにその操作を許可するのは、システムの基本的なメカニズムを間接的に明かすことです。ハードウェアを構成しているコードは、世界でもっとも厳重に守られている秘密のひとつです。さもないと、誰でも自分の好き勝手にハードウェアを作り変えることができてしまう。

そうなったら、コンピュータ市場は成り立たなくなってしまいます。コンピュータのなかで起きていることは、すべて表層なんです。ユーザーがデータを消去したように見えても、それは単に人間のロジックに一歩譲ったにすぎません。アルゴリズムの世界では、二進法構造の深層では、すべてが保存されるんです。つねに」

「一時的な閲覧でも？　ワンクリックのあいだだけのことでも？」

ヴォロキンは笑って、ディスプレイをカスダンに向けた。

「すべてがです。一度閲覧するごとに、コンピュータは一時ファイルと呼ばれるものを作成します。閲覧したページを記憶して、それをディスプレイに表示するんです。するとわれわれは、サイトを直接見ているような印象を受けますが、実際にはコンピュータがいったん記憶した画像を目にしているわけなんです」

ヴォロキンはさらにキーをたたいた。

「その一時ファイルはメモリーの片隅に収納され、いつでも参照できます。ひらけ胡麻（ごま）の呪文を、知ってさえいればね」

「シェルスクリプトを？」

「いいえ、今度はASCIIという特別な文字コードで、コンピュータと話さねばなりません。これはまた別のレベルです。複雑そうに見えますが、そうしたやり方と言うかロジックを捕えねばなりません。機械に問いかけるには、機械の言葉を話さなくては。彼らのロジックに従うんです」

再びキーをたたく音がして、新たな記号が画面に表示された。

「一時ファイルが参照の頻度順に並んでます。もっとも頻繁に接続しているサイトが、リストのいちばん上に来て、いつでも見られるようになってます。これらの最新ファイルを、検出プログラムにかけてみましょう。ここには何千もの小児性愛サイトが特定化され、記憶されています。連絡先、コード、キーワードが……ちくしょう」

「どうした?」

「こっちも成果なしだ。ゲイ関連やバイアグラの注文も出てきません。あり得ないな」

「どうしてあり得ないんだ?」

「あんただって、ポルノサイトを見たことがあるでしょう?」

カスダンは答えなかった。いくつか、頭をかすめる名前があるにはあった。《天然デカパイ》とか《巨乳天国》とか。ヴォロキンにおれのマックを漁られたくないもんだ。

「でもまだ、あきらめちゃいません」とヴォロキンは言った。「アイノードが残ってる」

「今度はなんなんだ?」

「コンピュータは、例えて言うなら町のようなものです。それぞれのファイルが家で、個別の住所を持っている。それがアイノードです。だからファイルの名称、つまり家の外観(ファサード)ではなく、アイノードからドキュメントを探ってみます。何か隠したいものがある場合には、同じ名前のドキュメントをいくつも作るという手口がよく使われます。足跡をごまかすためにね。空っぽの殻を、これみよがしにばら撒いておく。そうやって、本物のやばいファイルはもつれたメモリーのなかに紛れ込ませるんです」

ヴォロキンがいくつもの数字の列をクリックすると、新たなリストが表示された。カスダンは彼を諭(さと)すように言った。

「おいヴォロ、相手は聖歌隊を指揮していたただの六十男だ。パソコンにそんな手の込んだ仕掛けをしているとは思えないが……」

「さっきも言ったじゃないですか。小児性愛者っていうのは、とてつもなく用心深い人種なんです。自分が社会のはぐれ者だって、よくわかっている。みんなおれの金玉を切り落としたいと、ひたすら願っているってね。だからいつのまにかパソコンにも詳しくなるんです」

画面にはあいかわらず記号があらわれては消えていく。カスダンは、草木が密林の奥へ踏み入っていくような気がした。けれどもヴォロキンのほうは必死に頭を働かせているらしく、怒りを抑えてキーを打っている。獲物がいるのを感じ取りながら、そろそろと近づくハンターの緊張が伝わってくる。

「ああ、くそ！　くそったれ！」

「だめだったのか？」

「何もなしだ。ゴーツは専門家のアドバイスを受けてたんだな。少しも尻尾を出しません」

「そこまでするかな？」

「小児性愛者は連帯感が強くて、お互い助け合うんです。詳しいやつがひとり、ほかの連中に手口を教えれば、それがまた広がっていく。間違いありません。あいつらゲス野郎どものことは、詳しいんです」

ヴォロキンは屈んで、ショルダーバッグに手を突っ込んだ。

「それなら、奥の手が残ってる」

ヴォロキンはきらめくCDをふりかざし、かしゃっとコンピュータに挿入した。

「《アンデリート》プログラム。コンピュータのもっとも低階層まで潜っていける計測器みたいなものです。このソフトはコンピュータの腸をスキャンして、消去されたと思われるものをすべて回復するんです。とても高速で作動するプログラムですから、目の前で結果が出ます」

コンピュータは相変わらず、モーター音のようなうなり声をあげている。通風口から吹き出る風は、コンピュータのあとを追いかけ、破裂しないようになだめているかのようだった。新たなリストが表示される。文字列はみな、クエスチョンマークで始まっていた。

ヴォロキンは眠れる怪物の私生活に手を伸ばそうとしているみたいに、小声でこう言った。

「コンピュータからは、何も消え去りません。前の情報が別な情報に席を譲るだけです。場所を空けるためには、最初の文字をクエスチョンマークに置きかえ、前のファイルを取り除きます。でも表題の続きの部分は同じですから、簡単に識別できるんです」

カスダンは《?》から始まる文字列を見つめた。こんなわけのわからない記号の羅列のなかから、いったいに何が見つかるんだろう？　けれどもヴォロキンは自信たっぷりらしい。モーター音が響くなか、何秒かが過ぎた。

カスダンも声を潜めてたずねた。

「何か見つかったか?」

「あいかわらず、どうでもいいようなものばかりです。ゴーツは聖人様ですか」

「そうかもしれないぞ。あの男は聖歌隊の指導と、故郷の思い出に生きていただけだった。愛人の男とは、おかしな行為に及んでいたかもしれないが」

「カスダン、あんた、ぼくより年上じゃないですか。そのぶん人間の性(さが)がよくわかっているはずだ。ウィルヘルム・ゴーツはホモセクシャルでした。ナセルはやつの最初の相手じゃなかったでしょう。それに愛人は、ほかにもいたはずだ。同性愛者っていうのは、やたらと気が多いんです。ここにそうした接触の痕跡がまったくないとすれば、理由はひとつしか考えられません。ゴーツは別の場所で、別のパソコンを使っていたんです」

ヴォロキンはコンピュータからCDを取り出し、深々とため息をついた。

?uytéu§(876786ªàn ;tnièrpuygf
?hgdf654 ! »à)89789789ç(‘v jhgjhv
?kjhgfjhgdg5435434345
?iuytiuyY64565465RC
?yutuytyutzftvcuytuyw

「さもなければゴーツは、人対人の接触というテロリスト好みの方法でやってたか。パソコンを使ってなけりゃ、痕跡は残らない。つまり彼は墓場のなかに、秘密を持っていったってことです」

ヴォロキンはまだキーを操作し続けている。彼自身の足跡を消しているのだと、カスダンにもわかった。

ようやくヴォロキンはコンピュータを閉じた。

「どうしてそんなに小児性愛者に対し、敵意を燃やしているんだ?」とカスダンはたずねた。

「あんたの考えはわかってます」とヴォロキンは笑って言った。「ぼくがあのゴミ野郎どもに必死の戦いを挑んでいるのは、やつらにおとしまえをつけさそうとしているからだって、思っているんでしょ。幼い孤児がつらい目に遭わされて……」

「そうじゃないのか?」

「ええ、がっかりさせて悪いですが。そりゃまあ司祭たちのところで暮らすのは、毎日愉快なことばかりじゃないですよ。でも、そういう体験はありませんでした」

ヴォロキンはショルダーバッグを閉め、立ち上がった。

「ぼくを驚愕させたトラウマについて話しましょうか。《暴行》、《アナルの裂け目》、《拷問》、《感染》、《殺人》、《自殺》。そんな名前のトラウマが、青少年保護課(BPM)の資料室には山積みになってます。ぼくのトラウマは、直接会ったことはないそうした子供たちなんです。けたくそ悪い目に遭わされた子供たち。わけもわからず、世界を破壊された子供たち。そのまま死んでしまわない限り、彼らは粉々に砕かれたままです。子供たちにそんなことをしたゴミ野郎どもを追いつめるのに、同じ体験をしている必要はありません。そうした子供たちのことを考えるだけで充分です」

カスダンは沈黙を続けた。確かに、そのとおりだ。けれども彼は経験的にわかっていた。ひとがこんなふうに心の奥底をぶちまけるのには、それだけ何か深いわけがあるはずだ。

彼はロールカーテンをあけて、入り口のドアを指さした。

「あのゴーツの愛人、ナセルをもう一度締め上げに行ってみるか？　昔ながらの対面捜査ってわけだ。人間相手に、人間の言葉で、いざとなったら人間の手でぱんぱんと横っ面をはたいてな」

20

ナセルダン・サラクラマハータは、モンソー公園からほど近いマルシェルブ大通り百二十七番に住んでいた。オスマン様式のどっしりとした建物で、紋章やら女性像やら細かな装飾が施されている。そういやナセルは建物のいちばん上、いわゆる女中部屋の階に暮らしていると言ってたな。

万能キーでドアをあけると、さらにもうひとつ、インターフォンでなかからあけてもらうドアが立ちふさがった。管理人はいないし、端からインターフォンを鳴らしていくわけにもいかない。ここに来た足跡は残したくなかった。二人は黙ったまま目の前の壁に寄りかかり、薄暗いホールでひと息つくことにした。誰か住人が出入りするのを待つしかない。

しばらくすると、カスダンは笑って言った。

「若いころを思い出すな。警察に入って捜査介入部隊（BRI）で過ごした最初の何年間かを」

「ぼくはドアがあくのなんか、待っていなかったけど。窓から入ってました」

「ヤクの密売をしてたころってことか？」

「ぼくは運命を相手にしてた。これは話が別なんです、カスダン」

カスダンは感心したように、皮肉っぽく首を横にふった。毛皮のコートを着て夜会用のバッグを持った女が、ガラス扉をあけた。そして丁寧にお辞儀をする二人の怪しげな男を、不審げに見つめた。

カスダンとヴォロキンはいっきに最上階へ行った。長い廊下が続いている。おれのマンションと似ているな、とカスダンは思った。ナセルが持っていた小さなバッグのイメージと重なる、灰色の狭い通路。あのバッグを漁ったときも、嫌悪感がこみ上げてきた。ここではすべてが、惨めったらしい生活に見合ってる。剝げ落ちたペンキ。ひびが入った小窓。トルコ式のトイレ……。

二人とも、照明のスイッチは押さなかった。

「ドアを順番にノックしていきますか？」

「いや」とカスダンは言って、携帯電話をつかんだ。

ナセルの番号をプッシュする。静まり返った廊下の先から、かすかな呼び出し音が聞こえた。カスダンはあごをしゃくって、ついて来いとヴォロキンに合図した。二人は暗闇のなかを歩き出した。天窓の下を二つ通りすぎた。テレビの音がかすかに聞こえる。それに電話で話す声も。アジア系の言葉らしい。

二人を導く電話の呼び出し音は、まだ続いている。

ナセルは電話に出ないのだろうか。

二人はさらに進んだ。薄青色の夕闇が、くすんだ油絵に漆(うるし)を塗りたくるように小窓から入り込んでくる。ようやくドアの前まで来た。その向こうで、電話が鳴っている。どうしてナセルは出ないいんだ?

カスダンはノックしてみた。

「ナセル、あけろ。カスダンだ」

返事はない。呼び出し音は続いている。

「おい、あけろ。ドアをぶちやぶるぞ」

カスダンは声を抑えて言った。フィリッピン人らしい女が二人、隣のドアから顔を出した。ヴォロキンは警察の身分証を突き出して見せた。二人の女は初めからそこにいなかったみたいに、すばやく引っ込んだ。

電話の音が止まった。カスダンは耳を澄ました。留守録の応答メッセージが聞こえる。ふわふわしたナセルの声だ。カスダンの頭のなかで、その声はシグナルのように響いた。

二人は阿吽(あうん)の呼吸で攻撃態勢に入った。カスダンがドアの前に立つや、ヴォロキンが右側の壁に体を寄せて銃をかまえる。

ドアに一発、蹴りを入れた。だめだ、破れない。

さらにもう一発。蝶番からはずれたドアが、反動で勢いよく戻ってくる。

カスダンは体を半回転させ、肩でドアの衝撃を抑えた。

そしてシグ・ザウアーを前にかまえ、部屋に飛び込んだ。

ヴォロキンもあとに続く。

真っ先に目に入ったのは、丸天井に書かれた文字だった。

血を流しし罪よりわれを助けたまえ、
わが救いの神よ、
わが舌は汝の義を歌わん。

次に気づいたのは、テラコッタタイルの床にすわり込んだナセルの死体。すでに硬直し、寄りかかった漆喰(しっくい)の壁と同じくらい冷たくなっている。

三つ目に気づいたのは、死体の顔についた大きな傷だった。まるで引きつった笑い顔のように、左右の口角から耳までざっくりと切られている。カスダンは思い出した。監獄のなかでは、《チュニジアの笑い》と呼ばれるこんな制裁を密告者に加えるという。口に刃を突っ込み、頬をざっくり切り裂くのだ。ナセルの死体は恐ろしい道化師のように、笑みが両側に広がっていた。

そして四つ目は、被害者の左耳から流れ出ている血だ。わずかに横を向いた顔面に、固まりかけた血がニスのようにこびりつき、冷たくなった肌が不気味な輝きを放っている。こいつは愛人のゴーツと同じ手口で殺されたらしい。鼓膜を突き破られて。犯人が少年かどうかはともかく、この事件は連続殺人の様相を呈してきた。犯人だけが知るリストの名前が、次々に消されていくのだろうか。

「そこをどいて、カスダン。ぐずぐずできない。長居は無用です」

カスダンはあたりを見まわした。ヴォロキンの言うとおりだ。部屋はせいぜい五平方メートル。体重百十キロの巨体がその真ん中に、でんと居すわっている。

「手袋をはめて」

死体の脇にひざまずいていたヴォロキンが、外科手術用の手袋を投げてよこした。カスダンは顔を火照らせ、それをはめた。指先で汗を拭う。彼は屈んで、ナセルの握りこぶしをつかんだ。

そして硬直した指をなんとかひらかせた。

なかに血がたまっていた。

小石のような、血の塊だ。

カスダンは人さし指で、黒い塊に触れた。

いや、違う。これは体の一部だ。

カスダンはそれをつまみ上げ手袋をはめた手の平で転がした。

それは切り取ったナセルの舌だった。

カスダンは目を上げた。

あの文字は、舌を筆がわりにして書いたんだ。

血を流しし罪よりわれを助けたまえ、
わが救いの神よ、
わが舌は汝の義を歌わん。

21

ワグラム大通りのマクドナルド、午後九時。

エトワール広場のほど近く。

ヴォロキンは二つめのロイヤル・ベーコンにかかっていた。フライドポテトのかごと、九個入りチキンナゲットの箱も、彼のトレーをにぎやかに飾っている。さらにはケチャップとマヨネーズの小袋が山ほど散らばり、その真ん中にコカ・コーラ・ゼロのLサイズが鎮座していた。ヴォロキンは子豚みたいに、トレーに顔を突っ込んでいる。

カスダンは啞然としたように、その様子を眺めていた。彼はコーヒー一杯しか飲んでいなかった。肝はすわっているほうだが、死体に触れたら気分は悪いし、あれこれ疑問も湧いてくる。けれどヴォロキンは人種が違うようだ。あいつは死体を見ると、むしろ食欲が湧いてくるんじゃないか。

ヴォロキンはカスダンの視線に気づいた。

「よく体が持ちますね。何も食べないで」

カスダンはその言葉を無視して、こう言った。

「おまえといっしょに、ずいぶん時間を無駄にしてしまった。もうここまでだ。こっちが何も見つけないうちに、ナセル殺しのおかげでおまえのたわごとにけりがついた」

「どうして？」

「犯人は少年だというおまえの説は、初めから馬鹿げていると思ってた。だが無理して考えれば、凌辱(りようじよく)されて自暴自棄になった少年が恨みを晴らそうとしたのだと想像できなくもない。殺しの手口については、棚に上げとかにゃならないが。だって少年にしては、ずいぶんと手の込んだやり方だからな。だが、第二の殺人が起きた今、おまえの説が間違いなのは明らかだ」

「少年が暴行犯をひとり殺すことはあっても、二人はないと？」

「少年が自力でゴーツの愛人を見つけ出し、そいつの部屋に上がってうまく言いくるめ、鼓膜を突き刺して舌を切り取ったとは思えない。いくらなんでも、そこまではあり得ない。違うか？」

ヴォロキンはサンドイッチにかぶりついた。ケチャップとマヨネーズが混ざった、薄赤色の汚らしい液体があふれ出ている。それから彼は反対側の手でフライドポテトをひとつかみした。

「筆跡に気がつかなかったんですか？」

「筆跡って?」

「天井に書いてあったやつですよ。丸い丹念な文字でした。子供の文字です」

「おまえのたわごとは、もう聞きたくない」

「あんたは間違ってる」

「間違ってるのはおまえだ。聖歌隊の少年には、二度も尋問したんだぞ。それでも成果なしだった。あの少年たちは犯人じゃない」

ヴォロキンはチキンナゲットの箱をあけ、バーベキューソースの瓶の口金をはずした。

「あの少年たちはね。でもゴーツは、ほかにも聖歌隊の指導をしていました」

「タンギー・ヴィーゼル少年が入っていたノートルダム＝デュ＝ロゼールの聖歌隊員についても、非行歴や補導歴がないか確かめてみたが、何も出てこなかった。精神科や心理カウンセラーにかかった形跡もない。つまり彼らはなんらおかしなところのない、ごく普通の少年だってことだ。くそっ、別の手がかりを探さないと」

カスダンはコーヒーをひと口飲んだが、味はまったくしなかった。間違って紅茶を出されたんじゃないかと思うほどだった。二人は奥のボックス席にすわっていた。回転式のふたがついたごみ箱の近くだ。周囲には、ファストフード店特有のざわめきが満ちている。いつもと違うのは、クリスマスの装飾が加わっていることくらい。弱々しくきらめくイリュミネーションは、無味乾燥な店内をいっそう悲しげにしていた。

「おまえの説はすべて、ゴーツが小児性愛者だという仮定の上に立っている」とカスダンは続けた。「おれはひと晩かけて、そっち方面のファイルを検索したが、やつの名前はどこにもなかった。やつのパソコンもひっくり返してみたが、何も出てこなかったじゃないか。ゴーツは同性愛者だった。オーケー、それはそうだ。男の愛人がいて、変態的な行為にもふけっていたようだ。けっこう、でもそれだけだ。結局、偏見を抱いているのはおまえのほうじゃないか。同性愛者でSMだからといって、小児性愛犯罪者とは限らない」

ヴォロキンはカスダンの前にキャラメルサンデーを置いた。

「じゃあ、ぼくの直感は？　ぼくの直感はどうなるんです？」

カスダンは空き箱やほかの食べかすをトレーにのせ、そっくりゴミ箱に捨てた。

「それがあんたの答えですか？」ヴォロキンはにやりと笑った。

カスダンは若い警官の目をじっと見つめた。

「ここまでのところで最悪なのは、ナセル殺しを防げなかったってことだ。もっと早く、もう一度やつの話を聞きに行っていれば……」

「カスダン、あんただって本当は、そんなふうに、思っていないはずだ。さあ、お小言は終わりですか？」

「そっちこそ終わりだ。夕食も、捜査も。ヤク抜き施設に送ってってやる」

ヴォロキンは何も答えず、キャラメルサンデーのクリームに刺したプラスティックのスプーンを静かにいじっていたが、やがて皮肉っぽい表情でたずねた。

「ところで天井に書かれていた文は、どこから来たんだと思います？」

「さっぱりわからないな」

「あれは『ミゼレーレ』の一節です」

「合唱曲の?」

「『ミゼレーレ』の歌詞は、旧約聖書の詩篇をもとにしているんです。第五十一篇あるいは第五十篇。それはヘブライ語写本かギリシャ語写本か次第ですが。キリスト教の典礼で、この祈りは必須です。たいていは朝の祈りで唱えられます。これは贖罪の祈り、許しを請う祈りです。隠修士会のなかにはまれに、鞭打ちの修行を行なっているところもありますが、『ミゼレーレ』を唱えながら自分の体を鞭打つんです。自らをさらにいっそう清めるために。歌詞のなかには、『われを洗い清めたまえ。われは雪より白くならん』という一節もあります」

　カスダンは腹をすかせた若者をまじまじと眺めた。エネルギッシュでありながら病的で、食欲旺盛なのに痩せている。ガラスのようにもろそうに見えて、おれを一瞬で攻撃不能に陥れ、次の瞬間には素手で殺すこともできるだろう。

「どうしてそんなに詳しいんだ?」

「キリスト教系の学校に、十年間通いましたからね。その手の話は嫌ってほど聞かされました」

　一昨日の晩、ヘッドフォンで『ミゼレーレ』を聞いたときのことが、はっとカスダンの脳裏によみがえった。この歌は事件でなんらかの役割を演じていると、あのときわけもなく確信した。彼は思わずこうたずねた。

「どうして犯人はこの一節を、壁に書きつけたんだろう?」

「それは恵みなんです」

「恵み？」

「犯人は復讐を果たしました。けれど許しの気持ちを示したんです。この言葉を壁に書くことで、ナセルに許しを与えるよう神に祈っているんです。思うに犯人は、信仰心の強い人間だ。言葉の持つ聖なる力を信じています。信仰を持つ者にとって祈りとは、神に対する呼びかけであると同時に、神を内包する呼びかけでもあるんです。この一節を書くことで、すでに許しは生じている……」

「だったらゴーツ殺しの現場には、どうして何も書いてなかったんだ？」

「誰かに見つかりそうになり、最後までやり遂げる時間がなかったんでしょう。それともナセルは許しに値するけれど、ゴーツは値しないと思ったのか。ひとりには煉獄を、もうひとりには地獄をというわけです。もっとよく考えてみないと」

「ヤク抜き施設に送り返されなかったら、今夜はどうするつもりなんだ？」

「シャトー＝デ＝ランティエ通りの失踪人調査センターへ行き、ゴーツがフランスに来て以来、やつの周辺でほかにも行方不明の少年がいないか確認してみます。やつが指導していた聖歌隊すべてのなかで。それから青少年保護課(BPM)にも寄って、そうした聖歌隊員の少年すべてについて、洗いなおしてみます」

「おれもやってみたが、何も見つからなかった」

「あんたはサン＝ジャン＝バティスト教会と、ノートルダム＝デュ＝ロゼール教会を調べたんですよね。でもたしか、サン＝トマ＝ダカン教会とノートルダム＝ド＝ロレット教会が残っているはずだ。それにあんたは電話で確かめただけだが、ぼくは資料を細かくふるいにかけてみるつもりです。何か忘れられた事件がないか、徹底的に探すしかありません」

「それだけか？」

「いえ、ゴーツがピアノの個人レッスンをしていた家にも、すべて電話をしてみます。生徒の少年ひとりひとりのプロフィールもチェックします。そうそう、タンギー・ヴィーゼル少年が行方不明になった件について、捜査調書に目を通さないと。青少年保護課(BPM)にコピーがあるはずです。チリ時代のゴーツの過去も、調べてみましょう。うまく説明できませんが、あいつは怪しいって感じるんですよ、カスダン」

「まったく眠らないのか？」

「ほとんどね。この際、しかたありません。でもあんたはおとなしく家に戻って、もうちょっと勉強しといたほうがいい」

「宗教関係を？」

「殺人事件についてです。少年が犯人の殺人事件。ネットで検索してみれば、突飛(とっぴ)な考えじゃないってわかります。ぼくは三十にもなってないけれど、あんたのほうがよほど小僧っ子みたいだ」

沈黙が続いた。さて、どうしよう、とカスダンは思った。もう一度、ヴォロキンにチャンスを与えるべきだろうか？

そんな迷いを感じ取ったかのように、ヴォロキンはこう答えた。

「もうひと晩、もう一日、猶予（ゆうよ）をください。ぼくが正しかったと、証明してみせます。殺された二人は罪を犯していました。子供に絡んだ罪をね。間違いありません」

カスダンは携帯電話をつかんだ。

「誰にかけるんです？」

「ヴェルヌだ。誰かマルシェルブ大通りの後始末をしないと」

22

シャトー＝デ＝ランティエ通り、十三区。

対人犯罪防止課（BRDCP）、失踪人調査センター。

半月形の奇妙な建物のなかへと、ヴォロキンは孤独なハンターのように入っていった。彼は失踪人の資料を眺めた。幅が狭くて奥行きのある、金属製の引出しに、何千もの紙ファイルがびっしりとつまっている。アルファベット順に並んだファイルは年度ごとに色分けされ、失踪人ひとりひとりの写真や特徴を記した資料が収められていた。

ヴォロキンは満足げに両手をこすり合わせた。

古い資料の山を、これからじっくり漁って調べ上げるのだ。

彼は埃っぽい空気を胸いっぱい吸い込むと、電灯の明かりの下で最初の引出しをあけた。頭の半分は取りかかった作業に集中しているが、あとの半分は別な考えに向かっていた。

もう二十四時間以上も、ヤクなしで過ごしている。一歩一歩、一分一分、深淵から遠ざかっていた。肉体の奥底にぽっかりとあいた、嵐が吹き荒れる穴から。彼を吸い込もうとする巨大な排水口から逃げようと、ちゃちな小舟を必死に漕ぎ続けた。オレンジと黒の熱い球体が体を焦がし、ニール・ヤングの歌を絶えず歌いかけてくる。ジャンキーはみんな、沈む太陽みたいなんだと。

昼間のうちにも、二度発作に襲われた。禁断症状の、二つの違った顔だ。一度目はバニョレに向かう途中。体がねじれ上がり、炎が尾骨からうなじまで燃え上がった。体じゅうの器官が破裂するかと思った。脊柱がよじれた。するといっしょに骨髄や無数の神経ものた打ちまわった。ヴォロキンは叫び声を喉もとで抑えた。サイドウィンドウをあけて深呼吸し、秒を数えた。

二度目の発作は、帰り道に襲ってきた。今度はいっきに力が抜けた。神経が鉛のように重い。体の奥で生コンクリートが固まるみたいに、麻痺が始まった。そんなときは、片手を上げるのすらひと苦労だった。先のことなど、少しも考えられない。冷や汗が額に浮かび、胃がきりきりと痛むなかで、獣が腸（はらわた）の奥に戻ってきて、「自殺しろ」とささやきかける。

ゴーツの部屋に着いて、パソコンを前にしたときは、だいぶ気分がよくなっていた。鼻水がたれて、吐き気も続いていたけれど。ほかのことを考えているときも、ひたすら自分に言い聞かせていた。ほかのことをしていても、自制し続けていた。ここは我慢しなければと。過ぎゆく時間は、苦痛の連続だった。けれどもそれはクリーンな時間、ヤク抜き中の時間なのだ。

カスダンがいたおかげで、心強かった。あの巨漢も、彼なりの秘密を抱えているらしい。しかし、もういい歳だ。どっしりと落ち着いていて安心感があった。それにカスダンは、なんといってもおれを必要としている。そう思うとヴォロキンは、生きる意欲が湧いてきた。あきらめずに戦う意欲が……。

カスダンがおれを必要としているのは、若さやエネルギー、鋭い感性に目をつけたからだろう。でも、それだけじゃない。おれはイカレた連中に通じている。この事件を追うには、そこが要(かなめ)だ。カスダンは堅物すぎるからな。

けれどもヴォロキンには、そんなこと問題じゃなかった。

彼自身、ねじくれ堕落した人間だったから。

ジャンキーで、嘘つきで、盗っ人で、宿無し。待ち合わせの時間に、間に合ったことがない。約束はまもらないし、信頼できないゾンビ野郎だ。興奮するのは売人と会っているときだけ。その意味では、彼が追っているやつらと変わらない。ゴロツキ、やくざ、ありとあらゆるゲス野郎どもの仲間だ。常軌を逸した、非合法で怪しげな輩たち。ヴォロキンには彼らの反応や考え方、論理が予測できた。なぜなら彼も同類だから。ヴォロキンの犯人検挙率が記録的なのは、そのおかげだった。彼もまた犯罪者の一員なのだ。手の内を知り尽くした仲間を追うのだから、これほど優秀なハンターもいない……。

ヴォロキンはあいかわらずファイルを漁っていた。意識の半分は日付や年齢、特徴を確認しているが、同時にジャンキーとしての半生を悪夢の記憶とともによみがえらせていた。アムステルダム、一九九五年。不法占拠している建物の奥。集まったヤク中たちは仲間のひとりがオーバードーズで息絶えているのに気づいた。みんな思ったことはひとつ、死体を始末しないと。死体さえ見つからなければ、面倒なことにならずにすむ。けれども頭が朦朧としていて、どうしたらいいのかわからない。所詮、ヤク中たちの考えだ。後始末を引き受けたのは彼、ヴォロキンだった。ヘロインの影響で、まだふらふらしていたけれど。倉庫の最上階で見つけたビニール製の防水シートで死体をくるみ、建物の下を流れる川の黒い水に放り込んだ。それ以来ヴォロキンは、夜になると闇に浮かぶその奇怪な棺が目に浮かんだ。シートに包まれた死体が水に落ちる音が聞こえ、流れに呑まれる仲間を見つめるヤク中たちの沈黙を思い出した。そんなみすぼらしい葬列が、おれたちみんなを待ちかまえているんだ。名も知れず、惨めったらしく死んでいく。それは明日にでも、わが身に起こるかもしれない。あるいは数年後かも。そのときヴォロキンは、まだ十七歳にもなっていなかった。

彼はタンジールで出会ったスペイン人の恋人のことも思い出した。もっと安い麻薬があるかもしれないと思い、旅をしたときのことだ。二人の関係は、ほんの少ししか続かなかった。恋人は麻薬を求めて迷い込んだモロッコのメディナ地区で、行方不明になった。見つかったとき彼女は犯され、頭を石でたたき割られていた。

ヴォロキンはそれをジャンキー仲間から、雑踏のなかで小声で知らされた。本当のことかどうか、まだわからない。ヴォロキンは病院に駆けつけ、恋人と再会した。開頭手術を受けていて、頭髪の半分が剃り上げられていた。ヴォロキンが病室に入っていっても、彼のことがわからなかった。そうか、脳味噌の半分が抜き取られてしまったんだ。おれの記憶がしまわれていた側が。彼女にとって、もうおれはいないも同じなんだ。けれど日のあたる廊下に出たとき、本当の疑問が浮かんだ。そもそもおれは、誰のために存在しているんだ？

また別の記憶がよみがえった。

また別の、くそったれな出来事が。

パリ。売人をいつまでも待っていた。ヴォロキンは結局彼のアトリエに押しかけた。売人は自称画家だった。見ると男はオーバードーズでひきつけを起こし、ぐったりと横たわっていた。救急車を呼び、緊急医療救助サービス(SAMU)に電話しなければならない。その代わりにヴォロキンがしたのは、部屋のなかを漁って、折った小さな紙切れを探すことだった。彼は床板の下から麻薬を見つけると、浴室に駆け込んで注射した。やがて気持ちが落ち着くと、ようやく司法警察局に電話して救援を求めた。彼は五十グラムほどのヘロインをポケットに忍ばせ、苦しんでいる男は密告屋だということにして警官たちが来るのを待った。

ヤク中たちはいつでも正常で、愛想よく、率直そうに見せようとする。周囲の人々と健康的でにこやかで、好奇心に満ちた関係を保っているふりをする。どんな状況でも分け前があると、納得させようとする。しかしそれは嘘っぱちだ。麻薬による高揚には、つねに限界がある。疑問も推論も、見えない壁をけっして越えることはない。麻薬という壁を。手もとにブツがあるかないか。大事なのはそれだけ。ヴォロキンが女と寝るのは、彼女たちがヤクを手配してくれるからだった。馬鹿な金持ちにおべっかを使うのは、彼らがヤクのパーティを催すからだ。ヴォロキンは囚人や密売人、ヤク仲間からも平気で盗んだ。

くそったれだ。

ヴォロキンは棚のあいだの通路にぶっ倒れた。激しい痙攣で、体がまっぷたつに割れるようだった。吐き気がこみ上げてくる。さっき食べたロイヤルベーコンや何かが。でも、吐かなかった。痙攣は治まった。膝をついて体を起こすと、胆汁がナパーム弾の一斉射撃みたいに喉を焼いた。

ヴォロキンはにやりとした。髑髏(どくろ)の微笑み。麻薬なしにはどうにもならない。ドラッグはおれの新陳代謝に深く入り込んでいるようだ。そんな自分の状態を考えると、糖尿病患者が思い浮かんだ。まったく同じじゃないか。おれは生理学的な欠陥に苦しんでいる。おれの血のなかには、何か欠けているものがある。ドラッグだけが癒(いや)せる機能障害があるのだ。けれどぽっかりあいた黒い穴が、もともと肉体的なものでなかったなら……まあ、いい。平穏、平静は注射針の先にある。糖尿病患者がインシュリンを注射したからって、誰が非難するだろうか？　鬱病患者が、抗鬱剤を飲んだからって？

あいた引出しに手をかけ、なんとか立ち上がった。服の下で体がぶるぶる震えている。けれども彼は自分に誓った。ゴーツ殺しの犯人を突きとめるまでは、ヤクをやらないでおこうと。犯人は少年だ。それはわかっている。はっきりと感じる。少年は復讐を決意した。自分を苦しめた相手に。その少年を見つけるまでは、一グラムだってやるものか。少年を逮捕するためじゃない、助けるために……。

23

子供の殺人者たち。

残酷で、病的で、放火癖のある少年たち。

ずらりと凶器をそろえた、シリアルキラーの若者たち。

カスダンはディスプレイの前で、かれこれ二時間近くも過ごしていた。

ごく最近の事件が、目の奥に刻みつけられている。

二〇〇四年、アンクルトヴィル、セーヌ＝マリティーム県。

ピエール・フォリオ、十四歳は銃で母親、姉、弟、それから父親を撃ち殺した。殺害の合間に、『シュレック』のビデオを観ながら。

一九九九年、リトルトン、コロラド州。

エリック・ハリスとディラン・クレボールドはコロンバイン高校の教室で銃を乱射し、学校じゅうにパニックを引き起こした。二人は教師ひとりと生徒十二人を殺し、二十人以上の人々に怪我を負わせたのち、銃を自分自身に向けて命を絶った。

一九九九年、ロサンゼルス。

マリオ・パディラ（十五歳）は母親をナイフで四十七回突き刺し、殺害した。サミュエル・ラミレズ（十四歳）はネジまわしを使ってそれに手を貸した。二人は映画『スクリーム』に出てくる殺人者のコスチュームを着ていた。

一九九三年、リヴァプール。

ロバート・トンプソンとジョン・ヴェナブルス（十一歳）はジェイムズ・バルガー（三歳）に暴行を加え、煉瓦と鉄棒で殴り殺したあと、線路の上に放置して死体をまっぷたつに切断した。

一九九三年、ニューヨーク州。

エリック・スミス（十三歳）はデリック・ロービー（四歳）を公園で殴り、絞め殺した。そして死体の肛門に棒を突き刺した。

一九八九年、カリフォルニア。

ライルとエリックのメネンデス兄弟は遺産を手に入れるため、父親と母親の背中に何発もの銃弾を撃ち込み殺害した。

一九七八年、オーセール郊外。

十二歳から十三歳の少年四人がホームレスの男に石を投げつけて怪我を負わせ、そのまま放置して死に至らしめた。

カスダンがパソコンの前にすわって、「子供の殺人者」と打ち込んだだけで、たちまちさまざまな事件が並んだ。その多くはすでに知っている事件だったけれど、こうしてひとまとめになると、悪夢の連鎖を見るようだった。パンドラの箱だ。帽子ひとつのために、学校でナイフを振りまわし合ったり、両親を殺したり、八歳で暴行事件に起こしたり……。

どれもこれも陰惨な事件ばかりだが、背景がわかれば少しは冷静に捉えられるかもしれない、とカスダンは思った。恐怖に打ち勝つため、理性に訴えるのだ。生々しい出来事に分析的な解説を加え、気持ちを落ち着けよう。

精神科医のレポートや心理学的な分析、鑑定結果などがすぐにネットで見つかったが――大部分が英語で書かれていた――混乱や矛盾が目立って納得がいかなかった。遺伝的な形質を問題にしている者もいれば――暴力的な遺伝子が、犯行に影響しているのだろうと――狂気を引き合いに出す者もいる――殺人を犯す子供は、二重人格の症状が見られると。あるいは社会や家庭環境の影響を指摘する者もいた。貧困や暴力が、ごく幼いときから彼らを殺人へと駆り立てたのだと。マスメディア文化――テレビ、インターネット、テレビゲーム――も、子供たちの極端な暴力性の説明に持ち出されている。

しかし問題は、殺人を犯す子供たちすべてにあてはまる解釈はひとつもないという点だ。彼らを特徴づける典型は存在しない。だとすれば、鍵となる解決法もないわけだ。あるいは単純に、こう考えるべきなのかもしれない。人間とは邪悪なものだ。それゆえ《小さな人間》も邪悪でないわけがないと……。

午前零時半、カスダンはパソコンから離れた。もううんざりだ。疲れきり、打ちひしがれていた。彼は少し背中を丸め、窓に近づく。八階の部屋からは、ヴォルテール大通りとサン＝タンブロワーズ教会が一望できた。

携帯電話が鳴った。ヴォロキンかと思ったが、ヴェルヌだった。

「それで?」とカスダンはいきなりたずねた。

「目撃者は誰もいません」とヴェルヌは答えた。「マンデズ先生が今、検死解剖をしています。わたしは鑑識課からの第一報を待っているところです。しかし一見したところ、手がかりはまったくなさそうですね。壁の文字は、被害者の舌を使って書かれたものです。切り取るときは、手袋をはめていたんでしょう。そうでなくとも、髪の毛一本、唾液の飛沫ひと粒残していません。犯人はプロですね。それに鼓膜を破るという手口も奇妙です。ゴーツの聴覚器官からは、なんの金属も検出されなかったのは知ってますよね?」

カスダンが答えずにいると、ヴェルヌは先を続けた。彼はナセル殺しにショックを受けているようだった。それで手を組む気になったのだ。思ったよりずっと危険な敵に対し、力を合わせねばならないと。

ヴェルヌにとって唯一さいわいなことに、マルシェルブ大通りは彼の管轄だった。おかげでこの新たな事件も担当できた。さもなければ、第一分局で二件の殺人事件を受け持つのを検事局に認めさせるのは難しかったろう。殺人課ならばたやすいことだけれど。

カスダンのほうからも、代わりに少し情報を提供した。天井に書かれていたのは『ミゼレーレ』の一節だと、彼はひとくさり説明した。ヴォロキンの言葉の受け売りだったけれど。しかしタンギー・ヴィーゼル少年の失踪事件や、小児性愛者が絡んでいるのではないかという疑いについては、何も言わずにおいた。正しいかどうかはまだわからないが、こちらの線は明かさないほうがいい。

「で、ゴーツのほうは？」とカスダンはたずねた。「政治絡みの可能性はどうだ？」

「大使館の担当者は、まだ帰っていません。アルゼンチンの連絡将校にも問い合わせましたが、チリのことはわからないそうで。チリなんて、阿呆どもの国だって思ってるようです」

盗聴器のことはどうなる？　ヴェルヌに話そうか。けれどもカスダンは、すぐに思いなおした。

「やつの通話記録は調べたのか？」

「確認中ですが、今のところ目ぼしい結果は何も出ていません」

「ゴーツは最近、弁護士と連絡を取ったんじゃないか？」

「どうして弁護士と？」

「それはわからないが」とカスダンは言葉を濁した。「もしかして、身の危険を感じていたかもしれないから」

「通話記録はすべて確認してますが、そっち方面の番号は見つかってませんね」

ヴェルヌの口から、サン＝ジャン＝バティスト教会の聖歌隊員に関する話は出てこなかった。あれこれ忙しくて、少年たちやその家族から話を聞く暇がなかったのだろう。ということは、おれが二周先を行っていることも知らないはずだ。おれには青少年保護課（BPM）の刑事がついてるってことも。

カスダンは電話を切り、腕時計を見た。午前一時。眠気はやって来そうもない。彼はキッチンに行って、精神安定剤を二錠飲んだ。どうせ蚊が水牛を刺したほどの効果しかないけれど。それからまた、パソコンの前にすわり込む。

グーグルに子供、戦争と打ち込む。恐怖の度合いがいちだんと増した。個別の殺人事件から集団的な殺人へと、規模が大きくなるのだから。モザンビークの少年兵。リベリアの人喰い少年兵。シエラレオネの手首を切り落とす少年兵。麻薬でラリって幻覚に取り憑かれ、善悪の区別もつかなくなった残忍な子供たちが、制御できない癌のようにアフリカに蔓延したのだ……。

次にクリックすると、恐怖は南米に向かった。コロンビア、ボリビア、ペルー。ギャング、麻薬密売人(ナルコトラフィカン)の《ベビー・キラーズ》。こうした国々では、取引はたいてい路上の少年たちによって行なわれる。憎悪の暴力のなかで育ったヤク中の少年たちだ。

カスダンは吐き気がこみ上げるのをこらえて読み続けようとした。そのとき携帯電話が鳴って、ほっと救われる思いがした。マックの時刻表示に目をやると、午前一時四十五分だった。ヴォロキンだろうか、とまた思ったけれど、鑑識課のピュイフェラの声だとわかった。

「起こしちゃいましたか?」

「いや。何か見つかったのか?」

「だといいんですが。今、殺害現場についての報告書を書いているんですが。ナジルでしたっけ……誰のことかわかりますよね……」

「わかってる」

「また足跡があったんです。肉眼では見えませんが、部屋からルミノール反応が出ないか調べてみました」

ルミノールは大昔から知られている薬品で、ほんのわずかな血痕にも反応して発光する。殺人から十年をすぎ、ジャヴェル水で拭き取った血痕でも、この試薬に触れるとまだ光を放つという。

「スニーカーの足跡です」とピュイフェラは続けた。

「三十六サイズの?」

「まさしくね。いやはや、なんとも」

ヴォロキンの仮説が、俄然信憑性を帯びてきた。カスダンはため息をついた。おれの最後の捜査は、嫌でも恐怖の限界を押し広げずにはおかないのか? ヴォロキンは言っていた。「ぼくは三十にもなってないけれど、あんたのほうがよほど小僧っ子みたいだ」って。まったくそのとおりだ。

「でも、もっと驚くことがありましてね」と鑑識課員は続けた。「なんと複数見つかったんです」

「足跡がか?」

「足跡の主がです」

「どういうことだ?」

「間違いありません。犯人がいろんな靴に履き替えて、歩きまわったんじゃなければ」

胃に空気穴があいたような気がした。頭の奥で稲妻が光った。墜落しかけた飛行機にのっているような感じだ。カスダンはもうひとつ思い出した。ヴォロキンと最初に会ったとき、たしかこの事件は「少年がたくらんだこと」だと言っていた。《少年》は単数形だったけれど、《たくらんだ》という表現は的を射ていた。まるで彼が初めから、真実を垣間見(かいまみ)ていたかのように。

「足跡は重なり合っていました。どれも小さなサイズです。はっきり言って、ガイシャは頭のおかしな少年グループに殺されたんでしょう。前の事件よりもくっきりと見て取れる足跡もあったので、ロニー＝スー＝ボアの国家憲兵隊犯罪研究所(IRCGN)に送りました。あそこには、あらゆるもののカタログがそろっていますから。銃、歯型、耳型。靴型の一覧だってね」

「今度はコンバースじゃないと思ってるのか？」

「ええ。ともかく、デザインはまったく同じではありませんでした」

「くそ、じゃあおれはこの二日間、間違った手がかりを追ってたのか？」

「まったく骨折り損ってとこでしょうね。だから親切にも、電話をしたんです」

カスダンは怒りを抑えた。

「それだけか？」

「いえ、木の小片がほかにも見つかりました」

そういやすっかり忘れていたが、教会の楽廊から棘立った小さな木のかけらが見つかったんだった。

「前と同じ木か？」

「まだ断言はできません。最初に採取した木片の分析結果も、まだわかっていませんし。今回の木片も、リヨンのラボに送りました。ほどなく結果が出るでしょう」

「オーケー。何かわかったら、またすぐに電話してくれ。すまないな」

「いえ、これくらい」

精神安定剤が効いてきたようだ。なんとなく、そんな感じがする。脳味噌が遠くから反応している。緊張が少しずつほぐれ、思考が退いていく。温かいお茶を注ぐみたいに、意識があふれ出す。少年兵に関する記事を保存し、最後の数ページを打ち出そうとプリンターのスイッチを入れた。

プリントした紙を取りに立とうとして、カスダンははっと止まった。

何か別の物音に、体が反応したのだ。

24

どこか遠く微かに聞こえる、規則的な音だった。

機械の音だろうか？　冷蔵庫か何か、家電製品かもしれない。耳を澄まし、意識を集中させる。カチ、カチ、カチ……音は部屋のなかではなく、廊下から聞こえるようだ。階段脇とか？　でも、水がはねる音じゃない。

何かが小窓のガラスにあたる音でもない。

何かを軽く、けれども執拗にたたく音のようだ。盲目の人が杖をつくような音。でも今は午前二時だ。こんな時間に盲人が廊下で、何をしてるっていうんだ?

カスダンは壁に向かって耳を澄ましたままそっと立ち上がり、スイッチのほうへ歩いていった。ホルスターからシグ・ザウアーを抜いて居間の明かりを消し、玄関のドアに近づく。木製のドアに耳を当てると聞こえた。あのリズムが続いている。カチ、カチ、カチ……。

音が近づいてくる。というか少なくとも、音は廊下で大きくなっていく。カスダンはなんの音か想像してみた。確かに、盲人の杖のようだ。あるいは、しなやかなニワトコの棒で、床をたたいているのか……。

ただの物音がカスダンのなかに不安をかき立てた。彼は額に汗がにじむのを感じた。血流が泡立って、肌の表面がむずむずする。彼は九ミリパラベラムの安全装置を起こし、銃のスライドをゆっくり手前に引いた。それからさらに注意深く、上の差し錠のつまみをまわした。ドアをあける。あたりの静寂は膨張して密度を増し、ますます重苦しい塊と化した。

廊下は真っ暗だった。もし本当に誰かがやって来たのだとしたら、そいつは何も見えないなかを歩いていることになる。カスダンは前に身を乗り出し、また耳を澄ました。音は続いている。近づいてもいなければ、遠ざかってもいない。

カチ、カチ、カチ、カチ……。

よくよく考えれば、隣人が帰宅しただけだろう……手に持ったキーホルダーが揺れているか……バッグが壁にこすれるかして……。

カスダンは用心深い足どりで廊下に出た。彼の部屋の暗闇は黒い水のように、廊下の暗闇と混ざった。古きよき警察官時代の癖が、衝動的によみがえった。

カスダンは廊下の真ん中に立ち、銃を天井に向けた。

「動くな、警察だ」

音がぴたりと止まる。

カスダンは左手で壁をさぐり、スイッチを探した。だめだ、見つからない。あと何歩か進まないと、明かりのスイッチには手が届かないんだ。

カスダンはシグ・ザウアーを懐中電灯のように前に突き出しながら、真っ暗闇のなかをおそるおそる歩いた。けれど存在を感じることはできた。前方、廊下の突き当たりにいる。

一歩、二歩。やはりスイッチは見つからない。

血管のなかを、アドレナリンが波打った。

今にも破裂しそうだ、とカスダンは思った。

もう耐えきれない。彼はうめいた。

「誰だ、そこにいるのは?」

沈黙が続く。そして突然、廊下の奥から囁き声が聞こえた。

「**誰だ、そこにいるのは?**」

カスダンは氷の棒をケツに突っ込まれたみたいに凍りついた。左手がようやくスイッチに触れた。

明かりがつく。

廊下は空っぽだった。

しかし恐怖が去ったわけではない。

さっきオウム返しに答えたのは、子供の声だった。

25

電話が鳴って、彼は飛び起きた。

心臓が高鳴っている。

顔は白熱したように熱い。

意識は虚空すれすれだった。今にも沈んでいきそうだ。

また電話が鳴る。

いや、電話じゃない……玄関の呼び鈴だ。カスダンは一瞬で目が覚めた。でも、おかしいぞ。下の入口にはインターフォンがついている。だから隣の住人でもない限り、おれの部屋の呼び鈴をいきなり鳴らすはずはない。

カスダンは起き上がって、体の状態を確かめた。文字どおり、びしょ濡れだ。全身、濡れていないところはない。体じゅうから、悪夢がにじみ出ている。恐ろしい悪夢が。冷たい薄膜に包まれたみたいに、体はもう冷えていた。

ドアの呼び鈴はまだ鳴っている。

彼はセーターも着なければズボンもはかず、ドアの前まで行った。

「誰だ？」

「ヴォロキンです」

腕時計を見ると、八時四十五分だった。ほとんど九時だ。なんてことだ、起きるのがどんどん遅くなる。ヴォロのやつ、何しに来たんだ？　こんなふうにベッドからたたき起こされるなんてと、カスダンはむかっ腹が立った。それでもトランクスとTシャツ姿でドアをあけた。まあ、しかたない。

「ルームサービスです」

ヴォロキンはパン屋のロゴが入った紙袋を下げていた。服は昨日にも増してしわくちゃだ。

「どうして住所を知ってるんだ？」

「ぼくはデカですからね」

「下のインターフォンはどうした？」

「答えは同じです」

「入ってドアを閉めろ」

カスダンはくるりとうしろを向き、居間を抜けてキッチンに向かった。

「いい部屋じゃないですか。川船のキャビンみたいだ」

「あとは川さえあればな。コーヒーは？」

「もらいます。よく眠れましたか？」

カスダンは黙ってフィルターをつかみ、茶色いコーヒーの粉を入れた。

「悪夢をたくさん見たよ」と彼はようやく答えた。「おまえのせいでな」

「ぼくのせい？」

「子供の殺人者だ。けたくそ悪いものを、夜中にたっぷり読まされたから」

「でも、参考になったのでは？」

カスダンはヴォロキンに目をやった。若者はドアの枠に寄りかかり、にやにや笑いながらこっちを見ている。カスダンはうなずいた。彼は嘘をついていた。人殺しの少年たちの夢など見なかった。新たな悪夢は必要ない。悪夢なら前から、嫌というほど見ている。

今朝はアフリカのサバンナで、討伐隊を追跡している夢だった。兵士たちは目標を見失い、軍隊の秩序も規律もなくしていた。略奪、暴行、殺人に明け暮れる白人の犯罪者集団だ……カスダンは夢のなかで、細菌やウィルスに目をやられていた。彼は雨のなかを進んだ。恐怖の大きさを量り、不気味な戦いの傷痕を追いながら。ドアの呼び鈴が鳴る前に、ようやく殺人者の群れを発見した。ぼろをまとった血まみれの兵士たちが、赤い雨のなかをふらふらと歩いている。そのとき彼は真実に気づいた。これはおれの隊だ。あいつらの隊長はおれ自身だ。腫れた目を、涙と雨でひりひりさせているこのおれなんだ。

カスダンはコーヒーマシンのスイッチを入れた。何秒かするとぴちゃぴちゃという音が始まり、食欲をそそる香りのする黒い液体が細く流れ落ちた。

「おまえはどうなんだ?」とカスダンはたずねた。「眠ったのか?」

「何時間かは」

「どこで?」

「失踪人の資料室です。ぼくは眠気とのつき合い方がふつうと違ってて、眠くなればどこにいようところりと寝ちゃいます。ただ問題は、思っていた三分の一くらいしか眠れないんです。シャワーを借りてもいいですか?」

カスダンは若者をしげしげと眺めた。白いシャツとネクタイ姿にもかかわらず、ホームレスみたいに見えた。デニムの戦闘服を着てショルダーバッグを下げたのら犬だ。

「ああ。そのあいだにコーヒーを淹れておく」

「どうも」とヴォロキンは言って、バッグから厚紙製のどっしりとしたファイルを取り出した。「見てください。昨夜の収穫です。資料をデジタルカメラで撮影して、今朝コピー屋で印刷したんです」

「何を見つけたんだ?」とカスダンは、磁器の鉢にクロワッサンを入れながらたずねた。

「もうひとり、行方不明になった少年がいたんです。別の聖歌隊で、二〇〇五年に。サン=トマ=ダカン教会の聖歌隊で、今は亡きゴーッ氏が指揮していました」

「馬鹿言うな」

「馬鹿はぼくたち二人ともですよ。真っ先に確認すべきだったんです。ゴーツは四つの聖歌隊で指揮をしていました。そのうち二つで二年間に、二人の行方不明者が出ているんです。これでもまだ、偶然の一致だなんて言うんですか？　ぼくに言わせりゃ、ゴーツは骨の髄までまっ黒だ。それともペニスの髄までって言いましょうか」

カスダンは資料の束をひったくり、めくってみた。

「ゴーツは失踪事件に関わっているはずだ」とヴォロキンは続けた。「あいつは小児性愛者なんです。だから少年のひとりが復讐した。やつと、やつの愛人に」

「実はおまえの知らないことがあって」

カスダンは新たに昨夜わかった事実をヴォロキンに伝えた。ナセル殺しの現場に残っていた靴跡からして、犯人は複数だ。複数の少年たちだという事実を。

ヴォロキンはあまり驚いた様子はなかった。

「だったらぼくの考えとぴったり合う。少年たちは反撃に出たんです」

「そう結論づけるのはまだ……」

「これを読んでください。タンギー・ヴィーゼル失踪事件の調書もいただいてきました。シャワーを浴びてきますから」

ヴォロキンが浴室に姿を消すと、カスダンは調書に目を通した。蛇口をひらく音がする。あいつ、ヤクを打ってる最中じゃないだろうな。シャワーっていうのは、ジャンキーが浴室にこもるときによく使う口実だからな。お湯が流れる音でごまかして、思うぞんぶん悪習に浸れるというわけだ。

　それとは脈絡なく、また別の考えが頭に浮かんだ。昨夜の奇妙な訪問者のことは、話さないでおこう。あれはいったい何者だったんだ？　夢を見たのでは？　本当に子供が来たのだろうか？　廊下の奥に、木の棒で床をたたきながら。あんなに恐ろしがるほどのことだったか？

　タンギー・ヴィーゼル失踪事件の調書からは、何も得るものはなかった。十四区の連中はとおりいっぺんの捜査をして手がかりなしとなると、事件を《失踪人》課に押しつけた。タンギーは着替えを持っていったというから、家出の可能性が高い。十一歳の少年だが、家を出てひとりで生きることもできたろう。

　そもそもフランスでは、失踪者が毎年多数出ている。イル＝ド＝フランス地方を管轄する対人犯罪防止課（BRDCP）だけでも、年間約三千名の失踪人を扱っている。それ以外にも身元不明の死体が二百五十体、記憶喪失者が五百人も見つかっている。

　もうひとつの失踪事件は、タンギーの一件とよく似ていた。少年の名前はユゴー・モネスティエで住所は五区。彼は下校途中に姿を消してしまった。身のまわりの品が持ち去られていることから、家出も考えられる。担当した警察官たちは二つの事件を較べ、共通点を数え上げた。二人とも聖歌隊員で、二人ともソプラノ担当で、二人ともゴーツの指導を受けている。しかしゴーツは事情聴取の結果、まったくのシロだと認められた。

　カスダンは書類を投げ出し、コーヒーをひと口飲んだ。そういやサン＝トマ＝ダカン教会のパオリニ神父は、今朝旅行から戻ってきたはずだ。カスダンは携帯電話をつかんで、教会の番号をプッシュした。シャワーの音はまだ続いている。

コールが四回続いたところで相手が出た。神父さんをお願いします、とカスダンは言った。

「わたしですが」と力強いバリトンの声が答えた。

カスダンは自己紹介をして、ユゴー・モネスティエの事件について話を聞きたいと言った。

「事件当時、すべてお話ししましたが」

「新たな事実が出てきて、捜査が再開されたんです」

「新たな事実というのは?」

「捜査上の秘密なので、申し上げられません」

「なるほど。で、何をお知りになりたいんですか?」

「ウィルヘルム・ゴーツのことは、どう思いますか?」

「ああ、わかりました。どうして電話をしてきたか。ゴーツが殺された件ですね」

「ご存じだったんですか?」

「ええ、サン=ジャン=バティスト教会のサルキス神父から伝言があったので。恐ろしいことです」

サルキスはあちこちの教区をまわったらしい。パオリニ神父の声は重々しく、ゆったりとして、わずかにコルシカ訛りがあった。

カスダンは本題に入った。

「ずばりうかがいますが、ウィルヘルム・ゴーツはユゴー・モネスティエの失踪に関係していると思いませんか？」

「ウィルヘルムは無関係です。警察もその線はないと、早々に判断しています。そりゃまあ初めは彼のことを、しつこく嗅ぎまわっていましたが。こう言っちゃなんですが、ホモセクシャルっていうのはあなたのお仲間から見ると、それだけで怪しいってことらしくて」

「彼がホモセクシャルだって、知ってたんですか？」

「公然の秘密でしたよ。ゴーツは自分の私生活を隠そうと苦労していましたが、しらを切り通すことはできませんでした」

「子供たちに手を出すようなことは？」

「それはありません。清廉潔白です。彼は立派な音楽家であり、優秀な教育者でした。わたしなら、彼が殺された理由はほかを探しますね」

「心当たりでも？」

「心当たりというほどではありません。ただの印象なんですが、ウィルヘルム・ゴーツは恐れていたようです。とても恐れていた」

「何を？」

「それはわかりません」

カスダンは腕時計に目をやった。午前十時。

「その件について、直接お会いして話をうかがいたいのですが」

「いつでもどうぞ」

「では、一時間以内に行きますので」

「聖具室でお待ちしています。サン＝ジェルマン大通りのすぐ近く、サン＝トマ＝ダカン広場の教会です」

電話を切ると、ヴォロキンがキッチンから姿をあらわした。髪を梳かしてひげを剃り、すっかり小ざっぱりしている。着ている服はあいかわらずしわくちゃだが、朝露に濡れた景色みたいに新鮮な輝きを放っていた。彼は鉢からクロワッサンをひとつつかむと、二口で平らげた。

そしてテーブルの上のファイルを指さした。

「参考になりましたか？」

「よく調べたな。だが、仕事はまだ始まったばかりだ」

「わかってますよ。すでに別口にも当たってます。行方不明人捜査課と青少年保護課で、ほかにも聖歌隊員の少年がいなくなってないか確かめてみました」

「ゴーツが指導していなかった聖歌隊の？」

「ええ、まあね。ゴーツのことばかりに気を取られてますが、少年たちにはもうひとつ共通点がある。彼らの声です。澄みきって純粋無垢な、美しい声。あてずっぽうで言ってるんじゃありません。ぼくも歌ってたことがありますから。それは天賦の才、神の恩寵なんです。でも、少年のときには気づかない。声変わりとともに失われる、天からの授かりものだってことがね」

「行方不明になった動機が、その声にあるかもしれないと？」

「まだなんとも言えません。でもすべての背後に、聖歌に関わる何か奇怪なものが隠されているような気がするんです。異様な事件なら、いろいろ見てきましたが……」

カスダンは事件があった最初の晩、ゴーツの部屋で聞いた『ミゼレーレ』のことを思い返した。確かに心を揺さぶる声だった。胸の奥に秘めたひりつく傷を、あの声はまるで磁石のように意識の表面に引っぱり出した。彼はそんな馬鹿げた感覚をふり払い、しっかりした声で言った。

「オーケー、仕事を分担しよう。おれはサン＝トマ＝ダカン教会へ行き、教区の司祭から話を聞いてくる。どうも、何か知ってそうな口ぶりなんだ」

ヴォロキンはもうひとつクロワッサンを食べた。

「じゃあぼくは、九区のノートルダム＝ド＝ロレット教会に行ってみます。今朝、ここへ来る前に、ゴーツが指導していた四つの聖歌隊の隊員リストを手に入れ、青少年保護課（BPM）のファイルと照合して、非行歴のある少年がいないか調べてみたんです。殺人犯が少年だとすれば、前科があるかもしれないですからね」

「サン＝ジャン＝バティスト教会とノートルダム＝デュ＝ロゼール教会の聖歌隊は、おれがもう確かめた」

「ぼくが残りの二つを確認したところ、ひとつ浮かび上がった名前がありました。シルヴァン・フランソワ、十二歳。孤児院育ちの少年です。歌の才能を買われてノートルダム＝ド＝ロレット教会の聖歌隊に入りましたが、教区が慈善活動の推進役を担いたいっていう思惑もあったんでしょう。でも、とんでもないのを引き当てちまったようです。盗み、傷害、失踪。なんでもありだ。今朝は深夜ミサのため、全員でリハーサルをしてるそうです。シルヴァン少年をとっつかまえて、絞り上げてやります。もしかしたら、われわれが追っている《殺人犯》かもしれません」

「自信ありげだな」

「向こうに何か話すべきことがあるなら、聞き出す自信はあります。非行少年の扱いには、慣れているんでね。携帯で連絡を取り合いましょう」

26

サン＝トマ＝ダカン教会は広々として、洗練された建物だった。まさに第二帝政様式の粋だ。明るい丸天井の下には黒ずんだ金褐色の大きな絵が、まるで美術館のようにずらりと並んでいる。ここでは堂々たる規模と威厳が、教会の儀式ばった雰囲気をしのいでいた。

カスダンは身廊を抜けた。ふん、装飾がやけに豪華で凝りすぎていやがる。飾りけのない、武骨な教会に慣れているアルメニア人らしい感想だった。アルメニア使徒教会では、神の姿を描くことは禁じられている。カトリックでまだましなのは、ロマネスク教会くらいだな。粗野でむき出しで、余計なシンボルや贅言がない真の信仰が感じられる。

「電話をかけてきた警察の方ですね？」

カスダンはふり返った。黒い法衣姿(スータン)の男が二人、祭壇の脇に立っている。ひとりは小柄で、白髪の混じったもじゃもじゃの髪をし、もうひとりは禿げて屈強な体格をしていた。二人を前にすると、一、二世紀も昔に遡ったような感じがした。まるでドーデの『風車小屋だより』から抜け出てきたような人物だ。

「ええ、リオネル・カスダンです。パオリニ神父さんですね？」

小柄なほうにそうたずねると、二人が声をそろえて「はい、そうです」と答えた。カスダンが驚いているのを見て、男たちはにっこりした。

「わたしたちは兄弟なんです」

「なんですって？」

二人はますます嬉しげな顔をした。小柄なほうが説明する。

「世俗の世界では兄弟」

するともうひとりがあとを続けた。

「神様の世界では神父」

そして二人は、してやったりとばかりにころころと笑った。訪問客があるたびに披露する、お決まりのジョークなんだろう。カスダンが差し出した手を、神父は順番に力一杯握り返した。カスダンはその間に二人をじっくりと観察した。

小柄なほうは満面の笑みで、輝く歯列をむき出しにしている。大きいほうは嬉しそうに何かつぶやくかのように、口を閉じたまま笑っていた。背丈も髪の毛もまったく違う二人だが、確かによく似た兄弟だった。黒オリーヴのような顔色も同じなら、大きな鷲鼻も同じ、コルシカ訛りも同じだ。ただ、成長の早さが違っていたのだろう。縮尺モデルは葬列のようにしめやかなものごしで、でかぶつはダンサーみたいにな体の動きをした。禿げ頭は目出し帽をかぶった顔を思わせる。カスダンは有名なメキシコの覆面プロレスラー、エル・サントを連想した。

「いっしょにいらしてください」と白髪頭が言った。

「教区会議室のほうが、ゆっくりお話しできますから」とサントがつけ加える。

彼らは教会を出て、サン＝ジェルマン大通り沿いのがらんとした広場を抜けた。小柄なほうのパオリニが、十字架型のステンドグラスを頂くドアの鍵をあけ、三人は薄暗い部屋に入っていった。教区会議室はなんの変哲もない部屋だった。学校机が四角く並べられ、《イエスの道》に従うようにと説く標語がべたべたと張ってある。二つの窓は、灰色の中庭に面していた。禿げの神父が天井の明かりを灯し、四隅のひとつを指さして、すわるようとカスダンにうながした。そして二人の神父は対角の両側に腰かけた。

カスダンはまず、ウィルヘルム・ゴーツ殺しの一件から始め、ざっと状況をまとめた。場所、時間、周囲の様子。そして聖歌隊のことも。今は《周辺の聞き込み捜査》をしている段階だと、話をでっち上げた。動機も容疑者もつかめないので、警察は被害者の私生活や交友関係を洗っているのだと。

「ウィルヘルム・ゴーツとは親しかったんですか？」

「ええ、とても」と白髪頭が答えた。「わたしもピアノを弾きますからね。いっしょに演奏したこともあります」

「わたしもです」と、今度はサントが言った。「ピアノ二台で演奏する曲がありますから」

「そう、セザール・フランクやドビュッシー、ラフマニノフとか……」

なるほど、この兄弟は同じ質問にそれぞれ順番に答えることにしてるんだな。タンタンの冒険に出てくる刑事コンビ、デュポンとデュボンみたいに。カスダンは手帳を取り出し、眼鏡をかけた。

「あなたがたの個人的な感想をお聞きしたいのですが。ゴーツが殺されたと知らされたとき、どう思いましたか?」

「間違いだろうって、思いましたね」と小柄なほうが答えた。「殺す相手を間違えたんだろうって」

「あるいは」と大きいほうが続ける。「ただの偶発的事件じゃないかと」

「偶発的というのは?」

「ゴーツを襲った犯人は、頭のおかしな無差別殺人者じゃないかって」

「つまりあなたがたのお考えでは、ゴーツにやましいところはまったくなかったと? 彼はひとに恨みを買うような男ではないっていうんですね?」

白髪頭がゆっくりとした口調で答える。

「ゴーツは神のおそばで何年にもわたり、幸福な時を送っていた中年男です。控えめで、にこやかで、人間味にあふれていて。チリであんな辛い経験をしたのだから、穏やかな余生を送るに値するはずです」

「彼が同性愛者だったのは、ご存じでしたか?」

「ええ、それは前からずっと知ってました」

オルガン奏者の素行に誰ひとり気づいていなかったのは、サン=ジャン=バティスト教会だけだったのか。

「どうしてわかったんです?」

「直観ですよ。彼の周囲に女っけはまったくありませんでしたから」

「見えない壁を立てている感じです」とサントも言い添える。「女たちを近づけない壁、言うなれば彼の防護壁を。彼が住んでいるのは、男たちの世界でした」

カスダンは小柄なほうのパオリニを見つめた。

「電話でおっしゃっていましたよね、ゴーツは何かを恐れていたと。本人から聞いたんですか?」

「いいえ」

「だったらどうしてそんなことを?」

「やけに気が立って、いらいらしている様子でしたから。それだけです」

するとサントがあわてて言い添えた。

「そういえば一度、彼に訊かれたことがありました。誰か彼のことを探りに来なかったかって」

「誰かっていうのは?」

「はっきりとは言ってませんでした」

「監視されていると感じてたんだろうか？」

「なんとも言えませんね」と白髪頭が答えた。「オルガンを弾きに来て、合唱の指導をし、家に帰っていく。それが彼の毎日でした」

この二人からはこれ以上何も聞き出せそうもない、とカスダンは思った。

「わかりました。子供たちとの関係はどうでした？」

「申し分なしですよ。とても忍耐強くて」

「ゴーツはすばらしい教師でした」サントはさらに褒めちぎった。「子供たちのためだけに生きているって言うか、いつもいろいろ計画を立てて……」

カスダンはそこで、話題を変えた。

「実はユゴー・モネスティエ少年の失踪事件についても、うかがおうと思って来たのですが」

「あの子の失踪とウィルヘルム殺しのあいだに、関連があるとお思いなんですか？」

「あなたがたはどうなんです？」

「まったくないでしょうね」と白髪頭が答える。「皆無ですよ」

「その事件について、話してください」

「わたしたちには、何もわかりません。ユゴーがいなくなった、それだけです。捜査が行なわれ、ポスターが張り出され、目撃者への呼びかけがされましたが、成果なしでした」

「事件のことは、今でもときどき考えますか？」

「ええ、毎日のように」

「あの子のために祈ってますよ」とサントが言い添えた。

ピンポン兄弟にカスダンは頭痛がしてきた。ひとつ、手の内を見せよう。

「もうひとつ、別の失踪事件がありました。二〇〇四年にね。やはりゴーツが指導していた聖歌隊のなかで」

「その話なら、聞いたことがあります。そちらの一件でも、警察が聴取に来ましたから。どうやらウィルヘルムを疑っているようでした。でも、毎年何人の未成年者が行方不明になっているか、ご存じですよね？」

「もちろん、こっちはプロですから。六百人近くです」

「それなら、偶然の一致もあるのでは？」

ここに来たのは時間の無駄だったようだ。今ごろヴォロキンは、非行少年の尋問に当たっているだろう。その少年が被害者を切り刻む狂信的な殺人犯かどうか確かめるために。そっちも見当はずれだろうが。

「ひとつおたずねしたいのですが……」と白髪頭が言った。「ウィルヘルム殺しに関連して、ほかにも殺された人間がいるのではないですか？」

カスダンは返事に迷った。正直に答えねばならない理由はないが、彼はうなずいた。すると相手は、さらにたずねた。

「つまり、シリアルキラーの犯行かもしれないと？」

「シリアルキラーですって?」

「何度も殺人を繰り返す人間に、わたしたちは興味がありまして」とサントが言った。「そういう人間の秘密に迫ろうとしているんです」

〈なんだって?〉とカスダンは思い、忍耐強い口調で返した。

「司祭さんにしちゃ、変わってますね」

「とんでもない。ああした人間は、神からもっとも遠いところにいる者たちだ。だからこそ、真っ先に救ってやらねばならないのです。わたしたちは何度も刑務所を訪問して……」

「それは感心なことですが、今回の事件はシリアルキラーの仕業ではないでしょう」

「本当に? 殺人の手口に違いがあったんですか?」

カスダンはしばらく黙っていたが、ふと直観に動かされていくつか説明を加えることにした。まずは鼓膜が突き破られていたことを話し、第一と第二の殺人の相違点について触れた。《チュニジアの笑い》のこと、舌が切り取られていたこと。それに『ミゼレーレ』の一節が天井に書かれていたことも。

二人の兄弟は返答がわりに同じ笑みを浮かべた。

「わたしたちはシリアルキラーについて、ひとつの説を立てたんですが」と白髪頭が言った。

「お知りになりたいですか?」

「話してください」

「『ディアベリ変奏曲』をご存じですよね?」

「いいえ」

「ベートーヴェンの傑作のひとつです。あらゆるピアノ曲のなかでも、最高傑作だというひともいます。それはまあ、少し大げさかもしれませんが、ともかくピアノのために書かれたすばらしい曲だと言えるでしょう。まずは平凡なテーマから始まり、それがどんどんと広がって、無限のヴァリエーションを形作っていき……」

「それが殺人事件と、どんな関係があるのか……」

サントはうなずいた。

「この変奏曲を決してスタジオ録音しないと言った、大ピアニストもいました。演奏するのは、中断のないコンサートのときだけ。そうすれば、作品はひとつの旅となる。それは動きゆく感情の流れなのだと。変奏同士が豊かに響き合い、ある一節は前の一節を受け継ぎ、次の一節を予告する。それは秘められた秩序によって作られた、反響と呼応の戯れからなる網の目のようなもので……」

「それとどんな関係があるのか、まだよくわからないのですが」

白髪頭がにっこりした。

「連続殺人っていうのは、ひとつのテーマに基づくいくつもの変奏だと考えられます。つまり殺人者は、楽譜を書いているようなものなんです。いやむしろ、楽譜のなかに犯人の姿が描かれているというか。いずれにせよ、殺人は否応なしに変遷を遂げる。それぞれの殺人が前の殺人の変奏であり、次の殺人を告げている。だからそうした結合のなかに、もともとの主題を、源泉を見つけ出さねばならないのです……」

カスダンはテーブルに肘を置き、皮肉っぽい口調でたずねた。

「それじゃあお訊きしますが、どうすればわたしはその主題を見つけられるんでしょう？」

「共通点に目を凝らすことです。しかし個々の事件のあいだにある、微妙な差異にも注意をしないといけません。主題はそんなふうに、欠落した部分から描き出されるのです」

カスダンは立ち上がり、あいかわらず皮肉っぽい口調で言った。

「申し訳ないが、あなたがたのお話はわたしの能力を超えているようです」

「ベルナノスを読んだことは？」

「ずっと昔に」

「『田舎司祭の日記』の最後の一節を、思い出してください。『それがどうなる？　すべては恩寵なのだ……』そう、すべてが恩寵なんです、主任警部さん。あなたが追っている殺人犯でさえも。行動の背後には、つねに楽譜がある。つねに神の意志があるんです。あなたは主題を見つけねばなりません。ライトモチーフを。そうすれば、殺人者も見つかるでしょう」

27

くそったれめ。

どこもかしこも、クリスマスの飾りでいっぱいだ。大通りという大通りにぶらさがっていて、針のように目を突きやがる。

ヴォロキンはタクシーのなかでぶつぶつ繰り返した。紙ランタン、星飾り、きらめくクリスマスボール。何もかも、見ただけで気が重くなる。そもそも、祝祭に関わることすべてがそうだった。特に子供向けのお祭りが。同時に彼のなかには、クリスマスを楽しむ気持ちがどこか残っていた。体の一部が、まだうずくような感じがする。

車はオペラ・ガルニエ座を迂回(うかい)し、オスマン大通りの交差点で止まらねばならなかった。十二月二十三日土曜日のギャルリー・ラファイエット前。交通渋滞ということで言えば、これ以上の悪条件もない。

ヴォロキンはショーウィンドウを見つめた。無気力そうな顔で寝そべる大きなクマのぬいぐるみに、子グマの軍団が襲いかかっている。透明なクリスマスボールに詰め込まれたクマのぬいぐるみは、まるで宙に浮かんだ胎児のようだ。か細い女のマネキン人形は、拒食症の幽霊さながら奇妙なポーズで立っている。その足もとに転がる白ウサギは、剥製(はくせい)みたいな顔つきだった。気が滅入る。

けれども最悪なのは、なんの屈託もない群衆だ。いい歳をした親たちは、自分自身の失われた夢を放すまいとするかのように、必死に子供を抱きかかえている。彼らは素朴なおもちゃの世界を前に、ただうっとりとしているんだ。ショーウインドウは、時が過ぎたことをただ思い出させるだけなのに。子供時代は終わった、あとは墓が近づいてくるだけだということを。

「子供は墓石から生じる」とはヘーゲルの言葉だ。

ヴォロキンは怒りと侮蔑のなかから、さらにもうひとつ別の感情が芽吹くのを感じた。子供時代のノスタルジー。とぎれとぎれの映像のように思い出がよみがえると、胸の奥が苦しくなった。いつものことだが昔を思い出すと、吐き気がこみ上げてくる。すると即座に頭に浮かぶのが、ヤクのことだった。ここから少し歩いたピガールやブランシュ通りの界隈(かいわい)なら、少なくとも三人の売人を知っている。一本電話をするだけで、誰にも知られずこっそりと足を延ばせるだろう。不安感が大きな口をあけ、襲いかかろうとしている。

ヴォロキンは拳を握りしめた。自分自身と約束をしたじゃないか。この捜査が結末を迎えるまで、ほんの一グラムもやらないって。この目で犯人を、あるいは犯人たちを見るまでは、注射針とは縁を切るって。

彼はすすり泣き始めた。熱い涙がヤク中の汚れた口に流れ、しょっぱい鼻水が唇を濡らした。がたつく歯と麻薬でぼろぼろの体のことを思うと、涙はさらにあふれた。

「お客さん、大丈夫ですか?」

タクシーの運転手は用心深げな目で、ルームミラーをちらりと覗いた。

「大丈夫。クリスマスってのが苦手でね」

「じゃあ、わたしとおんなじだ。あの馬鹿ども、みんな浮かれやがって……」

運転手は祝日のことをあれこれ腐(くさ)し始めたが、ヴォロキンは聞いていなかった。泣いたら気分がすっきりした。ラファイエット通りが見えてくるとほっとした。運転手は専用車線に入ってラフィット通りに曲がり、ノートルダム＝ド＝ロレット方面にまっすぐ向かった。そしてようやくシャトーダン通りに止まった。フレシエ通りはすぐそこだ。

　ヴォロキンは料金を払うと、目をぬぐいながらタクシーを降りた。階段をのぼり、回転ドアを押す。教会にはどこにも、ちょっとした仕掛けが施されている。隠された宝物のようなものだ。この教会の見せ場は、明らかに格天井だった。目を上げれば薄暗がりのなかに、細かな木製のレリーフが並んでいるのが見える。それが蜜蜂の巣箱みたいに、ぼんやりと光っていた。

　上を見上げて数歩進んだところで、新たな衝撃がヴォロキンを襲った。聖歌隊の歌声が、まるで悪夢のようにどこからともなく湧き出て教会を満たした。こんな一撃を喰らうだろうと予想はしていたものの、思っていた以上の衝撃だった。彼は椅子にすわり込んだ。ちくしょう！こんなに年月がたっても、歌声に対する嫌悪感は昔のままだ。神経を逆なでされる感覚は、少しも変わっていない。

　ヴォロキンは全身で歌を吐き出した。子供たちの合唱なんか聴いていられるか。なぜかはわからないが、どうしても耐えられない。声がすぐ近くでいちだんと高まると、彼は両手で耳を押さえた。

「どうしました？　わたしはミシェル神父ですが」

　神父はまどろむ猫みたいに目を半ば閉じ、彼の前に立っていた。その顔を張り倒してやりたいと思ったとき、静寂が身廊を包んだ。声は止んでいた。ヴォロキンの血管に落ち着きが戻った。

「深夜ミサの準備をしていたんです」と神父は小さい、絡みつくような声で続けた。「わたしたちは……」

神父はそこで言葉を切った。ヴォロキンは立ち上がり、トリコロールの身分証を神父の鼻先に突きつけた。びっくり仰天する顔を見て、ヴォロキンは少し溜飲を下げた。おれは宿無しじゃないし、同情なんかしてほしくない。それを証明できて嬉しかった。おれは警察官なんだ、くそったれ。おまえの一日を台無しにできる男なんだ……。

ウィルヘルム・ゴーツ殺しを捜査している、シルヴァン・フランソワに話を聞きたいと、ヴォロキンはぶっきらぼうに告げた。

「疑っているんですか？　つまり……シルヴァンのことを」

「話を聞かねばならない、というだけです」

司祭は真っ青だった。ヴォロキンは鷹揚な口調で答えた。

「通常の手続きです。ウィルヘルム・ゴーツの周囲にいた人間で、前科のある者にはすべて尋問しなければなりません」

「シルヴァンに前科はありません」

「確かに、未成年者ですからね」ヴォロキンに自信が戻ってきた。「いいですか、神父さん。わたしは殺人課でなくBPM、つまり青少年保護課の所属です。わたしが派遣されたのは、反抗的な少年の尋問に慣れているからです。シルヴァンと何分間か、話をさせてください。それだけのことです」

「ええ……いいでしょう、わかりました。しかし、昨日も警察の方が来て……」

「わかってます。リオネル・カスダンですよね。いっしょに捜査に当たってます」

男は安心したのか、大きな手で教会の奥を示した。階上席から少年たちが列になって降りてくるのが、薄明かりのなかに見えた。ヴォロキンはひと目でシルヴァン・フランソワがわかった。たぶん、あいつだ。

赤毛を短く刈っていて、ほかの少年たちより頭ひとつ分大きい。何歳か年上に見えるほどだ。大っぴらに言えない非行に走った時期が何年かある分、大人びているのだろう。

「シルヴァンはあの……」

「大丈夫」とヴォロキンは遮った。「もうわかりました。どこか、話せる場所はありますか?」

数分後、ヴォロキンは赤毛の少年と、小さな部屋で向き合っていた。二十世紀初頭の電信室みたいな部屋だった。裸電球が木のテーブルの上まで垂れ下がり、隅には書類や印刷物が積んである。ピンボケ写真や流行遅れのレタリングで飾られたミサの案内状や、瞑想を呼びかけるチラシだった。カトリック信仰は湿っぽくて、流行らないからな。ヴォロキンはちらりとそう思った。ここ一番、気持ちを集中しなければ。彼は煙草をひと箱取り出し、少年に勧めた。

シルヴァン・フランソワは用心しながらも、与えられた肉に食らいつく狼みたいに煙草を一本抜き取った。二人は小さなテーブルの両側に腰かけた。ほとんど顔がくっつきそうな距離だ。

「いつからあの聖歌隊で歌ってるんだ?」

「二年前から」

「うんざりしてるのでは?」

「べつに」

少年は少しも打ちとけようとしなかった。靴のサイズは四十くらい。ヴォロキンはそれを脳裏にメモした。だとしたらこいつは、殺人犯のひとりではなさそうだ。けれどもこの尋問から、何か引き出せそうな気がする。

「ウィルヘルム・ゴーツは今日、ここに来ていないが、わけは知ってるな?」

「殺されたんだろ。みんな、その話でもちきりだよ」

少年は深々と煙草を吸い込んだ。ヴォロキンはさらによく彼を観察した。黒い瞳。赤毛と対照的に白い肌。ニキビの痕のせいで、不潔な感じがする。短く刈った髪は、頭を締めつける万力のようだ。そうやって、知恵を絞り出しているのかも。

少年の顔を見ていたら、その向こうに別な光景が浮かんできた。脳の部位は、それぞれ固有の機能を司(つかさど)っている。そうした脳のエリアに関する本を、ヴォロキンは何冊も読んでいた。感覚のゾーン、言語のゾーン、感情のゾーン……そうした領域が決まるのは、教育によってである。その位置はどこか、脳のどのあたりに広がっているかは、後天的な訓練で左右される。ヴォロキンはある専門家の言葉を思い出した。いわく、「十九世紀にアヴェロンで見つかった狼少年の脳を現代の機器で調べたならば、人間に特有の領域とはおそらくまったく異なっているだろう。少年の教育を担ったのが狼だったとすれば、彼の脳の機能分布図は狼と近いものになっていたはずだ。嗅覚を検査すれば、この感覚に対する領域が少年の大脳皮質において、広い範囲を占めていることがわかったに違いない……」

ヴォロキンはそれと同じものを、シルヴァンの目のなかに見て取った。ほかの子供たちとは異なる、固有の脳の機能を。大人から見捨てられ、汚穢(おわい)のジャングルで育った少年の脳。ろくでもない親、麻薬、酒びたりの日々、喧嘩、怒声。愛情なんか、かけらもない。そう、脳のなかにくっきりと浮かび上がってくるのは、警戒心、恐怖、攻撃性を司る領域だ……。

「ゴーツはどんな男だった?」

「あわれなやつさ。ひとりぼっちの老いぼれで、楽しみは楽譜だけ」

「誰が殺したんだと思う?」

「どうせホモのおっさんだろ、あいつと同じ」

「ゴーツがホモセクシャルだって、どうして知っているんだ?」

「その手のことには、鼻が利くからね」

「彼に迫られたとか?」

少年はまたしても、ゆうゆうと煙草を吸った。うまくタフ・ガイぶっている。

「あんたはチンポコにこだわってるみたいだけど、ゴーツはそこまで変態じゃなかったさ」

友達っぽい話し方でうまく胸襟を開かせようとしたが、成果がなさそうだとヴォロキンは察した。ここはストレートに持ちかけたほうがいい。この少年と同じ歳のころ、おれもそうしてほしかったように。

「オーケー、小僧。おれが何を知りたいのかわかっているようだから、手の内を見せ合おうじゃないか。おまえが特ダネを教えてくれたら、五十ユーロやる。もしガセネタをつかませようとしたら、その面に一発おみまいするからな」

シルヴァンはにやりとした。右の歯が一本欠けていた。ローティーンの少年の顔にぽっかりとあいた黒い穴には、どこかぞっとするようなものがあった。未開の脳にあいた天窓とでも言おうか。

「それより、一服するものはないのかよ」

ヴォロキンはテーブルの上に、銀紙で包んだ十センチほどの棒状大麻樹脂を置いた。裸電球の下で、それは謎めいた小さな延べ棒のように輝いた。

「自分用に取っておいた分だ。情報をよこせば、吸わしてやる」

シルヴァン・フランソワはテーブルの下で煙草をもみ消し、話し始めた。

「ゴーツはおれに目をかけてた。おれには歌の才能があるって言ってたよ。いろいろ打ち明け話もしたっけ。ある日、二人で聖具室にいると、ドアを閉めて厳重に鍵をかけた。どっちだろうって思った。口でさせられるか、ケツにされるかってね。でもゴーツは、ただ話をしたいだけだった」

「何を話したんだ?」

「毎度のように、くだらないことをね。おれの声は飛び抜けてるとか、おれはもっと伸びるとか……」

「それだけか?」

「煙草をもう一本くれよ」

ヴォロキンは一本抜いて、火をつけてやった。こんな小僧っこに一杯食わされたんじゃたまらない。

「おれがつまらなそうな顔をしてるもんだから、今度は脅しにかかってきた。馬鹿げた話でね。やつが言うには最悪の場合、おれは聖歌隊から追い払われるんだそうだ。おれは笑って聞いてたけど」

「それで?」

「ゴーツは口調を変えて、こう言うんだ。このままでは、人喰い鬼（オーグル）が乗り出してくるだろうって」

「人喰い鬼（オーグル）だって?」

「ああ、何度もそう繰り返したよ。実際はスペイン語で、『エル・オグロ』って言ったんだけど」

「どういうことなんだ?」

「知るもんか。でもあれは、ふざけてたんじゃない。人喰い鬼（オーグル）はおれたちを見張っていて、恐ろしい手段で罰するかもしれないって……」

シルヴァンは赤熱した煙草の先を見つめ、くすくすと笑った。

「エル・オグロとはね、馬鹿ばかしい……」

「おまえの話はなんの価値もないな」

「まだ終わってないからね」

「じゃあ、続けろ」

シルヴァンは完璧な煙の輪を、いくつかぷかぷかと吐き出した。これまた見事な芸当だった。

「ゴーッはそんなふうにエル・オグロについて、馬鹿げた話を続けた。血も涙もない巨人が、おれたちの歌を聴いているのだと。そいつはいつ怒りに駆られるかもしれないって。そんなくだらない話を、山ほどおれに吹き込んだ。そうこうするうちに気づいたんだ。これはやばいぞ、ゴーッは本気で信じているんだって……」

「どういうことだ？」

「あいつはびくついてる。怖がっているんだ。まるですべて、本当のことだっていうみたいに」

「で、最後はどうなったんだ、おまえたちの会話は？」

「教会に戻って、リハーサルの続きにかかったよ。ゴーッはおれの肩に手をかけた。それであ、やっぱりって思ったんだ。この手は、自分自身のためなんだって。おれに恐ろしい話を押しつけてしまったって思っているんだ。おれには理解できない話を。でも結局、そのほうがよかったんだ。あいつが抱えていた秘密は、ガキには重すぎるからね。そうだろ？」

ヴォロキンは考え込んだ。まさかこんなこととは、思ってもみなかった。エル・オグロだって？　どういうことなんだ？　ゴーッは怯えていた。身に危険が迫っていると思っていたのか？　そして本当に、激痛によって殺されたと？　突飛な想像が、次々にヴォロキンの脳裏を駆け巡った。人喰い鬼。おそらくそいつがタンギー・ヴィーゼルやユゴー・モネスティエを誘拐したのだろう……何故かはまだわからないが、澄みきった無垢な歌声に引きつけられた怪物。ヴォロキンは初めて自分の直感にひびが入るのを感じた。小児性愛がらみの復讐という見立ては初めから、すべて間違いだったのかもしれない。

「それはいつのことなんだ？」

「ついこのあいださ。三週間くらい前かな」

ヴォロキンは銀紙で包んだ塊を赤毛に差し出した。

「黒ハシッシュだ。いい値で取引されてる」

少年が伸ばした腕の上で、ヴォロキンは手を閉じた。

「いいか、もしおまえがヘロインや安コカインに手を出したら、すぐにおれの耳に入る。おれはパリじゅうの売人を知ってるからな。おまえの名前と特徴をみんなに知らせておく。何か少しでも嗅ぎつけたら、必ず戻ってきておまえの面を張り倒す。今日からおまえは、おれの監視下にあるんだ」

シルヴァン・フランソワは目をぱちぱちさせた。目に恐怖が浮かんでいる。ヴォロキンは少年に笑いかけた。どうしてそんなに怯えているのか、彼はよくわかっていた。孤児の少年は警官の目に、自分と同じ脳の働きを見たのだ。まるで鏡を覗き込んだみたいに、恐怖と暴力、警戒心に関わる脳の領域が、そっくりそこに浮かんでいる。正確で効果的な、仮借（かしゃく）ない凶暴性を発揮する未開の脳。

つまりは狼少年の脳だ。

28

　カスダンはノートルダム＝ド＝ロレット教会の前で、もう三十分も待っていた。教会をぐるりと囲む通りの歩道に乗り上げ、ぞんざいに車を止めた。どうせこの界隈は、違法駐車だらけだ。一通目のメールで迎えに行くと言っておいたが、ヴォロキンから返事はなかった。二通目のメールでは教会の前にいると知らせたが、やはり返事はない。

　もう一度連絡しようかと思っていたところに、ヴォロキンがあたふたとあらわれた。アニムの戦闘服にショルダーバッグという姿は、《もうひとつの世界主義（アルテルモンディアリスム）》を掲げる活動家のようだった。バッグにチラシを詰め、教会の名のもとに仲間を動員しようとしている活動家だ。

　狂犬が階段を駆けおり助手席に乗ったところで、カスダンは罵声を発した。

「携帯を全然見てないのか？」

「すみません。やっかいな相手だったもんで。受信メールを見るので精一杯でした」

「何かつかんだのか？」

「ええ、ああ。でも、こっちが期待していたものとは違ってて」

「どういうことだ？」

「シルヴァン・フランソワはわれわれが追っている犯人じゃありません。そもそも靴のサイズは、四十か四十二だし」

「それじゃあ？」

ヴォロキンはシルヴァンから聞いた話をざっとまとめた。ゴーツが怯えていたこと。人喰い鬼(エル・オグロ)のこと。声のために少年を誘拐する怪物のこと。この新たな情報にどんな意味があるのか、カスダンにはさっぱりだった。

「ただのヨタ話じゃないのか？」

ヴォロキンはジョイントの一式を取り出した。カスダンがぶつぶつ文句を言う。

「少しひかえたらどうだ？」

「これがないと、持たないんです。車を出してください。このあたりは、警察官がたくさんいるんで」

カスダンはエンジンをかけた。運転していると緊張がほぐれる。おれにはこいつが必要だ。

「で、あんたのほうは？」とヴォロキンは、葉っぱに目を落としながらたずねた。

「犯罪学に一家言(いっかげん)持つ司祭に出会ったよ。あんな司祭は、世界にあの二人だけだろうな」

「何か収穫がありましたか？」

「つまらない理屈をこねていたが、聞いているとついその気にさせられる」

「例えば？」

カスダンは答えなかった。シャトーダン通りをのぼってメトロのキャデ駅まで行き、右折してソーニエ通りに入る。目的地は決まっていた。まだ回転灯と警察の身分証があるかのように、

プロヴァンス通りを数百メートル逆走し、通行人でいっぱいのフォブール＝モンマルトルによ
うやくたどり着いて、ミュージック・ホール、フォリー＝ベルジェールの前で止まった。
「どうしてここに？」とヴォロキンはたずね、エジプトの王杖みたいに完璧なジョイントのし
わを伸ばした。
「人ごみほどいい隠れ家はないからな」
ヴォロキンはうなずいて、ジョイントに火をつけた。渦巻く煙が車内に広がる。実のところ
カスダンがここに来たのは、個人的な巡礼みたいなものだった。一九六〇年代の終わり、彼は
フォリー＝ベルジェールのダンサーに熱を上げ、それがどうしても忘れられないのだ。制服姿
のまま、パトロールカーで待っていた。彼女は公演のあと、スパンコールをちりばめた胸を助
手席で震わせた。そして最後には、いろんな口実を並べて去っていった。実は結婚していると
か、警官も文無し男も好きじゃないとか……。
カスダンは黙って微笑み、静かに記憶のなかをさまよった。この歳になると、パリのいたる
ところに思い出がある。
「わりが合わないな」とヴォロキンは苦笑いした。「吸っているのはぼくなのに、トリップす
るのはあんたのほうだなんて」
カスダンは気合を入れて、もの思いから抜け出した。車のなかには、ヴォロキンが吐き出し
た煙が濃霧のように漂い、すぐ目の前も見えないほどだ。
「窓をあけてくれないか？」

「いいですよ」とヴォロキンは言ってウィンドウを下げた。「で、その理屈っていうのは？」

車内に入ってくる人ごみの騒音に負けじと、カスダンは声を張り上げた。

「二人組の司祭は、ひとつ特徴的な事実を言い当てた。なるほど、言われてみればそのとおりなんだ」

「どんな事実です？」

「動機が見あたらないってことさ。ゴーツを殺す理由がまったく浮かんでこない。おまえの説に従って小児性愛の線を追ってみたが、少しも手がかりはつかめなかった」

「政治絡みの線は？」

「ただの仮説にすぎない。昔の将軍連中が邪魔な証人を消そうすることは、確かにあるかもしれないが、だとすると辻褄の合わない点が出てくる。なにもあんなに手の込んだ殺し方（モドゥス・オペランディ）をする理由はまったくないはずだ。死体を切り刻んだり、壁に血文字を書きつけたり」

「それじゃあ？」

「司祭はシリアルキラーかもしれないと言っていた。シリアルキラーは殺すこと自体が楽しみだ。ほかに動機はない」

ヴォロキンはダッシュボードに踵（かかと）を乗せた。

「でもカスダン、犯人は複数です。そして子供だ。それはわかってる」

「フロイトがなんて言ってるか知ってるか？『ひとは皆、小さな子供に魅せられる。そして凶悪犯にも』ってね。おれたちが追っている《小さな子供》は、同時に《凶悪犯》でもあるらしい」

「昨日はまだ、子供のなかにそんな暴力性が潜んでいるなんて認められなかったのでは？」

「適応能力ってやつさ。警察官にとって、それがもっとも大切なんだ。二人組司祭の話が、どうも気になってな。犯行の手口には、何か儀式性がある。儀式はエスカレートしている。ゴーツは鼓膜を突き破られ、激痛のなかで死んでいった。ナセルも同じだが、さらにいくつか残虐性がつけ加わっている。《チュニジアの笑い》や切り取られた舌、血文字とか。犯人、あるいは犯人たちは、われわれに話しかけている。彼らのメッセージは過激化してるんだ」

ヴォロキンは外に向かって、長い舌みたいに煙を吐き出した。まるでトカゲだ。

「続けてください」

「ゴーツが指導していた四つの聖歌隊のうちひとつに、ほかのみんなと同じように見えて、実はまったく違った少年が何人かいた。時限爆弾みたいなものだ。やがてサインが出ると、彼らは殺人の発作へと駆り立てられる。ゴーツのなかの何かが、その子供たちを殺人者に変貌させた。その何かが重要なんだ。われわれはあらためてゴーツをじっくりと調べ、彼のうちの何が殺人行為を引き起こすきっかけになったのかを見つけねばならない。ゴーツの人となり、仕事、ふるまいのなかに、子供たちのなかに殺人の衝動を駆り立てるサインが隠されていたんだ。そのサインがわかったら、目ざす犯人に手が届く」

「でも、ナセルの件は？」

「やつのなかにも同じサインがあったんだろう。あるいはもともと殺人計画に、ナセルも含まれていたのか。理由はまだわからないがね。もしかしたらナセルは、何かを目撃してしまったために殺されたのかもしれない。今も殺人者たちは、次の標的に向かっている。殺人機械が始動したんだ」

「過ちを犯したことが、そのサインだったのかもしれません。犯罪行為がサインになったのかも。だとしたら、ぼくが最初に考えたように、復讐説もあり得ます」

「だが二日間の調査で、ゴーツにうしろめたいことがあった証拠は見つからなかった」

「いいでしょう。ほかに考えられることは？」

「音楽が絡んでるような気がするんだが」

「音楽が？」

「ゴーツは殺されたときオルガンを弾いていた。ある種のメロディが、子供たちのなかに殺人の衝動を引き起こしたのかもしれない」

「今日はしっかり収穫があったじゃないですか」

カスダンは相棒のほうを向き、両手を開いて声を強めた。

「午後四時。少年たちはサン＝ジャン＝バティスト教会の裏庭で遊んでいた。とそのとき、オルガンの音がそっと響いた。ざわめきのなかでも、犯人の少年たちにはメロディが聞こえた。彼らはそのメロディに引き寄せられるように、教会のなかに続く丸天井の下を抜けていく……そして半開きになった扉を押し……身廊を通って楽廊に上がる階段をのぼり始める。音楽は彼らを魅了し、幻惑する……」

「それじゃあ、サン＝ジャン＝バティスト教会の聖歌隊メンバーにもう一度当たるべきだと?」

「それはわからないが」

「どんなメロディなのか、めぼしはつけてるんですか?」

「グレゴリオ・アレグリの『ミゼレーレ』だ」

「あれは合唱曲ですよ」

「オルガンでも演奏できるだろう」

「どうしてゴーツはその日に限って、『ミゼレーレ』を演奏したんです?」

「それはわからないが、『ミゼレーレ』がこの事件でなんらかの役割を演じているのは間違いない。とりあえず先を続けよう。メロディ・ラインが鳴り響く。有名なあの高音が。おまえも知ってるだろうが……」

「あれは楽譜に書かれた音楽のなかで、もっとも高いドの音です。少年か去勢歌手(カストラート)にしか出せないでしょうね」

「オーケー。それらの音が少年たちの頭に入り、彼らに何かを呼びかける。彼らを別な人間に変えてしまうんだ。彼らはそのメロディを止めねばならない。演奏している者を、破壊しないではいられなくなる。そう、音楽がこの事件のキーに違いない」

ヴォロキンはまた一服した。

「やれやれ……あんたはヤクには手を出さないほうがいい。そうとうヤバそうですからね」

カスダンは推論を続けた。

「第一の殺人がきっかけになって、次の事件が引き起こされた。さらにいくつも続くだろう。おれが思うに、ナセル殺しには殺人者たちの本性があらわれている。死体を切り刻んだり、血文字を書きつけたりと、やけに儀式じみてるじゃないか。確かに復讐かもしれないが、とりわけ欲望を満たそうという意思が感じられる。これはサディスティックな犯罪だ。犯人は殺人を犯すことに快感を覚えているんだ。犠牲を捧げ終えたとき、充足感でいっぱいになった。そして神に血文字で呼びかけた……」

そのとき携帯電話が鳴って、カスダンは話を遮った。彼はすばやく応答キーを押した。

「もしもし」

「ヴェルヌです。今、どこに？」

「フォブール・モンマルトルだ」

「サン＝トーギュスタン教会にいるので、来てください。大急ぎで」

「どうして？」

「またあったんです」

「何が？」

「殺しですよ。決まってるでしょう！　ともかく、みんな集まってますから」

29

警官のバッジを見せて、身廊に入った。あたりは大きな影に包まれ、外の陰気な天気よりさらに暗くて寒かった。ステンドグラスから射し込むわずかな光が、必死の突破を試みているが、それも無駄な努力だった。石に囲まれた闇のなかに、光が根づき広がることはない。無力な光を責めたてるかのように、お香の匂いが立ち込めている。闇によどんで鼻を突く、こもった匂いが。聖水盤の向こうで、制服姿の警察官が立ち入り禁止の警戒線を張っていた。二人はもう一度身分証を掲げて、中央の通路に入った。

ヴォロキンはかつて《臨時の聖歌隊員》をしていたので、パリの教会はわりとよく知っているが、サン=トーギュスタン教会に来るのは初めてだった。どっしりとした大きな建物で、ビザンチン風のドームや十字架という外観からしてヴォロキンには驚きだった。なかに入ると、今度はあたりを覆う威圧感に打ちのめされた。暗い波動と不吉な残り香が、漂っているかのようだ。

通路の奥で鑑識課の職員たちが、投光器を設置していた。遠くから見ると、まばゆい光はどこか祝祭じみている。通りで映画撮影をしているのに出くわしたみたいな、いつもとは違う特別な輝きだ。けれども祭壇の近くにいる男は実のところあまり楽しそうでないのが、ヴォロキンにもわかった……。

二人はさらに歩き続けた。ヴォロキンはちらちらとあたりに目をやった。教会はスレート板か褐炭で作られ、まるでいく時代もの彼方から、あるいは魂の奥底から抜け出てきたかのようだった。陰鬱な思いから、脳の薄暗い襞（ひだ）のなかから生まれたかのような。

暗闇に目が慣れてくると、左右に黒々とした祭室が見て取れた。その上を飾る白と灰色のステンドグラスは、思わずぞっとするような、虫歯の詰め物を思わせる銀色の輝きを放っている。ヴォロキンは口の奥がひやりとするのを感じた。彼は窓のなかで体をねじる鉛の人物たちを眺め、冷酷無情な天使を連想した。彼らの考え方（ロジック）は人間とまったく違っている。

絵は一枚もなかった。もしかしたら深い闇に紛れて、見分けがつかないのかもしれない。まっすぐに立ち並ぶ彫刻は厳（おごそ）かだが、丸天井を支える円柱に劣らず醜かった。ちょうどエッフェル塔のように、いたるところに金属製の骨組みが張り巡らされている。教会が建てられた本当の時期が、それでわかるだろう。十九世紀の終わりか、二十世紀初頭。シャンデリアもどこかベルエポック風だ。房状になった丸い飾りの足は、かつてガス灯だった街灯を思わせるカーブを描いていた。

「やれやれ、酷いもんだ」

巨漢がこっちに近づいてくる。真っ黒な眉毛をして、光沢のあるグリーンのボマージャケットを着ている。ヴォロキンはすぐにぴんときた。捜査グループを率いているエリック・ヴェルヌだな。

相手もヴォロキンに気づき、カスダンにたずねた。

「この男は？」

「青少年保護課(BPM)のセドリック・ヴォロキンだ」カスダンはそう言うと、今度はヴォロキンに向かって続けた。「司法警察第一分局のエリック・ヴェルヌ」

ヴォロキンが差し出した手を取りもせず、ヴェルヌはカスダンに小声でたずねた。

「また何かたくらんでいるんなら……」

「彼の手を借りにゃならないんだ」カスダンはきっぱりと言った。「おれを信用してくれ」

ヴォロキンは通路の奥に目をやった。宇宙服みたいな格好の鑑識課職員たちが、祭壇に続く階段で動きまわっている。ストロボが閃光を発するたび、あたりが白く染まった。祭壇の上をアーチ形の天蓋が覆っている。高さ十メートルはあろうかという棺台は、輝く模様が散りばめられた赤銅色のカーテンに包まれていた。その色合いだけが、亜鉛や鉛で教会の骨格を作り上げた工業技術の地道な活力を想起させた。なるほど、死者はふさわしい場所を選んだ……。

「いっしょに来てください」

ヴェルヌはそう言って、制服警官を押しのけた。白い光が祭壇の下を照らしている。一列目の椅子のすぐ前に、裸の男が横たわっていた。説教壇に続く階段に上半身を乗せ、両脚をぴたりと閉じて。片手は下げ、もう片方の手はうえに上げている。《殉教者のポーズ》だ、とヴォロキンは思った。

死体は投光器の光に輝いていた。目をそむけたくなるほどどぎついと同時に、露わになった淫らな肌は、どこか現実感がなかった。肉は光を糧としながら、光を浴びて崩れ落ちていく。ヴォロキンはミケランジェロの『ピエタ』のような、冷たい光を発する白い大理石像を思い浮かべた。溶岩と鉛でできたこの教会とは無縁の彫像を。

「身元はわかったのか？」とカスダンはたずねた。

「教区の司祭のひとり、オリヴィエ神父です。服は少し先で見つかりました。死後に服を脱がされ、切り刻まれたようです」

検死医でなくとも、傷の様子はよくわかった。両目からは血の涙が流れ、血まみれの口は口角から耳まで、ざっくりと切り裂かれている。両手はきつく握られているが、犯人の考え方（ロジック）に従ってみれば、指のなかに何が隠されているのかは容易に予想がつく。右手には舌、左手には眼球。あるいは、その逆か。

「今日の午後に殺されたようです」とヴェルヌは言った。「目撃者はいません。探してみなければなりませんが。教会でこんな残虐な殺しがあったのに、誰ひとり、何ひとつ見ていないんです。日中はここに、誰もいなかったので」

ヴォロキンとカスダンは死体に歩み寄ると、ヴェルヌが腕を伸ばした。

「ストップ。大事な手がかりを踏まれちゃ困ります」

二人ははっと立ちどまった。足もとの黒い床に、乾いてでこぼこした血で文字が書かれている。

われは汝に向かい、ただ汝に罪を犯し、
汝の目に悪と映りしことをなせり。

弧を描くように書かれた文は、やがてやって来る信者たちに読ませようと、身廊側に向いていた。ヴォロキンは必死に震えをこらえた。ナセルの部屋にあったの同じ筆跡だった。整った素朴な文字。子供の文字だ。

「連続殺人ってわけです……」とヴェルヌが背後でつぶやいた。「とんでもない事件ですよ……」

カスダンはふり返ってたずねた。

「捜査の進捗状況は？」

「全然です。でも、もっと悪いことに……」

ヴォロキンもそっちに歩み寄った。「もっと悪いこと」がなんなのか訊きたかった。

「わたしのところに電話がありまして」とヴェルヌは小声で続けた。「上からの圧力です」

「上からっていうのは？」

「国土保安局(DST)です。それに総合情報局(RG)。この事件は自分たちの管轄だからって。ゴーツの部屋も、もう調べたとか」

カスダンはヴォロキンにちらりと目くばせした。盗聴器の件だな。

「わたしは捜査から外されるそうです」とヴェルヌは、怒りを押し殺したような口調で続けた。

「わけも教えてもらえずにね。ともかく、最初からわたしが正しかったんだ。この事件は政治絡みだって」

「むしろ儀礼的な殺人に思えますがね」とヴォロキンが口を挟む。

ヴェルヌはちらりと彼を見やり、顔に手をあてカスダンに向かって言った。

「そこがとんでもないんです。シリアルキラーで、しかも政治絡み。わたしはそう思ってる」

「殺された司祭について、わかっていることは?」とカスダンはたずねた。

「今のところ、何もありません。初動捜査が始まったばかりなので」

ヴォロキンは、白髪まじりで赤銅色の肌をした小男に気づいた。葉巻みたいな色のレインコートをぴっちりと着込み、学生鞄を小脇に抱えている。こんな血なまぐさい殺人現場でもまったく動じないコロンボ警部ってところだ。検死医はどこでも同じだな。

カスダンはヴェルヌを残して、検死医と話しに行った。ヴォロキンはひとりになると、あらためて殺人の舞台立てについて考えた。この場所が重要なんだ。浄化と赦しの場。殺しは新たな贖罪とともにある。

彼は自然と上を見上げ祭壇の中央に立つ大きな赤銅色の十字架に目をとめた。十字架は光を浴びて、きらきらと蜂蜜色に輝いている。まさしく、一幅の絵のような光景だった。裸の死体はこの十字架と、エル・グレコの異様な絵を思わせる垂直の構図で呼応していた。

ヴォロキンは、コロンボと話しているカスダンに歩み寄った。ちょうど検死医がこう言うのが聞こえた。

「前の二件と同じ手口だ」

「鼓膜を破って殺されたと？」

「そう思うね」

検死医の口調にはスペイン語訛りがあった。オペレッタで甘く囁くような、滑稽な感じがしたけれど、カスダンは笑わなかった。

「死体の破損については？」

「前回のモーリシャス人殺しと違い、舌は切り取ってない。眼球はやはり死後に、二つともくり抜かれているが。すでに察しているだろうが、両手にひとつずつ握らせてあった。《アユニジアの笑い》についても言っておかなければ。あれは単なる見せかけだと思うね」

「見せかけ？」

「いかにも恐ろしげじゃないか。その意味じゃ、成功しているが」

ヴォロキンは被害者に目をやり、顔面の無残な傷をじっと注視した。片方の耳からもう片方の耳まで、黒い笑顔が広がっている。とてもカスダンには言えなかったが——あまりに狂気じみた考えだと、彼なら思うだろうから——この傷痕にはどこか子供っぽさが感じられた。まるでホラー映画に出てくる道化師のようだ。

「この傷だが」とカスダンは続けた。「どう思う？　プロの仕事だろうか？」

「いや、まったく。ただ力まかせに切り裂いたようだ。やっつけ仕事だな。きれいに仕上げようなんて気はなかったんだろう。眼球をくり抜けばそれでよかった。床に残された、『次の目に悪と映りしことをなせり』という血文字のメッセージに呼応するように」

「それだけか?」

「あともうひとつ、きみにとっていい知らせがある。とりあえず前の被害者について、《金属成分》の試験で反応が出た」

「耳のなかから?」

「いや、口だ。舌を切断したときに、微細な破片が散ったんだろう。金属性の破片で、目下分析中だ。今夜か遅くとも明日の朝には、結果がわかる」

「ありがたい。連絡してくれるな?」

「ああ、もちろん。だが夜食を届けてもらわんと……」

カスダンにようやく笑顔が戻った。

「食い気も旺盛でけっこうだ。心配するな、クレープを持って駆けつけるから。検死が終わったら電話してくれ」

それからカスダンは、祭壇の右にいる鑑識課員に近づいた。ヴォロキンもあとに続く。カスダンは大洋の深海を泳ぐ鮫みたいに、殺人現場をすいすいと歩きまわった。鑑識課員のひとりに声をかけると、相手はフードをはずして細長い塩パンみたいな顔を露わにした。

ヴォロキンが近くまで行ったとき、鑑識課員はこう話していた。

「床板のかけらにも見えますが、そうではありません。わたしが思うに、最初の事件と同じ種類です」

「マルシェルブ通りの、モーリシャス人殺しの現場からも見つかったんだろ?」

「ええ、廊下から」

「同じ種類の木なんだな?」

「数時間もあれば、はっきり結果が出ます」

鑑識課員はゴム手袋をはめた手を、広げて見せた。緑がかった襞に、茶色い木のかけらがはさまっている。

「きっとびっくりするようなことが判明しますよ」と彼は言い添えた。

「どうして?」

「あとで電話します」

鑑識課員は仲間のもとに戻った。みんなストロボの光のなかで、せっせと動きまわっている。閃光がほとばしるたびに、白い亡霊たちはポジからネガへと移った。真っ黒になったかと思うと、すぐにまた明々と輝く。そんな彼らのすばやい変貌は、この神聖な場所に不思議な相乗効果をもたらした。聖なるもののきらめきが、暗闇の奥底に瞬いている。

「こっちへ来い。ずらかるとしよう」

ヴォロキンは忠犬よろしく、ご主人のあとに従った。内心、ほくそ笑んでいた。なぜってこれが、おれだけが、この殺人現場に役立つ唯一の情報を手にしているんだからな。

二人は円形装飾が際立つ正面の入口を抜けた。広場に集まった群衆を、警備の警官が制止していた。幾重にも並ぶ人の列から、見慣れたロゴのついたテレビカメラが突き出ている。TF

1、i-Télé、LCI、France 2……大手ラジオ局の録音機を肩からさげた記者もいた。RTL、Europe 1、NRJ。

猟犬の群れが集まってきたようだ。ようやく来たか。記者たちは「報道の自由」や「知る権利」を叫んで、警戒線を越えようとしている。

ヴォロキンは妙に身軽で浮き立つような気分だった。

マスコミの大攻勢が始まった。

しかしまだ、誰も知らないのだ。この事件を本当に追っているのは、名も知れぬ二人のはぐれ者だってことを。

30

「気づいてないかもしれないので言っておきますが、あの血文字は旧約聖書の詩篇第五十一番から取ったものです。つまり、『ミゼレーレ』から」

カスダンは何も答えず、ただ苦い思いを噛みしめていた。詩篇第五十一番の全文を、昨日のうちに読んでおくべきだった。くそ、焼きがまわったな。おれは焼きがまわって、二人ともまだスタートラインから一歩も進んでない。

「あの詩がすべての中心にあるんです」

「本気でそう思うのか?」とカスダンは不機嫌そうに言った。

彼はコーヒーをひと口飲んだ。不味(まず)いコーヒーだった。二人はボエティ通りのカフェ＝ブラッスリーに入って、現状分析にかかっていた。明るい壁灯が、サン＝トーギュスタン教会の電灯を思わせた。このカフェには、風変わりなショーを見せるキャバレーと同じ匂いが漂っている。もっともここは、光に満ちているけれど。外は荒れ模様の夜だけに、輝きがいっそうまぶしかった。

ヴォロキンはカスダンのほうに身を乗り出し、両手で挟んだコカ・コーラ・ゼロのボトルをせわしなくまわした。彼の気分がころころ変わるのには、カスダンも慣れっこになっていた。すぐに火がつくんだな。禁断症状かもしれない。こっそり何かやっていなければだが……。

「詩篇について、ちょっと話しても?」

「かまわんさ。調子がよさそうじゃないか」

「詩篇というのは賛歌の書で、そこに収められた祈りの歌は、ダビデ王その人によって書かれたとされています。預言者たる王、詩人たる王ダビデ……」

「それで?」

「過ちと赦しを体現しているところに、ダビデの人物像があるんです」

「どうして?」

「あんたには聖書について、少しばかり講釈が要るみたいだな。ある日、ダビデは女の人浴姿を目にした。それはヒッタイト人ウリヤの妻だった。欲情したダビデは彼女に迫ったけれど、問題は彼女に夫がいることだった。三千年の昔から、人間は何も変わっちゃいないってことです。でもダビデは王様で、権力者だ。そこで軍隊長のヤコブを呼び出し、こう命じた。『ウリヤを激戦の続く最前線に残してこい。彼が戦いで死ぬように……』ってね。だからダビデは二重の罪を犯したことになる。姦通と殺人の罪を。でも彼の罪は宿命だったんです」

「宿命?」

「だって彼は赤毛でしたから。ダビデは赤い王だった。両手が、肌が血で汚れていた。そういう徴(しるし)のもとに生まれたんです」

「で、話の結末は?」

「ダビデは神に赦免を乞い、許されて再び雪のように白くなった、と『ミゼレーレ』は歌っています」

「ご教示感謝するが、だからなんなんだ?」

「この事件も同じだってことです。『ミゼレーレ』から引かれたあの一節には、過ちと同時に赦しが歌われています。犯人は罪人を罰するため、生贄(いけにえ)に捧げた。でもそれは、罪人を救うためでもあった。だからこそ、象徴的な意味で死体を傷つけたんです」

「だが被害者が罪を犯していた証拠は、これまでのところまったく見つかってないぞ」

ヴォロキンはコカ・コーラ・ゼロをごくりと飲んだ。冷たい飲み物で喉をうるおしたおかげで、声に張りがある。

「最初の二人の被害者については、確かにそのとおりでしょう。でも今日の殺しは、話が違う。

ぼくはオリヴィエ神父の過ちを知ってます」

「何言ってるんだ？」

「あいつの本名はアラン・マヌリー。すぐに思い出しました。ぼくたちのあいだじゃ、有名人でしたから。つまり、青少年保護課(BPM)では」

「どんな容疑で？」

「あいつは小児性愛者です。露出、猥褻行為、性的虐待、その他もろもろ。二〇〇〇年と二〇〇三年に取り調べを受けてます。マヌリーは男の子と見れば、股間にさっと手が出るんだ。でも内部で、裏工作がなされました。大司教管区からの圧力で、子供の親たちは訴えを取り下げ、マヌリーがその地位を奪われることもなかった。その証拠に、今でもサン＝トーギュスタン教会にいたじゃないですか。でもオリヴィエ神父は罪人だ。それだけは確かです」

一本取られたな、とカスダンは思った。こいつめ、思ったより抜け目がない。

「懲罰」とヴォロキンは続けた。「それがこの事件の鍵です。それはまた、祈りの言葉と結びついている。最初に書かれていたのは、『血を流しし罪よりわれを助けたまえ、わが救いの神よ、わが舌は汝の義を歌わん』という一節でした。そして犯人はナセルの舌を切り取った。次は『われは汝に向かい、ただ汝に罪を犯し、汝の目に悪と映りしことをなせり』という一節。そして犯人は司祭の眼球をくり抜いた。死体を破損したのは生贄だった。『ミゼレーレ』の歌詞に血肉を与え、祈りを体現しようとしたんです。言葉の持つ赦しの力を強めるために……」

カスダンはぐったりと疲れを感じ、カフェのギャルソンに合図した。払いを済ませてさっさと帰ろう。こんな突拍子もない話は、もうたくさんだ。

それでもヴォロキンは、さらに先を続けた。よくもまあ、ぺらぺらとしゃべりやがる。

「この事件で何がしっくりこないか言いましょうか。すべてが正しいからこそ、困るんです。みんな、同時に。いろんな要素が積み重なっていくばかりで、除外できるものが何もない。どの線も消すことができないんです」

カスダンは札をギャルソンに渡した。ヴォロキンは話が止まらなかった。

「あんたは政治絡みの線を信じているんですよね？　それも正しいでしょう。ゴーッはチリの処刑人について知っていることがあった。だから殺されたんだっていうのが、第一の真実です。ゴーッは盗聴されていた。彼の証言がフランス政府にも関わることだったから。これが第二の真実。一方、ゴーッ自身にも怪しいところがある。小児性愛者ではなかったにせよ、子供に関連した過ちを犯しているはずだ。これが第三の真実。だから殺人事件の犯人は子供で、ゴーッの犯した過ちの復讐をしたというのが第四の真実です。だがあんたは、シリアルキラーの線も考えている。それもある意味正しいかもしれない。この事件に関わる子供たちは、どう考えてもまともじゃありません。おかしな殺人衝動に取り憑かれているようだ。彼らを殺人に駆り立てるサインは音楽だと思っているんですよね？　それもやっぱり正しいでしょう。もっと大きく捉えるなら、この殺人は人間の声に結びついているに違いない。ええ、子供の声に。そしてこれらすべての裏に、まだ何か隠されているものがある。ゴーッが《人喰い鬼(エル・オグロ)》と呼んでいた脅威が。これが問題なんですよ、カスダン。すべてが正しいってことがね。いつもなら消去法で進めるのに、今回はその手が利きません。むしろ積み上げていかねばならないんだ。これらすべての事実がいっぺんに成り立つような真実を、見つけなければならないんです」

カスダンは黙ったままだった。彼は立ち上がって携帯電話をつかみ、機械的にメッセージを確かめた。さっき教会に入るときに電源を切り、そのまま入れ忘れていたのだった。つい今しがた、鑑識課のピュイフェラから電話があったようだ。

カスダンはワンプッシュで鑑識課員にかけ直した。

「すぐこっちに来てください」とピュイフェラは、カスダンの声だとわかるなり言った。

「どこに行けばいい?」

「植物園の温室です。ビュフォン通りの鉄柵扉から入って。あいてますから」

「どうしてまた?」

「ともかく来てください。無駄足は踏ませませんから」

31

ビュフォン通り、午後六時。

カスダンは狭い歩道に半分乗り上げ、パリでもっともまっすぐな通り沿いに車を止めた。すでに嵐が始まっていた。あたりは激しい豪雨に包まれ、闇さえ水滴のカーテンに隠れている。

あふれんばかりになった銀色の水たまりに、縞模様の夜が映る街灯の明かりは、燐光を発するブイのようだった。

二人は雨のなかを走った。三メートル先も見えない。

植物園の鉄柵扉をあけ、ガラス製の建物に向かってさらに走る。輝く温室は、黒い海に浮かぶ氷山を思わせた。雨粒が警棒並みの勢いで降りつけるなか、二人は苦労の末に正面入り口を見つけた。カスダンは付属動物園の動物たちのことを思った。狼、コンドル、ライオンに虎、みんなどしゃぶりの雨のなかで、じっと身を潜めていることだろう。

ドアがあいて、鑑識課のピュイフェラが細い顔と黒い髪を覗かせた。カスダンは頭にかぶっていた上着を肩に羽織りなおしてぼやいた。

「なんの騒ぎなんだ。ちゃんと説明してもらわないと」

鑑識課員はにやりとした。パイプの似合いそうな強く結んだ薄い唇をしている。

「わかってますよ」

ピュイフェラはそう言うと、ヴォロキンに気づいて眉をひそめた。カスダンは紹介した。

「青少年保護課のセドリック・ヴォロキンだ。こっちは鑑識課のピュイフェラ」

刑事と鑑識課員は握手をした。カスダンは、ガラス屋根の下で待ちかまえている世界に目を凝らした。鬱蒼(うっそう)としたジャングルから吹き上がる蒸気は、緑や白に色づいている。太い幹は幾重にも重なる葉叢(はむら)に遮られ、ほとんど見えなかった。綿毛に覆われた樹皮や、蔦(つた)が絡まる枝がかろうじてわかるだけだ。草木も何もがもつれ合って、ガラスの巨大な覆いのなかでゆっくりと息づいている。

ピュイフェラは、人工の森を抜けるタイル張りの通路に入った。カスダンとヴォロキンはあとに続いた。聞こえるのはただ、彼らの上着と木の葉がこすれる音、雨がドームを打ちつける音だけだった。カスダンは水の奥深くへと潜っていくような気がした。あたりはずっと水浸しだった。今さらに、水の巨人が襲いかかってくる。葉の茂った腕、樹皮に覆われた胸、土にまみれた足……彼らは黙って歩き続けた。馬鹿げたことをしているとは、あえて考えないようにした。こんな時間に、誰ひとり職員のいない植物園を訪れるなんて。

やがて一行は小さな空地に出た。草木もそこだけ、はびこるのを遠慮したようだ。女がひとり待っていた。小柄でなで肩で、雨合羽の袖は手の先まで覆っている。蒼ざめた細い顔の両側に垂れ下がる黒い髪は、まるでフードをかぶっているかのようだ。どこか東洋風な感じがするのは、黒くて長い眉のせいだろう。あるいは物憂げにうるむ、暗い目の下にできた隈のせいか。

「こちらはアヴィシャン・カジャメイさんです」

カスダンは雨と草木の湿気でびしょ濡れだったけれど、女と握手をした。ヴォロキンはうしろにさがって会釈した。

「初めまして。植物園の学芸員さんですか?」

「いえ、とんでもない。アラム語の教師です。それに聖書史の専門家です」

カスダンはピュイフェラを見やった。

「植物園の学芸員は都合がつかないそうで。その代わりにわたしが来て、あなたにこれをお見せすることになったんです」

鑑識課員はふり返って、灰色の木を指さした。枝には恐ろしげな棘がびっしりと生え、葉が生い茂っている。植物園には同じような木がほかにもたくさんあるけれど、とりわけ不愛想で野性味にあふれていた。

「これはアカシア・セヤルといって、アカシアのなかでも特別な種なんです」

「それが?」

「この木の破片が、サン=ジャン=バティスト教会の二階と、ナセルの部屋の廊下から見つかりました。正確に言うと、木片だと思ったのは棘でした。これは普通の木とまったく違います。ラボの結果が出るとすぐさま植物園に電話し、このアカシアはオリエントの半乾燥地域にしか生えないとわかったんです。特にネゲヴ砂漠やシナイ半島、イスラエルに」

「ヨーロッパには生えていないと?」

「ええ、まったく。この木には暑さと日の光、神秘の風が必要なんです」

「神秘の風?」

そこでカジャメイが口を挟んだ。

「この木は聖書のなかによく出てきます。茨の冠が作られたのは、アカシア・セヤルの森だったのかもしれません。古代ローマ兵たちは、この木の枝で作った冠をキリストにかぶらせ、嘲ったのかも」

彼女の話し方にはイラン訛りがあった。少しだるそうなその口調は、眠気を誘った。カスダンは『ジャングル・ブック』に出てくる蛇のカーを思い浮かべた。

「実を言うとキリストの冠が何の植物で作られていたのか、正確なことはわかりません。諸説あって、迷うところです。パリウルス・スピナ＝クリスティ、サルコポテリウム・スピノスム、ジジフス・スピナ＝クリスティ、ラマヌス・カタルティクスと。そうそう、ユホルビア・ミリイ・スプレンデンスもありました。なにしろ、俗に《キリストの棘》と呼ばれているくらいですから。でもそれは、誤解なんです。この木がそう呼ばれるのは鋭い棘と、血痕を思わせる赤い花のせいにすぎません。そもそもキリストの時代、パレスチナでは知られていなかった植物ですしね。わたしが思うに、冠を作るのに使われたのは、やはりアカシア・セヤルでしょう。ヘブライ語では、もっぱら複数形の『シティム』が使われますが、それは棘がもつれ合っているからで……」

カスダンはピュイフェラをふり返った。鑑識課員は笑って話を引き継いだ。

「オーケー、警察官の言葉で説明しましょう。カジャメイさんの話から、少なくとも二つの事実が引き出せます。ひとつはパリでこの木が生えているのが、今われわれがいるここだけだということ。もうひとつは、たぶんあなたもお気づきでしょうが、アカシア・セヤルの象徴的な意味です。犯人がこの木をどうしていたのかはわかりませんが、茨の冠をかぶっていたにせよ、アカシアで編んだ靴を履いていたにせよ、あきらかにキリストが関連しています」

沈黙が続いた。

激しく降る雨は、木々の奥底にひそむ水を呼び起こしている……。

「キリストが関わっている」と鑑識課員は繰り返した。「そしてまた、罪が関わっている」

「同僚の方がおっしゃりたいのは」とカジャメイが後を続けた。「この木がキリストの苦悩と同時に、人間の罪の贖いを象徴しているということです。キリストが肉体的苦痛に耐えれば耐えるほど、人間の罪は象徴的な意味で帳消しにされるんです」

カスダンは頭がくらくらした。昨日の晩、廊下から聞こえてきたトントンという音が、脳裏にくっきりとよみがえった。杖をつく音。犯人は盲人のように杖を使って、床を手さぐりしていたんだ。もしかしてその杖は、聖なる冠を作った木を削ったものだったのかもしれない……。

さらに連想は広がった。鞭打ちの苦行に使う鞭。たしか『ミゼレーレ』は、修道士たちが鞭打ちの苦行を行なうときに唱える祈りだったはずだ。これらの要素をどう整理したらいいのかは、まだわからない。けれども、すべてはひとつに結びついている。『ミゼレーレ』、鞭の苦行、キリストの木、罰、赦し……。

ピュイフェラは話を締めくくるように言った。

「実は最後にもうひとつ、取っておきの話があるんです。あなたに連絡する前に、この木のかけらをもう少し詳細に調べておきました。花粉学というのをご存じですか？」

「いいや」

「花粉や胞子の分散に関する研究です。証拠品から見つかった微細な有機物質から、それがどこにあったものかが特定できるんです。検体に粘着テープを張りつけて花粉を採取し、顕微鏡で調べます。フォール・ド・ロニーには、その種の研究をしている部署がありましてね。そこに検体を送って、出所を調べてもらいました。そこの設備を使えば……」

　カスダンは苛立たしげに言葉を遮った。

「それで、結果は出たのか？　どうなんだ？」

「さっき報告を受けたところです。見つかった花粉や胞子によると、木片は実際パレスチナにあったものでした。おそらくは、エルサレムの周辺に。言いかえれば、それは本当にキリストの冠の木だってことです。その現代版って意味ですが……」

　カスダンはヴォロキンのほうを見た。目がぎらぎらと輝いている。ヴォロキンはこの新たな手がかりに、興奮を隠しきれない様子だ。ピュイフェラはさらに言葉を続けた。

「ほかの地域に特有の胞子も見つかりました。チリやアルゼンチン。それにヨーロッパの温暖な地域のものも。だから少なくとも、こう言えるでしょう。このアカシアは世界各地を転々としてきたものだって……」

　なるほど、新たにまた大きな手がかりがつかめた。けれどもカスダンには、それをどう解釈したらいいのかわからなかった。彼は象形文字（ヒエログリフ）を思い浮かべた。これはロゼッタストーンみたいなもんだ。解読の鍵はない。けれどもおれはたったひとつのシンボルをもとに、わけのわからない石碑の意味を解こうとしているシャンポリオンだ。シンボルの真の役割が理解できたなら……。

「話はわかった、ありがとう」カスダンはそう言って、ピュイフェラと握手をした。「そろそろ行かないと」

「そこまで送っていきます。まだ、靴の足跡の分析結果を待ってるところです」

「結果が出たら、知らせてくれ」

再び葉叢と雨音のなかを抜けて出口の前まで来ると、ピュイフェラはヴォロキンを先に行かせ、カスダンの袖をつかんで引き止めた。

「あいつ、自分の仕事はどうなってるんです?」

「休職中さ」

ピュイフェラはにやりとした。

「あなたのチームときたら、まったくザイール軍なみのオンボロってわけだ」

32

二人は上着を頭からかぶって、ボルボまで走った。雨はまだ降っている。車のなかに入ると、ヴォロキンは言った。

「すぐ近くにマックがあります。ビュフォン通りの端に」

「おまえのマック好きには、いいかげんうんざりだ」

「おやおや、なんだかご機嫌ななめのようですね」

「当たり前だろ。おれたちは首まで糞まみれだ。捜査が進めば進むほど、ずぶずぶ浸かっていく」

ヴォロキンは何も答えなかった。カスダンは彼に目をやった。狂犬め。水が滴る髪の下から、おれをからかうみたいに笑いかけてきやがる。けれどもその表情は、ひとなつっこそうだった。

「ほかにも何か知ってることがあるなら、ちゃんと言え」

「キリストの木の話は、ほかの手がかりとも辻褄が合ってます」

「馬鹿ばかしい」

「聖書の専門家だとかいう女性の言うとおりです。あれは苦しみの木だ。でもその苦しみが、罪を贖ってくれる。キリストは人々の過ちを拭い去るためこの世にやって来た。人間の罪が赦されるよう、自らを犠牲にしてそれを背負ったんです。一種の転換と言ってもいい。現世の罪をイエスはいったん自分の手に収め」彼は身ぶりをした。「……言うなれば天に向かって投げ出すんです」彼は両手をぱっと開いた。「キリストの木はこの動作を思い起こさせます。われわれが追っている犯人は、汚れなき者なんだ。彼らは殺す相手の罪ゆえに苦しんでいる。だからこそ、相手も苦しませる。彼らの魂が、もっとよく救われるように」

カスダンは車のハンドルを前に、携帯電話の履歴を確認した。

「まあ、こんなところですかね、ぼくの意見は。あの木は、殺人を犯す手のように汚れがない。ゴーツとナセル、オリヴィエ神父は罰せられたと同時に赦されたんです。彼らを襲った手は、まさしく天使の手だった。純粋な存在にして……」

「ヴェルヌから電話があったようだ」

カスダンは携帯電話を車のスピーカーに接続してから、ヴェルヌの番号をプッシュした。

「もしもし」

ヴェルヌの声が激しい雨音に混ざって、車内に響いた。

「カスダンだ。ヴォロキンといっしょにいる。何かわかったのか？」

「わたしは事件の担当を、公式にはずされました。捜査の続きは殺人課が引き受けるそうです」

「殺人課の誰が？」

「班長のマルシュリエだとか」

「やつなら知ってる」

「そいつは国土保安局（DST）ともツーカーで、やつらの裏工作にも通じているんだそうです」

カスダンは同情をして見せた。

「残念だったな」

「あなたに慰めてもらうために電話したんじゃありません。実は大ニュースがあるんです。知り合いのチリ大使館員が戻って来ました。政治亡命者が殺された事件を捜査してるって言ったら、大笑いするんです。独裁者ピノチェトの犠牲者が殺されたって言ったら」

「どうして？」

「彼によると、ウィルヘルム・ゴーツはピノチェト時代に拷問なんかまったくされていない。それどころか、反対の陣営にいたのだとか」

「なんだって？」

「言ったとおりですよ。ゴーツがフランスに逃れてきたのは、一九八〇年代、死刑執行人に逆風が吹いたからなんです。捜査の手続きが開始され、チリ国内からだけでなく外国からも、遺族の訴えが出されました。政治絡みの線が濃厚だ、事件の鍵はそこにあるって、わたしは初めから思ってましたよ、カスダンさん」

「大使館員にはどこに行けば会える？」

「自宅にいます。出張から戻ってきたところなので」

ヴェルヌは、リュエーユ＝マルメゾンにあるシモン・ベラスコ宅の連絡先を伝えた。

「急いでください。あなたのほうが、数時間リードしている。マルシュリエには何も言ってませんから」

「どうしておれに手を貸すんだ？」

「さあ、どうしてか。つま弾きにされた者同士の連帯感でしょう、きっと。まあ、がんばってください」

車のなかに続く沈黙を、カスダンはあえて破ろうとしなかった。降りしきる雨が、その沈黙を泡立て、引っ掻き、揺さぶっている。そもそもゴーツの過去だと信じていたものはすべて、本人が言っていた話だ。嘘で固めたやつの来歴を、確かめてみようともしなかった。鼻も利かなくなったってわけか。

しばらくして、カスダンはたずねた。

「さあ、どっちから話す？」

「そちらからどうぞ。キリストの冠の話で、もう喉がからからなんでね」

「とりあえず二点、明らかになった。ひとつはゴーツが犯した罪、それがようやく浮かんできた。やつがチリ時代、拷問をする側にいたのなら、罪は重いからな。もうひとつ、もしゴーツが当時の仲間に不利な証言をする気だったとすると、深刻な事態になりかねない。いままでずっと、やつは地下室で目隠しをされ、痛めつけられたんだと思ってた。でもそうやって、やつに何を吐かせようとしたのかがわからなかった。しかしやつが悪党の一員だったなら、話はまったく違ってくる。罪を悔いた人間ほど、危険な存在はないからな。そいつの口を封じようとする者がいたって、不思議はない……」

「動機は二つもいりませんよ、カスダン。ひとつ余分だ」

「ああ、そうだな。だがおれもおまえも、意見は一致してるのでは」

二人は黙った。

彼らは今、同じ真実を感じ取っていた。

パリに懲罰のときがきた。

その仕事を請け負うのは、汚れなき手をした天使たちだ。

第二部　死刑執行人

33

「気を悪くしないでくださいよ。でもウィルヘルム・ゴーツがチリ独裁政権の犠牲者だったなんて、まさかあなたがたが思っていたとは。その話を聞いて、思わず笑ってしまいました」

カスダンとヴォロキンは憮然として顔を見合わせた。

「その方面は、専門じゃないもので」

「日付を見れば、一目瞭然でしょうに」とベラスコは笑って言った。「ゴーツは一九八七年にチリから逃れています。政治亡命者、つまりピノチェトを恐れる理由がある者は、クーデター直後の一九七三年に国を離れています」

「ゴーツはチリの司法当局とトラブルがあって出国したのだと聞いていました。彼が権力者側の人間だったとすると、どうしてそんなことになったんでしょう?」

「チリでも状況は変わってます。民主的組織がカトリック教会の支援を受けて、拷問の被害者や行方不明者、処刑された人に関する情報を集め、資料を作成しました。例えば《連帯の助任司祭》という団体の弁護士グループは、とてもいい仕事をしています。一九八〇年代に入ると、誘拐、拷問、殺人について最初の訴えが出され始めました。それを軍部は逮捕、尋問、排除と呼んでますがね。何年間にもわたる厳しい独裁下で、約三千名もの行方不明者がいたとされています。チリ人ばかりではありません。《外国人》も真っ先に連行されました。スペイン人、フランス人、ドイツ人、スカンジナビア人……かなりの人数にのぼります。ピノチェトの独裁以前、サルバドール・アジェンデ体制が掲げ(かか)たのは社会主義インターナショナルの理念でした。それはユートピアの実現として、世界じゅうの労働運動家を引きつけました。いい時代だったってことです。そうした思想を信じている者たちにとってはね……」

どうやらシモン・ベラスコは、そこに入っていなかったようだ。白髪まじりのひげをはやした大柄な男で、動作はゆったりとしている。笑顔はさらにゆったりと鷹揚そうで、相手を力強く包み込む存在感があった。訛りのないフランス語を話すけれど、ほんの少し気取った口調なのは、外交絡みのパーティ通いで身についたものだろう。彼はただ、率直に話しているだけなのだ。身近に牢獄も左翼活動家も目にしたことのない、サンチアゴ社会の大ブルジョワとして。

レモネードでもどうですか、とベラスコは勧めた。こんな季節だというのに、妙なことを言う。まるでチリ、サンチアゴの高地に腰を据え、いつまでも続く小春日和(インディアン・サマー)のなかで暮らしているかのようだ。大使館員は二人を書斎に迎え入れた。ニス塗りの床板、マホガニー色のレザー、葉巻の香り。カスダンは薄明かりのなかに、プレイアード叢書のブロンズ色の背表紙が並んでいるのに気づいた。眼鏡をかけて読んでみる。モンテーニュ、バルザック、モーパッサン、モンテルラン……根っからのフランス好きらしい。

ベラスコはグラスを満たすとクリスタルガラスの水差しを置き、二人の前に腰かけた。

「八〇年代にこっそり恩赦が下されて、拷問人の罪が不問に付されました。そもそも、行方不明者には問題があります。死体が出なければ、犠牲者もいなかったことになる。それに『拷問』という言葉は、チリの刑法には存在すらしません。軍部は怖いものなしのつもりでした。でも、つもりにすぎません。なぜなら、他国が告訴してきたからです。犯人引き渡しの要求が次々に出され、チリ国内でもそうした訴えについて議論が湧き上がってきました。新聞が書きたて、路上にはデモ隊が決死の覚悟で繰り出しました。ピノチェトも年老いてきたし、世界そのものが変化して、独裁体制は次々に崩壊していきました。南アフリカのアパルトヘイトは批判にさらされ、東側の壁は揺れています。合衆国でさえ、もはや南アメリカの独裁体制をおおっぴらに支援はできなくなりました。それゆえ、問題は深刻です。チリは殺人者たちの身柄引き渡しに応じるのか？」

そこでカスダンは、ひとつたずねた。

「ピノチェト自身も、そうやって捕まったのでは？」

「まったく同じというわけではありません。ピノチェトは健康に問題を抱えており、腰部ヘルニアの手術を受けるためロンドンに行きました。特に警戒はしていませんでした。イギリスでは、彼に対する訴えが出されていなかったからです。ところがマドリードの判事バルタザール・ガルソンの働きかけで、スペインからの訴えがイギリス領土内で有効とされました。両国は合意し、ピノチェトに対する包囲網は狭まりました。免責特権はもう残されていません。けれども高齢であること、老化が激しいことを口実に、なんとか切り抜けたのでした」

ヴォロキンは話をもとに戻した。

「それでウィルヘルム・ゴーツのことですが、彼が反独裁運動の弾圧でどのような役割を担っていたのか、ご存じですか？」

「さほど重要な役割ではありません。公式なものでもなかったし。ウィルヘルム・ゴーツは軍人でも、役人でもありませんでしたが、拷問人と近い関係にありました。とりわけ、ピノチェトの秘密警察だった国家情報局（DINA）の幹部たちと」

「彼は何をしてたんです？」

ベラスコは手の甲を上げひげの下にやった。

「詳しいことはわかりません。当時の尋問を生き延びた者はあまりいませんから。しかし彼の名前は、多くの告発に繰り返し出てきます。彼が拷問の現場にいたことは間違いありません」

「ひとつ、よくわからない点があるのですが」とカスダンが口を挟んだ。「そうした告発がヨーロッパ諸国から出されていたなら、どうしてゴーツはフランスに逃れてきたんでしょう？どうして自ら、狼の口に飛び込むようなことを？」

「いい質問ですね……そこが謎なんです。ゴーツはフランスで、何も恐れていなかったらしい。まるで免責特権を享受しているかのように。それについては、いろいろな噂が流れました」

「噂？」

「いくら調べたって無駄な努力でしょうよ」とでも言うように、ベラスコは両手を組んだ。

「政治的に見ると七〇年代は混迷の時代で、世界の国々が互いに不可解な合意をしていました。しかも、秘密裏に。フランスでなら身の安全が保障されたチリ人もいたという話です」

「どういう経緯で?」

「それも謎です。けれどもフランスに逃れてきたチリ人は、ゴーッだけではありません。国家情報局(DINA)のメンバーも受け入れられました。彼らはみんな、政治亡命者という立場を享受したんです。存分にね」

「そうした《亡命者》のリストはありますか?」

「いいえ。調べてみなければなりません。よかったら、やってみましょうか」

カスダンは思案した。この新たな事実によって、ゴーツの部屋に盗聴器が仕掛けられていたわけも説明がつく。やつが何かしゃべったら、フランス政府にとって面倒なことになる。国土保安局(DST)はもしもの場合に備えて、目を光らせておいたのだろう。

ここはひとつ、直球勝負に出よう。

「ウィルヘルム・ゴーツはチリにおける人道に対する罪の裁判で、証言しようとしていたんだと思います。あなたは何か聞いていませんか?」

「いいえ」

「もしゴーツがその気だったとしたら、立派なことだと思いますか?」

「もちろんです。悔い改めるに遅すぎることはありませんからね。あるいは、罪を認めねばならない実際的な理由があったのかもしれません。なにか事件で名前が上がってしまったとか、金で自由を売り渡そうとしたとか。この件では今、事態は急速に変化してますから」

「といいますと?」

「ピノチェトが死んで、世界じゅうが大喜びしました。おかげで進行中の手続きに拍車がかかったんです。ピノチェト将軍がいなくなったことで、独裁制の責任者たちがのうのうと天寿をまっとうしていることが明らかになりました。現在も、司法官たちがせっせとことに当たっています。やがて訴訟が始まり、大物たちが失脚するでしょう」

「それはヨーロッパでの話ですか？　それともチリの話？」

「ほとんど、いたるところで」

「フランスでその種の事件を専門に扱っている弁護士をご存じですか？」

「いいえ。わたしはそうした追及には加わっていませんので。それはわたしの仕事ではない。代わりにひとつ、あなたがたのお役に立ちそうな名前をお教えしましょう。政治亡命者なんですが」そこで大使館員はにやりと笑った。「正真正銘のね。生存者（ソブレビビエンテ）。つまり過酷な尋問に耐え抜き、フランスへ渡ってきた者です。その男は拷問人の責任を追及するための団体を設立しました。彼らがどこに隠れていようが、必ず見つけ出そうとしているんです」

　ヴォロキンは手帳を取り出した。

「その男の名前は？」

「ペーテル・ハンセン、スウェーデン人で、左派の国際組織に属しています。彼が生き残れたのは、そのおかげでしょう。スウェーデン政府がチリの牢獄から、彼を救い出しました」

　ベラスコは立ち上がって机のうしろにまわり、引出しをあけた。そして眼鏡をかけ、革装の手帳をめくった。彼がスウェーデン人の連絡先を差し出すと、ヴォロキンはメモした。

「最後にもうひとつ」とカスダンは言った。「まったく個人的な関心からおたずねするんですが、あなたはどうしてそんなによく知っているんですか？　まるであなた自身、そうした事件に深く関わっていたように見えるのですが？」

ベラスコは笑顔で答えた。

「わたしは大使館に勤めて、まだ五年なんです。引退するまでの名誉職といったところですかね。その前は、予審判事をしていました」

「ということは……」

「ええ、アウグスト・ピノチェトを追いつめた判事のひとりだったんです。彼自身のテリトリーで行なう勝負は、難しいものでしたよ。ピノチェトにはまだ、多くの支持者がいましたし、チリの有力者たちは誰も、クローゼットのなかの死体を暴かれるのを嫌がっていましたから」

「ピノチェトに尋問したこともあるんですか？」

「彼に対して、居住指定をしたことだってありますよ」

カスダンはそうした歴史的瞬間に、ますます興味をかき立てられた。

「尋問はどんなふうに行なわれたんです？」

「そりゃまあ、グロテスクなものでした。そもそも、彼は家から出られません。わたしが書記官を連れて、サンチアゴの別荘に出向くんです。そして玄関の呼び鈴を鳴らす。うしろに新聞記者の軍団を従えてね」

「それから？」

「彼はお茶を勧め、わたしたちは静かに話しました。彼の手についた血について」

カスダンはその場面を想像した。かつて「この国では、木の葉が一枚揺れてもわたしの耳に入る」という有名な言葉を発した横暴な将軍が窮地に立たされ、エレガントで貴族的な判事に釈明を迫られている。

「いいですか」とベラスコは続けた。「ピノチェトはみんなが思っているような人物ではありません。冷酷で万能の独裁者というイメージを自ら作り上げていましたが、本当はどこにでもいそうな小心な男です。度量の狭いゴマスリ屋、野心家で、社会的に彼より高い階級にあった妻の尻に敷かれた夫でした。ピノチェトは三十歳のとき、妻に浮気の現場を見つかりました。そのとき以来、彼は一直線に駆け続けました。一九七〇年まで、ピノチェトの夢はひとつだけ、税関吏になることでした。そのほうが軍人になるより、将来性があると思っていたんです」

ベラスコはレモネードをひと口飲んだ。何年も前のことなのに、現実とは思えない出来事の数々にまだ驚いているかのようだ。

「もっとも異様だったのは」と彼は言葉を続けた。「《ピノッキオ》──彼のあだ名です──がクーデターに反対だったことです。彼は恐れていました。なのにたまたま国の指揮を執る立場になってしまった。アメリカは単に陸軍部隊最古参の将軍を、トップの地位につけただけでした。それがアウグスト・ピノチェトでした。国を与えられた残酷な子供みたいに、彼は大喜びでした。アメリカも喜んでいたでしょう。ピノチェトは伝染病を撲滅しようとするかのように、社会主義者を執拗に弾圧しましたから。当時、将軍たちはこう言っていました。『雌犬は、小犬を産む前に殺さねばならない』って」

そういやナセルもそんな話をしていた。コンドル作戦は共産主義者という癌を徹底的にたたき潰そうとしたって。彼がそれに触れると、ベラスコは答えた。

「ゴーツはまさしくその点について、何か情報を持っていたんでしょう。彼はいくつかの作戦に加わっていたようですから……どうすればわかるかって？　彼は秘密を抱えたまま死んでしまった。もちろん、すでに証言を残しているかもしれません。だとしたら、彼の弁護士を見つけるのはあなたがたの仕事だ」

ヴォロキンは手帳を返し、メモ帳を閉じた。ベラスコは立ち上がって書斎のドアをあけ、話を締めくくるようにこう言った。

「これはご理解いただきたいですが、わたしは社会主義者側の人間ではありません。むしろ正反対だ。わたしはチリの上流階級に属していました。正直なところを言えば、アジェンデ時代はほかの金持ち連中と同じく不安も感じていました。ロシア人の手中に落ちてしまうのではないかという不安、国が崩壊するのではないかという不安です。経済的な観点から見れば、チリはあの時代、崖っぷちに立たされていました。だから軍事クーデターが起きたとき、ほっとため息をついたくらいです。そして軍部がサンチアゴ・スタジアムで数千人もの人々を殺したときも、わたしたちは目を逸らしていました。死の行動隊（コマンド）が国を踏み荒らしたときも。学生、労働者、外国人が街頭で銃殺されたときも。さらには国民の半数が牢獄で死にかけているときも、昔ながらのブルジョワ的な暮らしに戻っていました」

二人はチリ人のあとについて、屋敷の玄関までついていった。南米風の屋敷で、いくつも並ぶ小さな部屋には、カスティーリャ様式の錬鉄製の格子がついた小窓があいている。

ドアの前でカスダンはたずねた。

「それなら、どうしてピノチェトの罪を追及したんですか？」

「偶然ですよ。たまたま訴訟書類が、わたしの机に置かれたってことです。もしかしたら、隣の机にまわっていたかもしれません。あの日のことは、今でもよく覚えています……サンチアゴに行かれたことはありますか？　灰色の町、鉛と錫の色をした町です。わたしはあの書類のなかに、神の啓示を見ました。チャンスを与えられたのだと思いました。無関心と共犯の罪を贖うチャンスなんだと。残念ながらピノチェトは罰せられないまま死に、わたしは今でもあなたがたの国で、貴族的な暮らしを楽しんでいますがね。こうやって、レモネードを飲みながら……」

「ともあれ、ゴーツは自分の罪を贖いました。彼の死は罰だったんです」

「彼が殺されたのは、こうした昔の出来事と関連している、そうお考えなんですね？」

カスダンは官僚的な返答をした。

「今のところ、どんな可能性も排除できません」

ベラスコはうなずいた。あごひげのなかから漏れる笑みは、こう言っているかのようだった。

《あなたがたは面倒な事件に首を突っ込んでしまった。わたしにはそれがよくわかっている》と。彼がドアをあけると、豪雨が玄関のなかに吹き込んだ。

「がんばってください。フランスに退避した拷問人のリストが手に入ったら、ご連絡します」

カスダンとヴォロキンは走ってステーションワゴンに乗った。ベラスコの家はリュエーユ＝マルメゾンの住宅街にある。車道の端から端まで、見えるのはただ鬱蒼とした茂みと、樹齢数百年になる木々ばかりだ。

ヴォロキンはまだメモ帳をつかんでいた。そこには、政治亡命者ペーテル・ハンセンの連絡先が書かれている。チリの死刑執行人を追いかけている男だ。話は無言のうちに決まった。夜は長い。このまま政治絡みの線を追う時間は残っている。

34

三十分後、カスダンは十八区の狭苦しい一角を走っていた。車をぶつけないかと思うと、どっと汗が吹き出した。リケ通り、パジョル通り。そしてようやく左側に、ガドループ通りが見えた。どしゃ降りの雨のなか、狭い裏通りは停車している車をじゃぶじゃぶ洗う洗車機のようだった。

ペーテル・ハンセンが住んでいるのは十四番だった。ボール紙みたいにくすんだ灰色の年代不詳の建物が、肩をすぼめるようにたっている。管理人にひとこと声をかけると、二人は六階に向かった。エレベータはない。階段にはワックスの臭いがしたけれど、明かり(ミニュトリ)は壊れていた、二人は踊り場の窓から射し込む街灯の光をたよりに、階段をのぼっていった。

六階まで来ると、ハンセンの部屋はすぐにわかった。ドアに張ったボール紙に、フェルトペンで名前が書いてある。カスダンはベルトをつかんでズボンをずり上げ、上着を整えると、できるだけ人のよさそうな表情を作った。これで太った善良な警察官らしく見える。ベルを押しても返事はなかった。もう一度押しても、やはり返事はない。カスダンはちらりとヴォロキンに目をやった。ドアの下から光が漏れていた。

カスダンはドアを力一杯たたき、大声で叫んだ。

「警察だ。あけろ！」

ヴォロキンはもうグロックを構えている。カスダンも罵声をあげながら銃を抜き、錠の具合をためそうと肩でドアを押した。差し錠はかかっていない。彼はドアを蹴りあけようと、うしろにさがった。

そのときドアがあいて、長髪でごま塩のひげを生やした、背の高い男が戸口にあらわれた。

「どなたですか？」と男は静かにたずねた。

カスダンは銃を上着の陰に隠して、太腿につけた。

「警察です」と彼はやさしい声で言った。「わたしはカスダン主任警部。彼はヴォロキン警部。ペーテル・ハンセンさんですね」

男はうなずいた。手に木のスプーンを持ち、ベージュ色の布製エプロンをかけている。いかつい男が二人、玄関の明かりのなかに立っているのを見ても、驚いた様子はない。平然として、のんきそうで、彼はおそらく見かけどおりの人間なんだろう。ラテン風の生活習慣で、少し遅い食事の支度をしている独身の老人ってことだ。

「なかに入ってもいいですか？　あなたにいくつか、おたずねしたいことがあって」

「かまわないですよ」

ハンセンはくるりとうしろを向き、ついてくるよう促した。二人はそっと銃をしまい、狭い廊下を抜けて小さな居間に入った。へこんだソファと使い古した肘掛け椅子が二つ、ローテーブル代わりの黒い大箱を囲み、壁には色とりどりのポンチョが何枚も掛かっていた。ほかにも革の仮面やラピスラズリ製の置物、赤い素焼きの陶器、彫刻を施した木製の鐙(あぶみ)、古い銅製の航海器具が飾ってある。サンチアゴかバルパライソの古道具屋なら、こんなガラクタを売っていそうだ、とカスダンは思った。

「わたしはチリで何年か過ごしました」とハンセンは言った。「人生最悪の時期でしたよ。でも、チリの文化はすっかり体に染みついてしまったようで……」

カスダンは型崩れしたエプロンの下にセーターを着て、洗いざらしのジーンズをはいた老人をまじまじと見つめた。まるで七〇年代の抗議デモから抜け出てきたかのようだ。カスダンは尋問口調にならないよう、できるだけ穏やかな声でたずねた。

「何度もノックしたんですが、どうしてすぐにドアをあけなかったんですか？」

「すみません、聞こえなかったんです。キッチンにいたので」

カスダンはヴォロキンにちらりと目をやった。彼も不審げな顔をしている。アパルトマンの広さは、せいぜい六十平米くらいだろうに。けれども二人は、それ以上たずねなかった。ハンセンは居間の椅子を指さした。

「おかけください。ワインでもいかがです？　それともマテ茶がいいですか？」

「ワインをお願いします」

「おいしいチリワインの赤があります。赤葡萄酒（ヴィノ・ティント）がね」

ハンセンのフランス語には奇妙な訛りがあった。なかばスカンジナビア風で、なかばスペイン風。玉ねぎを薄くスライスするみたいに、音節が切れ切れになっている。彼はキッチンに引き返した。カスダンは、すでにソファで体を丸めているヴォロキンにならって、肘掛け椅子に巨体を押し込んだ。キッチンから食べ物の匂いが漂ってくる。カボチャ、唐辛子、トウモロコシ……。

キッチンのドアの隙間から、ハンセンの様子を観察できた。彼はベラスコと似た雰囲気があった。白髪まじりの口ひげを生やして気さくな笑みを浮かべた、エレガントな物腰の背の高い男。けれどもハンセンのほうは貴族のビート族版とでも言おうか、どこか投げやりで中途半端な感じがした。一九七〇年代、ベラスコがサンチアゴの高級クラブでチリの将来を憂いていたころ、ペーテル・ハンセンは社会主義者の友人たちと世界を変えようとしていたのだろう。

ハンセンは黒いボトルと栓抜き、バルーングラスを三つ持って戻ってくると、もうひとつの肘掛け椅子にすわって、高級ワインをあけにかかった。彼の手はくちばしみたいに細くて長かった。

「チリにはワイン醸造の長い伝統があるのをご存じですか？　一説によると、十六世紀に南米を征服したコンキスタドールが起源だとか。彼らはミサのワインを作るため、スペインのブドウの種を蒔いたんです……」ハンセンはボトルの栓を抜いた。「チリではいろんなことが言われてます……こんなふうに書いている歌手もいる。『希望に満ちていない国』って」

彼はグラスを満たした。

「思い出に満ちているけれど、誰も過去を信じていない国。誰も未来を信じていない国」

「お味見をどうぞ」

二人はグラスを口に運んだ。カスダンはずいぶん長らくワインを飲んでいなかった。アルコールに触れて真っ先に思ったのは脳のこと――治療のことだった。薬とアルコールが混ざって、頭におかしな影響がなければいいが。

「どうです？」

「とてもおいしいです」

カスダンは適当に答えた。ワインのことなど何もわからない。ヴォロキンは優柔不断な犬みたいにグラスをくんくん嗅いでいるけれど、ジョイントなんか吸ってるから当てにならない。

「それで、どんなご用件でしょう？」とハンセンはたずねた。

カスダンは調査の目的をできるだけ曖昧にしながら、ゆっくりと本題に入った。いわく、われわれが調べている殺人事件はチリ軍事政権時代の拷問人と関係があるらしい、その拷問人はフランスに住んでいるらしいと……。

ハンセンはまったく驚いたふうもなくこう言った。

「そいつらの名前はわかっているのですか？　二十年前からパリに住んでいます」

「まずはヴィルヘルム・ゴーツ。二十年前からパリに住んでいます」

ハンセンはびくっと飛び上がり、震え声でたずねた。

「写真はありますか？」

カスダンが取り出した写真を、ハンセンはじっくりと見つめた。みるみる表情が変わった。顔がいっきにしぼみ、目も唇もしわもすべてが深く、暗くなった。肌の色までくすんだ灰色に一変し、まるであごひげのなかに溶け込んでいくかのようだ。ハンセンは『ドン・ジョヴァンニ』に登場する騎士団長の彫像と化した。

「オーケストラの指揮者だ」とハンセンはつぶやいて、写真を返した。

「オーケストラの指揮者？」

ハンセンは黙っている。たっぷり一分も沈黙が続いたろうか、彼は一点を見つめたまま、重重しい声で言った。

「すみません、気が動転して。すべて克服したつもりだったのに……」彼は気を取り直したようだ。「それに、この男は死んだと思っていたので」あごひげの合間から、微笑みの幻がうっすらと浮かんだ。「と言うか、死んでいてほしいと思っていたんです……」

ハンセンはそこでまた固まりついた。ゴーツの写真を見た衝撃か、カスダンの軍人を思わせる巨体に威圧されたのか。そこでヴォロキンが助け舟を出した。彼が《いい刑事》役担当というわけだ。

「動転されるのも無理ありません、ハンセンさん。まずはゆっくり気持ちを落ち着けてください。この男について、教えていただけませんか？　どうして彼を『オーケストラの指揮者』と呼ぶんです？」

ハンセンは息を整えた。

「わたしは一九七四年に逮捕されました。自宅で昼食を取っていたときです。おそらく隣人の密告でしょう。当時は外国人だというだけで、捕まっていましたから。路上や自宅で、いきなり銃殺されることすらありました。たいていは密告した人間もまた、別の人に密告されるのですが。国中がカオス状態だったんです。そんなわけで、軍事警察が家に乗り込んできました。わたしは殴られた末、近くの警察署に連行されてまた殴られました。わたしはじっと耐えるしかありませんでした。いたるところで、虐殺が繰り広げられていました。背中を銃で撃たれた学生の上に、兵士たちが両足をそろえて順番に飛び乗るんです……」

ハンセンはそこで言葉を切った。忌まわしい記憶がいっきによみがえり、息も絶え絶えなのだろう。ヴォロキンは精一杯穏やかな声でたずねた。

「それからどうなりました？」

ハンセンは少し間を置いたあと、単調な口調で続けた。

「《青蠅》と呼ばれていた国家情報局(DINA)の青いトラックに乗せられました。耳に濡れた綿を詰められ、顔には革のマスクを被せられ、どこに行くやらまったくわかりません。車は走り続けます。そのとき、おかしな考えが頭に浮かびました。そうそう、大事なことを言い忘れていました。わたしはチリ人民連合の一員だったわけではありません。社会主義を信奉していたわけでもない……わたしは単に放浪生活の運命をまっとうしただけです。ドラッグ三昧(ざんまい)、セックス三昧に瞑想を少々……こうして一九七〇年、わたしはカトマンズに流れ着きました。そこで出会ったチリ人たちが言うには、アジェンデ政権は極楽だそうです。ビート族が目ざす共同体の夢が実現されているって。そこで純粋な好奇心から、サンチアゴへ行ったんです。左翼革命運動(MIR)の政治集会にも参加しました……活動家の女の子を引っかけるためにね。だからわたしは、たいしたことは知りません。けれどもその日、車のなかで、わたしは自分に誓ったんです。何もしゃべるまいと。拷問や恐怖とは奇妙なものだ。本来の意味でも比喩的な意味でも、人を揺さぶる力です。その人の本性があらわれます。臆病者か勇敢か。ゲス野郎どもが必死になってわたしを苦しめようとしているのを見て、もう何もしゃべらないと決心しました。ヒーローになると。そんなことをしても、無意味だとしても。どうせこれまでずっと、たいしたことは何もしてこなかったのだから、最後くらい華々しく散るんだって」

そこでカスダンは口を挟んだ。

「どこに連れていかれたんですか？」

「わかりません。たぶんビジャ・グリマルディでしょう。サンチアゴにある拷問のための中心的施設です。もっともわたしには、距離の感覚も時間の感覚もなくなっていましたが。何も聞こえず、何も見えず、ときどきわけもなく殴られていたら、どんな尺度もあやふやになってしまいます……」

「そのとき、ゴーツと会ったのですか?」

「いいえ、その晩……まあ、その晩だと思いますが、まわりにいたのは軍人でした。殴られ、罵倒され、そのあとは水責めでした。何度も、繰り返し。冷水のこともあれば、熱いパラフィンのことも、糞尿のこともありました。それでもわたしはしゃべりませんでした。次にやつらは電気を使うことにしました。お笑いぐさですよ。だって明らかにやつらは、装置の使い方もわからないんですから。そこにフランス人があらわれました」

「フランス人?」

「ええ、フランス人だと思いますよ。当時、わたしはフランス語をしゃべれませんでしたが」

「フランス人がそこで何をしていたのですか?」

ハンセンは笑みを浮かべ、ワインをひと口飲んだ。顔に色が戻ってくる。

「容易に予想がつきましたよ。彼らはチリ人の指導をしていたんです。どうすれば装置が作動するのか、どうやって電気が通っている先端を押しつけるのかを教えていたんです。ポルトガル語で話す声も聞こえました。おそらく、ブラジルから来た《生徒》なんでしょう。そう、わたしはそんな研修のなかにいたんです……」

カスダンとヴォロキンは視線を交わした。フランス人というのは、おそらく軍人だろう。拷問の指導をするため、チリに派遣されたのだ。ピノチェトの軍事革命政権が反体制運動を打破するのを助ける教官たちってわけだ。もしフランスがクーデターの弾圧に関わっていたとしたら、ウィルヘルム・ゴーツを監視する理由は充分にある。ゴーツが過去のことを突然べらべらとしゃべりだして……。

ヴォロキンは話の続きをうながした。

「どのくらいの期間、そこにいたんですか？　その……施設に？」

「わかりません。気を失っては意識が戻りの繰り返しでした……そしてまた、どこかに連れていかれました。トラックに乗せられ、耳に綿を詰められ、革のマスクを被せられて。今度はとても長いこと走りました。少なくとも、まる一日くらいは。気づくと前とはまったく違う場所にいました。病院のようです。薬品の臭いがしましたから。けれどもそこは、おかしな病院でした。どうやら番犬がいるらしく、いたるところで吠える声が聞こえました」

「つまり治療のため、あなたをそこに運んだってことですか？」

「最初はわたしもそう思ったのですが、甘い考えでしたよ。実際は尋問が続きました……というか、正確には実験が……」

「実験？」

「言ってみれば、わたしはモルモットだったんです。わたしには白状すべき情報など何もないと、死刑執行人どもはとっくにわかっていました。けれどもわたしの肉体は、まだ利用価値がある。やつらはわたしの体を使って、苦痛の限界を試そうとしたんです」

カスダンは肘掛け椅子の上で、顔をしかめながら聞いていた。けたくそ悪い話だが、おれにも無縁じゃない。わかってる。ずっとわかっていた。チリ絡みのこの調査は、人間の下劣さをおれたちに見せつけるだろう。

「病院で、何をされたんですか？」とカスダンはたずねた。

「もう目隠しはされていませんでした。白い陶器の壁、消毒薬の臭い、器具がかちゃかちゃ鳴る音。わたしは疲労と苦痛で意識が朦朧としていましたが、恐怖はずんずん頭に響いてきます。わたしはもう死んでいるのだとわかっていました。つまりわたしは失踪者（デサパレシド）、もはやどんな記録にも存在しない人間なんだって。知ってますか？　国家情報局（DINA）は紙の記録をいっさい残さないんです。痕跡をたどれなければ、真実はつかめません。すべてを消し去って……」

　ヴォロキンはさりげなく、話をもとに戻した。

「ハンセンさん、病院で何があったんですか？」

「医者たちがやって来ました。彼らは外科手術用のマスクをつけていました」

「で、写真の男ゴーッは？　彼もそこにいたと？」

「ええ、そこであの男が登場しました。彼は白衣も着ていなければ、マスクもつけていませんでした。黒い服を着て、司祭のようでした。外科医のひとりが名前を呼んで、彼に声をかけました。そのとき発した言葉があまりに異様だったので、頭にこびりついています……」

「なんて言ったんですか？」

「コンサートの準備はできているって」

「コンサート？」

「ええ、彼はそう言ったんです。そして実際に、コンサートが始まりました。数分後、医者たちが器具を選んでいると、声が聞こえました……子供たちの声が。悪夢のなかに響くみたいな、鈍い微かな声でした……」

「その子供たちは、何を歌っていたんです?」

「当時、わたしはクラシック音楽をよく聴いていましたから、すぐにわかりました。それはグレゴリオ・アレグリの『ミゼレーレ』でした。とても有名なアカペラの合唱曲です……」

モザイクの一端が明らかになってきた。どんな忌まわしい趣味からなのか、チリ人たちは聖歌隊の歌を聞きながらモルモットに手術を施していたのだ。

ハンセンは内心の思いを声にして、こう続けた。

「音楽好きの死刑執行人……と聞いて、なにか思い出しませんか? もちろんナチスですよ! 音楽は彼らの忌まわしいシステムの中心にありました。結局のところ、それもこれも驚くにはあたりませんがね」

「どうして?」

「わたしの前にあらわれた医者は、ドイツ人でしたから。お互い同士はドイツ語で話してました」

かつての悪夢がよみがえり、同じ恐怖の構図を描き出している。ナチズム。南米の独裁者。その二つが結びついても、なんら不思議じゃない。

カスダンは少し迷った末、いちばん重要な質問をした。

「医者たちはあなたに何をしたんですか?」

「できればその話はしたくないですが。傷つけられ、切り刻まれ、手術を施されました……もちろん麻酔なしで。わたしは名づけようのない地獄を体験したんです。今でも耳の奥に、子供たちの歌声が聞こえるようですよ。手術器具の音やわたしのうめき声に混じって。わたしの全身いたるところに、激痛が炸裂しました」

そこでハンセンは言葉を切った。カスダンとヴォロキンは彼の沈黙を尊重した。二つの暗い目は、今にも飛び出しそうだ。カスダンは思いきって、最後まで話すよう促した。

「どうやってそこから抜け出したんですか？」

ハンセンはびくっとした。やがて笑みがじわじわと口もとに戻った。

「そこからなんですよ、わたしの話が面白くなるのは……つまり、本当に真に独自の味わいを醸すのは。今度は全身麻酔をかける、と医者は言いました」

「あなたがもう痛がらずにすむように？」

ハンセンはぷっと吹き出して、グラスを空けた。

「まさか、やつらがそんなこと考えるもんですか。ただわたしを相手に、ちょっとしたゲームをしかけようとしたんです」

「ゲーム？」

「外科医たちはわたしの上に身を乗り出し、助かるチャンスがあると言いました。正解を答えればいいのだと……これからおまえに手術をする、体の器官をひとつ切除したら、麻酔が切れるのを待つ。目を覚ましたら痛みが戻っているはずだから、どの器官を切り取られたのかあてろ。見事あてたら、命だけは助けてやる。間違えたら別の器官を切除するが、今度は麻酔なしでおまえが死ぬまで続けるって」

小さな居間に沈黙が続いた。永久凍土層みたいに凍りついた沈黙が。カスダンもヴォロキンも、あえてそれ以上たずねなかった。

ようやくハンセンが先を続けた。

「今でも覚えています。夢で見たことのように……わたしは子供たちの歌声を聞きながら、静かな眠りにつきました。一種のトランス状態にあったのでしょう、頭の奥底にさまざまなイメージが浮かびました。褐色の腎臓、黒い肝臓、血だらけの睾丸……あいつら、何を奪い取るつもりなんだ？　痛みのもとを、無事言い当てられるだろうか？」

ハンセンはそこでまた言葉を切った。カスダンとヴォロキンは息を呑んで、話の結末を待った。

「結局のところ」とハンセンは囁くように言った。「わたしはついてました。どの器官を切り取られたのか――正確に言うなら二か所なんですが――簡単にわかりましたから」

ハンセンは顔の両側に垂れ下がる髪を、さっと手で払った。

左右の耳があるべき場所には、鉄条網を思わせるぎざぎざの傷痕が残っているだけだった。

カスダンは無理してじっと見つめたが、ヴォロキンは目をそむけた。

ハンセンはこもった声でこう締めくくった。

「いくらノックをしてもわたしが答えなかったからって、驚くにはあたりません。あなたがたがドアを押したとき、初めて気づいたんです。ドアが動くのが見えたんでね。あなたがたがなかに入ってきてからは、唇を読んでます。結局わたしが人生で最後に聞いたもの、それは子供たちが歌う『ミゼレーレ』だったんです」

35

「もしもし、アルノー？　カスダンだが」

「クリスマスの挨拶か？」

「いや、ちょっと調べてもらいたい」

「みんな引退の歳なんだぞ。おまえだってわかってるだろ？」

「七〇年代、チリへ拷問の指導に出かけたフランス人がいたんだが、何か心当たりはないか？」

「いいや」

　ジャン＝ピエール・アルノーの声は車のなかにがんがん響いた。ヴォロキンは黙ってそれを聞きながら、小さな四角いハシッシュを炙った。神秘の炎に照らされ、顔が輝いている。ナセルやオリヴィエ神父が殺されたからって、痛くも痒くもなかったが、ハンセンの話にはさすがに動揺を抑えきれなかった。

「確かめてくれないか？」

「おれは八年前に仕事を辞めてる。おまえと同じようにな。それに今日はクリスマスの二日前で、子供たちの家にちょうど着いたところだ。というわけで、できることは何もない。おれにも、おまえにもな」

ジャン＝ピエール・アルノーは第三海兵歩兵落下傘連隊の連隊長だったが、八〇年代になって軍の情報部に入り、最後は武器取り扱いの教官としてキャリアを終えた。カスダンが彼と知り合ったのはそのころだ。オートマチック拳銃、セミオートマチック拳銃のメーカーが催す研修会に、二人ともよく参加していたから。

「調べてくれないか？」カスダンはなおも粘った。「かつての同僚に電話して、その手のフランス人専門家の名前を探り出してくれ」

「昔の話だからな、みんなもう死んでるさ」

「おれたちは生きてるじゃないか」

アルノーはぷっと吹き出した。

「確かにそのとおりだ。できるだけのことはしてみるが、クリスマスのあとになるぞ」

「いや、急いでるんだ」

「カスダン、おまえときたら、まったく絵に描いたようなデカだな？」

「弱い者いじめは趣味じゃないだろ？」

「しかたないな、明日電話する」

「すまん、これで……」

「これでひとつ貸しができたぞ」

「わかってるさ」

アルノーは笑って電話を切った。カスダンの態度をおかしがると同時に、あきれているのだろう。あいつめ、引退した老いぼれのくせして、現役ばりばりみたいな口を利きやがってと。

ヴォロキンが小声でたずねた。

「今夜、車を貸してくれませんか？」

カスダンは黙ったまま、ジョイントに火をつけるヴォロキンを見つめた。ヴォロキンは笑ってこう言い添えた。

「あんたがもっぱらこのボルボで移動しているのは、よくわかってますが」

「たいした用事もないけれどな。どうして車が要るんだ？」

「いくつか、確かめねばならないことがあるので」

「どんなことだ？」

「子供たちの線を、もうちょっと追いかけたいんです。それに歌声のこと、人喰い鬼（エル・オグロ）のことも。そこに大事な手がかりがあるはずだ。ゴーツは二十年前からパリで働いていました。彼に歌の指導を受けた者には、ひととおり当たったほうがいい。年長の人たちにも。いや、年長の人にこそ話を聞きたいな。きっと何か覚えていて、話してくれるでしょう」

カスダンはイグニッションキーをまわした。

「やるべきことはもっとある。政治絡みの線を、さらに追ってみないと。いずれにせよ、ゴーツの過去が事件に関わっている」

「すべてが結びついているんです。人殺しを厭わない子供たち、『ミゼレーレ』、チリの独裁者。殺された三人は、犯罪者でもあった。ぼくなりに調べてみるので、明日の朝まで猶予をください。フランスとチリの癒着にも、できるだけ早く切り込むと約束しますから」

カスダンはシャペル通りに入って、地下鉄の高架方面に向かった。

「オーケー」と彼は疲れきった口調で言った。「おれは降りるから車は好きに使え。でも、気をつけろよ。明日朝八時から、再び攻撃開始だ。クリスマスなのも、おれたちにとっちゃ都合がいい。殺人課の動きが、いつもより鈍くなるからな。でもやつらだって、立ち止まってるわけじゃない……」

「捜査のあとを継いだマルシュリエっていうのは、やり手なんですか?」

「なかなかね。とても野心家で、警察のなかじゃ踏み台（マルシュピエ）ってあだ名されている」

「仕事の進め方は?」

「こそこそとして陰険だな。眠ってる女房の目を覚まさせずに、セックスするようなタイプさ」

ヴォロキンは半分目をつむったまま、にやりとした。レピュブリック広場が見えるところまで来た。車の音。町の明かり。夜のパリは歓喜に沸いている。家に帰るのかと思うと、カスダンは気が滅入った。できればひと晩じゅう、若い狂犬といっしょに町をうろつきたかった。

彼はヴォルテール大通りのサン＝アンブロワーズ広場前で車を停めた。エンジンはかけっぱなしにしてある。

「この手の車に乗ったことはあるのか？　エンジンをかけるときは、かなり注意をしないと……」

「心配いりません。ぼくのことは忘れて。夜はぼくのものなんだから」

36

カスダンはブラックコーヒーを淹れ、アルフォールヴィルの後家さんが昼間、ドアマットの上に置いておいてくれたパフラヴァ（中近東、中央アジアなどで人気のある、パイに似たお菓子）を添えた。彼女のメッセージは読まなかった。甘いささやきを聞く気分じゃない。気楽な引退生活から道を踏みはずし、またしてもデカの皮、兵士の皮を被った。

彼は寝室に戻って、ベッドに寝そべった。コーヒーとお菓子をのせた銀のトレーは、アルメニア式のバックギャモン、《タヴラ》の大会で優勝した賞品だ。さっさと明かりを消して、寝てしまってもよかったが、ヴォロキンがまだがんばっている姿を思い浮かべると気力がよみがえった。ハンセンのところでは、彼の話に気圧（けお）されていろいろ聞きそびれてしまった。フランスに住んでいるほかの拷問人のこと、人道に対する罪を専門に扱っている弁護士のことなど。時間を無駄にした分を、取り戻さなくては。

カスダンは、ベッドの脇に積んであるチリ現代史の本を手に取った。そしてコーヒーで神経が昂ぶるのを感じながら、最初の一冊を開いた。

まずは当時の出来事をざっとさらってみる。社会主義政権は一九七〇年から七三年までの三年間続いた。そのあと、独裁政権が十七年間続く。軍事クーデターの時期について、シモン・バラスコはこう言っていた。「経済的な観点から見れば、チリはあの時代、崖っぷちに立たされていました」と。まったくそのとおりだ。労働者のストライキ、農民の反乱、食糧不足……アジェンデの社会主義体制は、チリを不況に陥れた。実はアメリカ合衆国が秘密裏に、失敗の糸を引いていたのだけれど。大統領の社会主義的政策をことごとくぶち壊し、組合をけしかけたり、世論を誘導したりして。さんざん邪魔をしたあげくに、ワシントンは飛び込み台にのこぎりを入れた。一九七一年、北アメリカはチリへの融資をストップした。あとはクーデターを後押しするため、軍部に金を出すだけだ。

それにしてもアメリカは、どうしてこんなに憎悪の炎を燃やしたのか？　ページをめくっていくと、その答えがわかった。アメリカ政府の目から見て、サルバドール・アジェンデは二つの点で間違っていた。ひとつは社会主義者だったというイデオロギー上の過ち。もうひとつは、銅の輸出を国営化しようとした経済的な過ち。銅は国の主要な資源だが、大部分がアメリカ企業のものになっていた。合衆国（アンクル・サム）政府は自分が盗んだものを取り返されたくなかったってわけだ。アメリカ合衆国の歴史は、銃を構えたホールドアップの連続だ。

一九七三年の夏。いよいよ勝負のときが来た。ストライキは次々に続いている。国は行きづまり、麻痺状態だった。緊急事態だ。サルバドール・アジェンデは国民投票を計画した。国民に対して新たな正当性を確保しようとしたけれど、その時間はなかった。一九七三年九月十一日、《祖国と自由》党のファシストたちは——社会主義者たちは《米帝のしもべ》と呼んでいて、黒い蜘蛛を模ったシンボルマークはナチの鉤十字を思わせた——人民政府を転覆した。

こうやって記憶を新たにするのも悪くない、とカスダンは思った。彼だってピノチェトのクーデターや大統領官邸襲撃、サルバドール・アジェンデの英雄的な死の話は人並みに聞いている。けれどもカスダンは、なによりもまず警察官だった。当時、この手の話はみんな左翼絡みだったし、彼にとって左翼とは、《トラブル》や《夢物語》、《やっかいごと》を意味していた。

カスダンはさらに本のページをめくった。軍の部隊は官邸を砲撃して、投降するようアジェンデに迫り、内閣の罷免を宣言した。アジェンデは皆の意見を聞き入れず、家族を避難させると自分は執務室にこもって鍵をかけ、フィデル・カストロにもらった銃を壁からはずした。現代人がその存在すら忘れている、純粋なヒロイズムから。

アジェンデの最期には、何か悲壮感にあふれ、胸を絞めつけるようなものがある。カスダンは有名なアジェンデの写真——死ぬ直前の写真——をしばらくじっと見つめた。タートルネックのセーターを着てヘルメットをはすに被り、古い銃を手にした小柄な口ひげの男。理想ために命を賭けた男。ラジオから呼びかけた最後の演説のなかで、アジェンデはこう言っている。「わたしは民衆に託された正義に命がけで報いる」と。「社会の前進を人殺しや暴力で止めることはできない。歴史はわれわれと共にある。歴史を作るのは民衆だ」とも。

カスダンは口を尖らせた。社会主義者っていうのは、勘違いもはなはだしい。それでも肝がすわった連中だってことを認めないと。だからこそカスダンは心の底で、彼ら理想を追いかける人々をすばらしいと思っているのだった。わかっている。彼らの大いなる夢は、決して死に絶えないだろう。それはさまざまな形をとってあらわれる理想、呼びかけなのだ。闘士たちによって数知れず繰り返された言葉が、それをいみじくも言いあらわしている。「ひとりの革命家が倒れても、そこにはつねに彼の武器を拾い上げる十の手がある」

抑圧の歴史に、さして興味はない。いつだって同じ残虐行為が繰り返されていくだけだ。数字、日付、殺戮。人類の歴史には、それが絶えず続いている。今日では、クーデターで　万人が殺されたとされている。ピノチェト体制が始まって十八か月で九万人が投獄され、十六万三千名のチリ人が亡命を余儀なくされた。さらには、総計三千名が行方不明者がいた。生きているのか死んだのかもわからない、煙のように消え失せた人々が。

サンチアゴのスタジアムで行なわれた拷問についても、カスダンはざっと目を通した。囚人たちはまずそこに集められ、さらに監獄や尋問センターに送られた。なかでも有名なのが、ビジャ・グリマルディだ。電気ショック、暴行、水責め。ありとあらゆる暴力行為が行なわれた。カスダンにもお馴染みのものばかりだ。

けれどもペーテル・ハンセンが連れていかれたという謎の施設については、まったく触れていなかった。音楽を愛好する悪夢のドイツ人外科医とは、いったい何者なんだろう？　囚人たちが麻酔もなしに手術されている傍らで、ウィルヘルム・ゴーツが少年聖歌隊の指揮をしていたのはどこなんだ？　死刑執行人たちに拷問テクニックの指導をするため、チリにやって来たフランスの軍人とは誰か？

それについて、手持ちの資料にはひと言の言及もなかった。拷問のプロらしいフランス人もナチの残党も、まったく足跡を残していない。本に出てくるのは《黒い手》とか《悪魔の人形》とか、おかしなあだ名がついた無知で粗暴な兵士たちだった。残忍非道な行ないを平然とやってのけることで知られた野卑な連中だ。

カスダンは瞼をこすった。午前二時。収穫は何もなしだ。ともかく、今追っている連続殺人の手がかりになるようなことは何もない。ドイツ出身の老チリ人たちが、邪魔な証人を消すために、子供の殺し屋をフランスに送り込んだとか？　荒唐無稽な三文小説のファンでもなけりゃ、そんな想像しやしないだろう。

馬鹿げてる。それではまだ、説明がつかないことだらけじゃないか。だったらどうしてオリヴィエ神父を殺したんだ？　連続殺人のなかでは、聖歌隊が大きな役割を演じているらしい。でも、それはどういうわけなんだ？　殺人の手口に儀式的なところがあるのはなぜか？　少年が行方不明になった事件と今回の殺人のあいだには、どんな結びつきがあるのか？

答えのないいくつもの疑問の前で、カスダンは立ちすくんだ。体に戦慄が走る。昨夜、闇のなかから聞こえた小さな声が、まだ耳に残っていた。**誰だ、そこにいるのは？**　妙に楽しげな声だった。笑っているような声。遊ぼうとしているような声……何を怖がっているんだ、おれは。急にヴォロキンに電話したくなったけれど、やめておいたほうがいいと思いなおした。

突然、携帯電話が鳴った。

「マンデズだ。ナセルの傷口から検出された金属成分の、正確な分析結果が出た。聞きたいか？」

「話してくれ」

「小さな鉄のかけらだ。黒い鉄。ナイフらしいが、古いものだな。少なくとも十九世紀に遡る。骨の小片も見つかった」

「骨だって？」

「ああ、ヤクという中央アジア産の野牛の骨だ。おそらく、ナイフの鞘（さや）のかけらだろう。何本か電話をかけて問い合わせたところ、チベットで使われていた儀式用のナイフらしい。悪霊や夜の恐怖を追い払うための、お守りみたいなものさ。要するに、またひとつわけのわからん事実が出てきたってことだな」

どういうことなんだ？　カスダンはくたくたで、それ以上考えられなかった。新たな手がかりが得られたからって限界だ。辻褄の合わない、奇妙な点が多すぎる。

検死医に礼を言って居間に戻った。もう何も考えまい。彼はマグカップのコーヒーを手に、窓際の肘掛け椅子に向かった。屋根裏部屋の窓は、サン＝タンブロワーズ教会に面している。

心を落ち着かせようとするものの、別の拷問、別の恐怖が脳裏によみがえってくる。それはカスダンもよく知っている恐怖だった。たとえ悪夢に脅かされようとも、自分自身の悪夢ならばしかたない。

目の前に深い森が浮かんだ。紅土の小道が一本、なかに抜けている。

カスダンは革の肘掛け椅子にそっとすわり、カメルーンに思いを馳せた。原初の光景に向けて。それがすべてを説明している。

37

電話の向こうには夜が続いている。

ヴォロキンはまずガザン通り十五―十七番に戻ってゴーツの音楽部屋を漁り、仕事に関する書類を見つけ出した。なかなか興味深い書類だった。聖歌隊のリストではなく、ゴーツが指揮した楽曲のリストになっている。そこにコンサートの日付、聖歌隊員の数、それに公演が行なわれた教会の名が並んでいた。

モーリス・デュリュフレの『聖歌（モテット）』、一九九七年、ノートルダム＝デ＝シャン教会。フランシス・プーランクの『アヴェ・ヴェルム・コルプス』、二〇〇〇年、サン＝テレーズ教会。サミュエル・バーバーの『アダージョ』、一九九五年、ノートルダム＝デュ＝ロゼール教会……リストは延々と続いている。ゴーツはCDもたくさん出していた。『ミゼレーレ』、一九八九年。『キリストの幼時』、一九九二年……。

糞の塊が山積みってわけか。ヴォロキンにはお馴染みの作品ばかりだった。考えただけで反吐が出る。彼は名前や日付に気持ちを集中させ、頭に鳴り響く音楽に耳をふさごうとした。ともかくゴーツは二十年弱のあいだに八つの聖歌隊の指揮を、それぞれ六、七年は行なってきた。

ヴォロキンは教区の名前をメモした。そのうち四つは、すでにわかっている教区だった。彼は一か所ずつ司祭館に電話した。

電話に出たのは八つのうち七つだった。司祭か聖具室係が、いぶかしげな寝ぼけ声で応答した。これからそちらに向かうので、書類を用意しておくようにとヴォロキンは言った。ふざけているんじゃない、これは三人が殺された連続殺人事件の捜査なのだと。

ヴォロキンはカスダンのボロ車でパリの町を飛ばして次々に聖具室を訪れ、聖歌隊の書類を調べた。資料はたいていきちんと保管されていて、ゴーツが指導した聖歌隊の少年や、保護者の連絡先のリストは難なく見つかった。

ヴォロキンは端から電話した。真夜中なうえに、合法的な捜査ではない。彼は事件の担当者ではないのだから。十二月二十四日、日曜日の深夜に電話でひとをたたき起こしていいはずもない。けれどもすべては、開口一番どうはったりをかけるか次第だ。

ことはおおよそ、こんな具合に進んだ。

「青少年保護課のセドリック・ヴォロキン警部です」

「なんですって?」

「警察です。起きてください」

「ふざけているんですか?」

眠たそうな鼻声がそう言う。ヴォロキンは単刀直入にこう続ける。

「わたしの登録番号を言いましょうか？」

「でも、こんな時間ですよ」

「あなたの息子さんは一九九五年、ノートルダム＝デュ＝ロゼール教会の聖歌隊にいましたね？」

「ええ、まあ、そうですが……でも、どうして？」

「まだ、そちらで暮らしているんですか？」

「いえ……それが、何か？」

「今の連絡先を教えてください」

「何事なんです？」

「ご心配なく。当時、聖歌隊の指導をしていた人物に関わることですから」

「関わることって？」

「殺されたんです」

「でも、うちの息子は……」

この瞬間を逃さず、ヴォロキンは語調を強める。

「連絡先を教えなさい。それとも、護送車でお宅に乗り込みましょうか？」

こうしてたいていは、ものの一分で電話番号を聞き出せる。元聖歌隊員に電話をすると、またしてもごもごとした声で、要領を得ない答えが返ってくる。大人になった元少年たちは、何も覚えていなかった。

三つの教区に訪れ、四十本ほど電話をかけたところで、午前二時まであいているクリシー広場のマクドナルドでひと休みし、英気を取り戻したあとようやく手ごたえを得た。五区のサン＝ジャック＝デュ＝オ＝パ教会でのことだった。

ヴォロキンは三時四十分、レジス・マゾワイエの両親宅に電話をした。父親はパリっ子らしい横柄な口調の工員で、しばらく粘ったあとにようやくこう言った。確かに息子はすばらしい歌声の持ち主で、一九八九年、サン＝ジェルマン＝アン＝レイのサン＝トゥスタッシュ教会で録音した『ミゼレーレ』のCDでソロを歌った。二十九歳になった今は、ジュヌヴィリエで自動車整備の店をやっていて、仕事場で寝起きしていると。

ヴォロキンは電話をかけて、びっくりした。ほんの二回コールしただけで、生き生きとした声が出たのだ。

「寝ていなかったんですか？」ヴォロキンはとっさにそうたずねた。

「早起きなんです。遅れている仕事もあるので」

ヴォロキンは名前を名乗って、質問にかかった。記憶が曖昧だというお決まりの答えが返ってくるだろうと思いきや、レジス・マゾワイエは細かな点までよく覚えていた。そうか、彼は歌の練習に熱中していたらしい。ゴーツの指揮でCDを作ったのが、人生最良の思い出なのだ。

マゾワイエはたずねた。

「ゴーツさんがどうかしたんですか？　何か問題でも？」

ヴォロキンはわざと陰気な声で事件のことを伝えた。沈黙が続く。マゾワイエの胸中で、二つの時が重なり合っているのだろう。感動的な過去とあらゆる憂鬱に終止符を打つ、恐ろしい暴力に満ちた現在とが。

「おれとゴーッさんは、とても親しい間柄でした」

「とてもっていうのは?」

マゾワイエは電話の向こうで、くすっと笑った。

「あなたが思っているような関係じゃありませんよ、警部さん。あなたがた警察官は、粗さがしばかりするからな……」

ヴォロキンはぐっと歯を食いしばった。この世のなか、ろくでもないことだらけじゃないかと言い返してやりたかったが、こうたずねるだけにした。

「で、どういう関係だったんです?」

「ゴーッさんはおれに、なんでも話してくれました」

「どうして?」

「しっかり面倒を見るつもりだったんでしょう。おれが歌い手としてもっと伸びると思っていたんです。でも、のんびりはしてられません。残された時間は長くない。おれはすでに十二歳でした。あと一、二年で変声期に入ってしまいます」

「ゴーッは不安そうだったと?」

「ええ、どちらかと言うと」

「一九八九年当時から?」

ヴォロキンはあてずっぽうで言ってみたが、驚いたことに図星だったらしい。

「ときには」とマゾワイエは続けた。「夜、二人だけで練習したこともありました。ゴーツさんが悩んでいるらしいのは、感じでわかりました。不安げな印象は今でも覚えています。それにゴーツさんが何を恐れていたのかも知ってます」

「話してください」

「ある晩のこと、おれはCD録音のために『ミゼレーレ』を練習していました。その日、ゴーツさんはいつにも増して苛立っている様子でした。教会の四隅を、絶えずちらちらと見ています。まるで何かがそこにあらわれるかのように」

「続けて」

「やがてゴーツさんはわっと泣きだしました。おれはびっくりしました。大人は泣いたりしないと、思い込んでいましたから」

「そのときゴーツは、何かあなたに話したんですね？」

「ええ、おかしなことを……子供が大人から聞かされたお伽噺（ときばなし）を信じるのはもっともだ、とゴーツさんは言いました。人喰い鬼だって、ときには現実に存在すると」

ヴォロキンは首の毛が逆立つの感じた。

「ゴーツは人喰い鬼（オーグル）の話をしたんですね？　もしかして、エル・オグロという言い方をしたのでは？」

「そうそう、ゴーツさんはスペイン語を使いました」

「あなたの住所は?」

「でも……」

「住所は?」

マゾワイエから住所を聞くと、ヴォロキンはこう言った。

「じゃあ、クロワッサンを持っていきますよ」

ヴォロキンはまだサン=ジャック=デュ=オ=パ教会にいた。聖具室係は先に寝てしまったが、帰りはあけっぱなしにしてある脇のドアから出ていくようにと言っていた。

ここを立ち去る前に、もうひとつ確かめておきたいことがあった。さっきから、何かが胸に引っかかっている。ヴォロキンはタリファで働いているスペイン人警官の携帯番号をプッシュした。フランス語が話せる男で、いっしょに仕事をしたことがある。密入国したアフリカ人の子供を使って反吐が出るような映画を作っている、くそったれな小児性愛者の事件だった。

「ホセか?」

「なんだ?」

「ヴォロキンだ。起きてくれ。急ぎの仕事中なんだが」

相手の男は咳払いをして、まだぼんやりしている頭の奥から片言のフランス語を拾い上げた。

「どうしたんだ?」

「ひとつ教えてほしいんだ。スペイン語の言葉のことで」

「言葉って?」

「エル・オルゴ。これはどういう意味なんだ？」

「フランス語の人喰い鬼(オーグル)と同じだ」

「それだけか？」

スペイン人警官は考えているらしい。ヴォロキンはその様子を想像した。薄暗い部屋で頭をはっきりさせようと、眠気をふり払っている様子を。

「厳密に言えば、もう少し細かな意味があるかな」

「どんな？」

「エル・オルゴっていうのは、フランス語のクロック＝ミテーヌにあたる。英語ならブギーマン、つまり子供を取って食う妖怪だ」

「子供が眠っているあいだにさらいに来る？」

「そうだ」

「ありがとう、ホセ」

ヴォロキンは電話を切り、ショルダーバッグにメモ帳を突っ込んで上着を着た。教会を出ようとしたところで、身廊の端の入り口近くでかたっと怪しい物音がした。

さっとあたりを見まわす。石造りの堂内を照らすのは、スタンドの電球ひとつ。あとは街灯の光が、ステンドグラス越しにうっすらと射し込むだけだ。あたりは静まり返り、衣ずれの音ひとつしない。けれども教会には、ほとんど聞こえないほど微かな音が満ちているような気がした。そこにいるのは誰だ？

今度は内陣の奥、祭壇のほうから物音が聞こえた。ヴォロキンは円柱の台座にのぼって、ずらりと並んだ椅子を眺めた。

何も見えなかったけれど、間違いない。

誰かいる。しかも、何人も。

とそのとき、短刀のように先が細くなった影が、バラ窓のわずかな明かりを遮って中央通路に伸びた。それは頭に小さな帽子を被った人影だった。いや、ヘルメットかもしれない。

たちまち、すべてが消え去った。反対側の祭壇近くから、何かがこすれる音がした。ふり返ると、パイプオルガンの角と円柱のあいだに逃げ去る人影が見えた。背丈はせいぜい百四十センチくらい。緑色の帽子を被っている。ちくしょう、なんなんだ、これは？ ヴォロキンはヤクが切れるときのような感じがした。

しんと静まり返ったなかで、一分が過ぎた。夢を見たのだろうかと思い始めたとき、ふくみ笑いが聞こえた。あっちからも、こっちからも、次々にいろいろな笑い声が……飛びまわる鬼火が声をあげているみたいに。

ヴォロキンは恐怖で凍りつく血流のなかに、奇妙な熱っぽさを感じた。口もとに思わず笑みが浮かぶ。「そこにいるんだな……」と彼は、絞り出すような声でつぶやいた。

そして小鳥に話しかけるアッシジの聖フランシスコさながら、両腕を広げた。

次の瞬間、ヴォロキンは再びパニックに襲われ、現実に引き戻された。やつらと対峙してしまったら、もうチャンスはない。そんな確信が脳裏にくっきりと浮かんだ。

聖具室係があけっぱなしにしたドアは、ほんの数メートル先だ。パイプオルガンの下で、かちっという音がした。それを合図に、ヴォロキンは脇に三歩動き、ドアをめがけて突進し、聖遺物泥棒みたいに姿を消した。

38

ラ・デファンス、ナンテール＝パルク、ナンテール＝ユニヴェルシテ……。

ヴォロキンは高速道路に乗って車を飛ばした。郊外に広がる灰色の平野を、カッターで切り裂くように抜ける高速道路。彼にはお馴染みのルートだ。エピネ＝シュール＝セーヌの児童養護施設で世話になったニコル先生に会いに行くときは、毎回この道を通る。けれども会いに行くのは、いつも気が進まなかった。あの老婦人を慕っているわけじゃない。家族の代用品に愛情は不要だ。おれに肉親はいない。これまでもずっといなかった。そこに嘘をでっち上げてはいけないんだ。ヴォロキンはタフでいたかった。それにある意味、純粋でいたい。正真正銘、天涯孤独の孤児（みなしご）。係累も過去もない孤児（みなしご）。

こんな思いを振り払おうと、ヴォロキンはラジオをつけた。フランス・アンフォでは、オリヴィエ神父が殺された事件について、延々と繰り返し報じていた。クリスマス・イヴ直前に司祭が教会で殺されるなんて、前代未聞だろう。ヴォロキンはニュースを聞いてほっとした。ゴーツ殺しについても、ナセル殺しについてもまったく触れていない。今のところマスコミの関心は、オリヴィエ神父ことアラン・マヌリーの過去に集中し、彼が二〇〇〇年と二〇〇三年に起こした性加害事件の検証をしている。記者連中はずいぶん早く、司祭の秘密を嗅ぎつけたものだ。それもそのはず、匿名の電話をかけてたれ込んだのは、ヴォロキン自身だったのだから。いずれマスコミに追いまわされたら面倒なので、間違った手がかりを与えることにしたのだ。いずれにせよ、これは昔ながらの意味での小児性愛事件ではない。ヴォロキンも、今ではそう確信していた。

レジス・マゾワイエの指示は明快だった。《ジュヌヴィリエ港》出口から高速を下りたら高い煙突が見えるから、それをたよりに進んでいけば道に迷うことはない。自動車整備の作業場は、煙突の下に広がるカルデル団地の広場に隣接している。

カスダンの車にGPSがついているはずもない。そもそも最新技術の装置など、何もなかった。ヴォロキンは少し運転しているうちに、昔の感覚がよみがえってきた。八〇年代の車の感覚。ギヤを入れ替えるときのタッチとか、エンジンのうなり声とか、車内に立ち込めるレザーやグリースの臭いとか。感情豊かなこの古い車に、ヴォロキンはどこか心惹かれた。オンボロ車はまるでカスダン自身のようだ……。

ジュヌヴィリエ港で高速を降り、郊外の町をさらに進む。不快感をかき立てる、薄汚れた景色だった。団地や工場がえんえんと続く、金属と泥の色をした地区。地面の下から噴き出たかのように岩のかけらがごろごろして、岩石や金属が形作られるさまを物語る単調な世界が広がっている。血を流す小さな傷が、ときおり目についた。それは煉瓦造りの家や、赤い文字でスーパー《カジノ》とかスーパー《ショピ》とか書かれた看板だ。やがて灰色がすべてを包んだ。

フォンテーヌ通りに入った。商店やカフェがびっしりと立ち並ぶ幹線道路のひとつで、町のはずれまで延びている。広場や建物に挟まれて続く通りは、コンクリートの要塞を囲む活気に満ちた堀のようだった。ヴォロキンはあいたばかりのパン屋を見つけ――まだ朝の七時だった――新たにクロワッサンを買った。パリで買った分は、とっくに平らげてしまったから。

通りに沿って進むと、駐車場の一角に建つマゾワイエの自動車整備工場が見つかった。まだシャッターは降りたままだけれど、ドアの下から光が漏れている。

ヴォロキンは車を停め、金属製のシャッターをたたいた。パリを出る前に、あいたばかりの公衆浴場に寄ったので、ひげも剃ってこざっぱりとしている。宿無したちがみなりを整えるときに使う場所だ。

ほかにうまい方法も思いつかなかった。ともかく、アムロ通りの自宅に戻るのだけはやめておかないと。あそこには、ラリっていた記憶しかない。ヤクを打ちまくる自分の姿が影絵のように壁に浮かんで、またしても薬の誘惑に駆られるだろう……。

ヴォロキンはもう一度ノックした。シャワーを浴びたのは、悪夢を洗い流したかったからだった。教会で襲いかかってきたあの幻覚を、きれいさっぱり忘れたかった。おれは眠り込んでいたのだろうか？　夢を見ていたのか？

ようやくシャッターが上がった。

レジス・マゾワイエは身長が百九十センチもありそうな、広い肩幅をした巨漢だった。フリースの上に青い作業服をはおり、カールした黒い髪は絹のようにつやつやと輝いている。彼は挨拶がわりに、顔を耳までほころばせた。まるで冷たい水が吹きつけるような、若さにあふれた笑みだった。

「クロワッサンを持ってきてくれたんですよね。嬉しいな。さあ、入ってください。コーヒーを淹れてありますから」

半分上げたシャッターの下をくぐると、なかは昔風の整備工場だった。中央にピットが穿たれ、ダイヤや修理道具、昔風の小型車が並んでいる。フィアット500、ミニ・ローヴァー、オースティン……。

「人気があるのはこんな車ばかりなんでね」とマゾワイエは、作業場を横切りながら言った。「パリっ子は小さい車が好きなんです。どうかしてますよ」

マゾワイエは砂を入れたバケツに手を突っ込んだ。手にこびりついた油を落とすには、いちばんいいやり方なのだ。そういや盗んだ車を密売人仲間と手直ししてたころ、おれもこうしてたっけ、とヴォロキンは思った。

コーヒーメーカーが作業台の上で、十二ミリスパナやドライバーに囲まれぽこぽこと音を立てている。アラビカ・コーヒーのいい香りが、オイルやガソリンの臭いに混ざって漂ってきた。

マゾワイエはまだ両手をこすり合わせながら、ヴォロキンのほうに歩いてきた。

「あんたと電話で話したあと、よく考えてみました。そうしたら、あのころのことがすべて記憶によみがえってきたんです……わが栄光のときがね。おれは聖歌隊のソロ歌手のひとりでした。それはご存じですよね？　何度もコンサートをやって、おれはステージに立ちました。そりゃもう、両親も自慢に思って……ＣＤを聞きますか？　ここにありますから……」

聖歌隊の歌を聴くと思っただけで、ヴォロキンは恐怖で身がすくんだ。

「いや、けっこう。残念ながら、時間がないので……」

マゾワイエはがっかりしたらしく、重々しい口調で続けた。

「それにしても、とんでもない事件だ……ゴーツさんはどんなふうに殺されたんです？」

多少のことは説明しなければならない。どうやら錐のようなもので鼓膜を突き破られたらしい、とだけヴォロキンは言っておいた。けれども凶器に関する謎や被害者の痛みについては、まったく触れなかった。ゴーツ殺しが連続殺人事件の始まりだったことも。

マゾワイエは笑顔に戻って、マグカップにコーヒーを注いだ。彼の明るい表情を見て、ヴォロキンはほっとした。いつのまにか白いフェルトの手袋をはめていたのは、気になったけれど。

ヴォロキンはクロワッサンをつかんだ。まだ空腹が続いている。それは麻薬の禁断症状に特有の空腹感だった。血が飢えている。それを忘れるため、ひたすら食べるのだ。

「誰がそんなことをしたんでしょうね？」

マゾワイエも紙袋を漁って、金色をしたパンの先にかぶりついた。

ヴォロキンは共犯めいた口調で答えた。

「隠し立てはしませんが、捜査は行きづまっていましてね。だからこそ、わずかな手がかりにもすがろうと」

「おれが手がかりだと？」

「いえ。でも、さっき聞いた《エル・オグロ》の話が引っかかったので。実は前にも捜査のなかで、話題に出たんです。奇妙な言葉ですよね。いったいその裏に何が隠されているんだろう。ゴーツが怯えていたのは間違いない。おそらくその謎は、彼が殺されたことと結びついています……」

「おれの話をあんまり真剣に受け取らないでください。子供の記憶ですから」

ヴォロキンは巨大なジャッキの上に腰かけた。さっきよりずっと気分がよかった。この部屋は悪くない。温かみがあって、懐かしい屋根裏部屋みたいだ。山積みになったタイヤの向こうで、電気ストーブが熱気を放っている。

「ゴーツのことを話してください」とヴォロキンは言った。「聖歌隊の関わりとか、歌い手の声をどう捉えていたかとか。記憶の奥底を掘り返してみてほしいんです」

マゾワイエはすぐには答えなかった。記憶を手繰り寄せているのだろう。

「ゴーツさんは純粋性を追究していました」と彼はようやく口をひらいた。「彼は敬虔なキリスト教徒だったのだと思います」ヴォロキンは、ガザン通りの部屋に掛かっていた十字架を思い出した。「キリスト教的な禁欲、それが彼の目ざす道だったのでしょう。そのために、少年聖歌隊の指揮をしていたんです。彼は聖歌隊の雰囲気が好きでした。無垢なるものの凝縮が……」

「つまり……それが歌声によってなされると？」

「もちろんです。少年の声ほど純粋なものはありません。なぜなら、われわれの肉体もまた純粋だからです」

「続けてください」

「おれたちはまだ思春期前でした。性とは無縁で、欲望もまだはっきりとは芽生えていません。ゴーッはそこに惹かれたんでしょう。おれは歳がいってたので、ゴーッさんは男性が好きなんだとわかっていました。おれたちと接することで、彼は自分が同性愛者ってことを、穢れのように感じていたんだと思います。おれたちと接することで、自分の罪を洗い流そうとしていたんです。わかりますか？」

ヴォロキンはようやく気づいた。どうやらおれは、はなから思い違いをしていたらしい。ゴーッは大人の欲望で子供たちを汚していたのではない。事実はまったく逆だった。純粋無垢な子供たちの存在が、彼を浄化していたのだ。それにゴーッの胸につかえていたのは同性愛のことだけではない。彼にはチリ人やドイツ人の殺し屋どもに黙って手を貸し、何年間も拷問を続けてきた罪深い過去があるのだ……。

自動車整備士の声が耳に戻ってきた。なんだか夢見るような声だった。

「おれたちも、純粋無垢になれるのが嬉しかったんです……はっきり意識していたわけではないけれど、無意識だからこそ純粋なんです。みんな廊下では、ふざけてばかりでした。歌わなきゃいけないのかなんて、ぶうぶう言って。でもひとたび合唱が始まると」彼はぱちんと指を鳴らした。「……歌声は身廊に響きわたり、おれたちの澄みきった存在が浮かび上がるんです」

ヴォロキンは三つ目のクロワッサンにかぶりついた。マゾワイエはインテリタイプの自動車整備士らしい。彼は長ぜりふの最後にこうつぶやいた。

「ええ、おれたちは天使だった……でも、脅やかされた天使だったんです」

「脅やかされたって、誰に?」

「むしろ、何にというべきでしょう。声変わりにですよ。おれたちにはわかってました。こんな恵まれた状態は、いつまでも続かないって。いっときの魔法なんだって」

青い作業服の男は立ち上がり、もう一杯コーヒーを注いだ。

「その現象について、ずいぶん考えたものです。声変わりは思春期に起きます。思春期とは、性に目覚めるとき。ええ、おれたちは肉体が欲望を受け入れるのとともに、天使の声を失うんです。罪を犯すとともに。悪がおれたちのなかに広がるにつれ、声が変わっていく。思春期っていうのは、聖書の言葉で言うなら失楽園なんだ……」

ヴォロキンもカップを満たした。捜査は今、大事なところにさしかかった。それがはっきりと感じられる。彼は引き返して、まだジャッキに腰かけた。

「ゴーツはそう考えていたと?」

「もちろんです。彼はおれたちに声変わりが訪れるのを恐れていました。おれはよくゴーツさんのことを考えました。のちに、二十歳になったころ、彼の言葉が脳裏によみがえりました。そしていろいろ、わかったんです……」

マゾワイエは黙ってコーヒーを何口か飲んだ。彼の憂鬱が、まるでコーヒーの湯気と化したかのようにヴォロキンを包んだ。ヴォロキンはジョイントを吸いたくなった。でもそれは、さすがにまずいだろう。マゾワイエにも勧めれば、喜んで一服するに違いないけれど。

マゾワイエは遠い声でまた話し始めた。

「ゴーツさんの言葉やふるまいを誤解していたこともありました」

「どんな言葉やふるまいを？」

「そうですね、ゴーツさんが言った例の『人喰い鬼（オグロ）』についても……当時はそいつが歌の下手な子供たちをさらっていくんだと思いました。罰するために。でも最後に、わかりました。逆だってことが」

「逆？」

「ゴーツさんが言っていた人喰い鬼は、完璧な声に引き寄せられてくるんです。おれたちが完璧に歌えば歌うほど、さらわれる可能性は高くなる」

ヴォロキンは行方不明になったタンギー・ヴィーゼルとユゴー・モネスティエのことを考え、確信を強めた。少年たちは誘拐されたんだ。彼らの声のために。二人の声がどんなにすばらしかったのかを、確認してみなければ。彼らがすぐれた歌い手だったかどうか、知らねばならない。

「ゴーツさんはそんな不安を抱えながら、やっていたんだと思います。おれたちに練習をさせ、おれたちは上達していく。でもあんまりうまくなりすぎるのを恐れていた。だって完璧になったら、怪物を呼び寄せてしまうから……」

「うまく歌えるようになった手ごたえはありましたか?」

「あるわけないでしょう」彼はカップの底を見た。「そういうのって……理屈じゃないですから」

「続けてください」

「さっきもお話ししたコンサートが迫ってきました。おれはゴーツさんと二人で、『ミゼレーレ』の練習をしました。でも、間違えてばかりでした。有名なソロのラインでは、思いきり声を出しました。ご存じかどうかわかりませんが……」

「知ってます。ぼくも音楽をやってますから」

「それなら、話が早い。ともかくおれは、なかなかうまく歌えませんでした。ゴーツさんはもっと練習するように言いました。だんだん苛立ってきたようです。オルガンのある二階席に、しょっちゅう目をやっていました。まるで暗闇のなかに、誰かもうひとり潜んでいるかのように。おれの歌を聴きに来た人間がいるみたいにね。わかりますか?」

「なるほど」

「それにしても奇妙だったのは、ゴーツさんの態度です。一方ではおれの音程がはずれるのに苛立ちながら、他方ではどこかほっとしているようでした。おれにソロを任せられないってことになれば、そのほうが安心だっていうみたいに。まあすべて、今にして思うとってことなんですが」

ヴォロキンは想像してみた。歌声を喰らう人喰い鬼には、とりわけ好きな音があるんじゃないか。例えば、『ミゼレーレ』のメロディラインとか。

マゾワイエはヴォロキンが内心思っていたことを、声に出して言った。

「あの日、おれは間一髪、危険から逃れたんじゃないかって気がします。だからこそ、ゴーツさんは泣きだしたんじゃないかって。感極まったのもあるでしょう。けれど、うれし涙もあったんじゃないかって。おれはテストに合格せず、命拾いをした。でも皮肉なことに、そのあとおれたちは『ミゼレーレ』を録音して、そのときおれは完璧に歌えました。でも、危険はもう去っていたんです……」

ヴォロキンは今の話を、頭の奥にしまった。人喰い鬼（エル・オグロ）は実在する。聖歌隊の指揮者ヴィルヘルム・ゴーツは、その獲物を狩り出す役なんだ。

少し間を置いて、自動車整備士は続けた。

「それと関係があるかどうかはわかりませんが、翌年ジャケの事件がありました」

「事件？」

「ニコラ・ジャケです。合唱隊の一員で、一九九〇年に行方不明になった少年です」

「なんですって？」

「結局、見つかりませんでした。警官がやって来たこと、捜査のこと、恐ろしかったこと。今でもよく覚えています。当時は両親も、もっぱらその話ばかりしていました」

なんてことだ。ヴォロキンは自分を罵倒した。聖歌隊で歌っていた少年たちのなかに、人喰い鬼（エル・オグロ）について知っている者がいるのではないか。ひと晩じゅう、それぱかり追っていて、肝心なことを忘れていた。ほかの聖歌隊にも行方不明者がいないか、確かめることを。

「詳しく話してください」と彼は言った。

「話すことは何もありません。ある日、ジャケがいなくなったという噂が流れました。それ以来、彼の姿を見た者はいません。おれが知っているのはそれだけです。ジャケはおれと同じ十三歳でした。警察は家出したんだろうと思っていたようです」

「彼は歌がうまかった?」

「抜群でした。『ミゼレーレ』でドの音まで高い声を出さねばならないときも、音程をはずすことはありませんでした。けれども録音の日は、声がかれていました。それでおれがソロのパートを歌ったんです。いつもなら、聖歌隊の花形ソプラノは彼でした。当時、彼が行方不明になったと知ったとき、おれは漠然と思いました。ああ、人喰い鬼に連れていかれたんだなって……彼と、彼の声は……翌年、おれは声変わりをし、聖歌隊に通わなくなりました。そして不安も消えてなくなりました」

ヴォロキンはいっきにカップを空けた。コーヒーはまだ温かったけれど、彼には冷たく感じられた。ジャケのことを考えた。思春期を前にして、姿を消した少年のことを。タンギー・ヴィーゼルやユゴー・モネスティエのことも考えた。彼らに何があったんだろう?

ヴォロキンは目を上げた。マゾワイエはまだ話している。姿は見えているけれど、赤いヴェールがかかっていて声はもう聞こえなかった。彼はフェルトの手袋をはめた手に目を落とし、なんとか気を取り直そうとそこに話を持っていった。

「どうして手袋を?」

マゾワイエは自分の手を眺めた。

「昔からの習慣というか……プラスティックにアレルギーがあるので。エンジンやスパナを扱う細かな作業を終えたら、すぐに手袋をはめることにしているんです。触るものが、いちいち何でできているのか考えなくて済みますから」

その瞬間、ヴォロキンはマゾワイエが嘘をついていると確信した。

けれどもこの砂粒ひとつで、彼の証言すべてが疑わしく思えてきた。

話はここまでだというように、レジス・マゾワイエは青い作業服のファスナーを閉めた。

「つかみどころのない話ばかりだとお思いでしょうが」

「いや、ひさしぶりに、とてもよくわかる話でしたよ」

39

そろそろ朝食の手順も定まってきたようだ。

ヴォロキンがクロワッサンを買ってきて、カスダンがコーヒーを準備する。

そして相棒同士、前夜の成果を報告し合う。

ヴォロキンは九時ごろ呼び鈴を鳴らし、カスダンを起こした。これも手順のひとつになっている。老アルメニア人は午前三時ちょうど、肘掛け椅子にすわり込み、思い出に包まれて眠り込んだ。奇妙な訪問者もなかったし、歴史の本を読み返しもしなかった。埃にまみれた愚かな老人のように、ただまどろんでいる。夢を見たことも覚えていなかった。真っ黒な穴。それも悪くない。

カスダンが食卓の準備をし、コーヒーメーカーをセットしているあいだに、ヴォロキンは昨夜の出来事をざっと語った。話の中心は、元聖歌隊員の自動車整備士レジス・マゾワイエのことだった。その名前を聞いて、カスダンははっと思い出した。最初の晩、ゴーツの部屋で聞いた圧倒的な声の主。心に働きかける磁石みたいに、つらい思い出を引き寄せた少年だ。

レジス・マゾワイエもまた、人喰い鬼（エル・オグロ）の話をしていた。それにウィルヘルム・ゴーツの身近に、もうひとり行方不明になった少年がいたことも。ニコラ・ジャケ、当時十三歳。一九九〇年のことだ。

ヴォロキンはこの証言をもとに、啞然とするような仮説を立てた。ゴーツは美しい声を喰らって生きている怪物のために、並はずれた美声の持ち主を探し出す役目を負っていたのではないか？　タンギー・ヴィーゼルとユゴー・モネスティエも澄みきった声をしていたのを、ヴォロキンはすでに確かめていた。

殺人事件に関するヴォロキンの推理は、さらにとてつもないものだった。

「あれは復讐です。美声を集めるシステムに、子供たちが反旗を翻（ひるがえ）した。彼らは誘拐事件に関わっていた者たちを、順番に消しているんです。オリヴィエ神父だって、獲物を見つける

《勢子(せこ)》だったかもしれません。午前中のうちに、ほかにも行方不明者がいないか調べてみます。サン＝トーギュスタン教会や……」

「まずはおれといっしょにひと休みしろ」

「どうして？」

「コーヒーは？」

「いただきます」

カスダンは二つのカップにコーヒーを注ぎ、浴室に行ってクスリの箱をつかんだ。精神安定剤と抗鬱剤だ。九時半。大丈夫だろうか？　薬を飲む時間が、いつもより遅れてしまった。少しでも間が空いたら、薬の効果が薄れるのではないかと不安だった。彼はコップに水を汲み、錠剤といっしょに持っていった。ヴォロキンのことは、言えないな。ひとにはそれぞれ、必要な薬がある。

居間に戻ると、ヴォロキンはもうクロワッサンを二個、平らげていた。

「返事を聞いてませんが。今日のプランは？」

「まずはアルノー連隊長だ。今朝、電話があったらしいが、寝てて気づかなかった。何かつかんだに違いない」

カスダンはそう言ってアルノーの電話番号をプッシュし、ヴォロキンにも会話が聞こえるよう電話機をハンズフリー通話にした。三回コール音がしたあと、軍隊ラッパみたいな声が響いた。

「カスダンだ。電話をくれたらしいが、何かわかったのか?」

「ああ、いろいろとな。夜中までかかっちまった。おまえ、とんでもないことに関わってるぞ」

カスダンとヴォロキンは目を見合わせた。アルノーは話を続けた。

「歴史の授業はすっとばすが、いくつか大事な年号を頭に入れといてくれ。一九七三年、チリで軍事独裁政権が樹立された。アルゼンチンでは一九六六年から、ブラジルでは六四年から、パラグアイでは五四年から独裁体制が続いていたし、軍部はボリビアで一九七三年から、ウルグアイで七一年から幅を利かせていた。これら六か国は、《テロリスト》を追いつめるため協力し合うことにした。どこに隠れようが容赦しない。こうして南アメリカやヨーロッパの国々に潜んでいる敵対者が、徹底的に狩り出された。それが《国家の安全》の決まりっていうわけさ」

そこでカスダンは口を挟んだ。

「コンドル作戦だな」

「そのとおり。六か国の秘密合意は一九七五年、サンチアゴで調印された。会議の席で各国の代表団は、弾圧に効果的な方法をそれぞれ披露した。アイディアは共有され、研修や訓練が催された。軍服連中の顔が思い浮かぶよ。報いは受けてしかるべきさ」

「フランス人将校について調べるよう頼んだはずだが」

「わかってるさ。左翼の反政府主義者を外国の領土で捕まえるのは、そもそも不法な活動だ。そう簡単にできることじゃない。それに独裁者は単に彼らを抹殺するのではなく、口を割らせようとしていた。となると拉致、監禁、拷問といった手段が必要になる。しかし軍事独裁政権には、そうした任務を遂行する準備がない。だからアドバイザーが必要だったんだ。エキスパートがね。同盟国のアメリカに助力を求めたと思うかもしれないが、なぜか彼らはヨーロッパに話を持ちかけた。

拷問について南アメリカは、いちばんすぐれた国に依頼した。つまり、われわれさ。その分野でフランスはアルジェリア相手に、最新の実験成果を有していたからな。この協力関係には、ほかにも理由があった。秘密軍事組織（OAS）にいた連中が、現地に飛んだんだ。南アメリカに逃げたってわけだ。ブエノスアイレスではフランスの軍事ミッションが恒常的に行なわれていたから、アルゼンチンのグループにもアドバイザーが供給された。ポール・オーサレス将軍が陸軍駐在武官として、ブラジルにいたことはもちろんだが。一九七四年からはフランス軍と国土監視局（DST）により、チリでそうした研修が催されている」

「拷問の研修が？」

「それが歴史の真実だ。このスキャンダルを解明するため、調査委員会を設置すべきだと、のちにフランスの議会で請求が出されたけれど、二〇〇三年に却下された。翌年、当時の外務大臣ドミニク・ド・ヴィルパンが、フランスとラテンアメリカの独裁政権との協力をあらためて否定した」

「で、代表団にいたフランス人将校の名前はわかったのか？」

「三人の名前がわかった。苦労したけどな。フランス外交政策の最盛期とは言えないし」

ヴォロキンはメモ帳をつかんだ。

「名前を言ってくれ」

「三人とも、当時は大佐だった。アルジェリア相手に戦ったやつらさ。ひとりははっきり正体がつかめた。ピエール・コンド＝マリ。一九八〇年代に将軍になっている。一九九八年に引退して、マルヌ＝ラ＝コケットの高台に住んでいる」

「住所を教えてくれ」

アルノーは住所を言ってから、こうつけ加えた。

「押しかけるつもりなら、しかるべき理由を用意しておいたほうがいいぞ」

「三件の殺人。それで充分だろうが？」

「おまえを捜査責任者に指定する司法共助の依頼って意味だ」

カスダンが返事に窮したものだから、アルノーは大笑いした。

「やばいところに足を突っ込まないよう気をつけろよ、カスダン。あのじいさんは顔が広い。数えきれないくらいたくさんの政権で、生き延びてきたんだ。キャリアの最後には、軍事教育の重要部門を率いていた。筋金入りの軍人だ」

「あとの二人は？」

「名前しかわからないが、おそらくもう死んでるだろう。フランソワ・ラ・ブリュイエール将軍と、シャルル・ピー元大佐。ラ・ブリュイエールはもし生きていれば、かなりの歳になる。あちこちの植民地を渡り歩いた猛者だ。インドシナに始まり、アルジェリア、ジブチ、ニューカレドニアってね……ピーはもっと年下のはずだが、残忍で知られている。アルジェリアでは、凄腕を発揮したらしい。彼に比べれば、オーサレスも林間学校の指導員レベルだとか」

「そいつらについて、もっと調べられるか？　関連する資料がどこかに保存されているはずだ」

カスダンは思わず大声になった。あの時代のことを考えると、胸糞が悪くなる。アルノーは静かに答えた。

「まあ、落ち着け。国防省は人名録じゃない。それに今日は、十二月二十四日だぞ」

「急いでるんだ、アルノー。さもなきゃ、あんたにこんな無理は……」

「そりゃそうだが。おまえも変わらないな。オーストリア軍を破ったナポレオンみたいに、いつだって後先考えずアルコレ橋にまっしぐらだ」

カスダンが笑みを取り戻した。

「すまない、アルノー。いい仕事をしてくれた」

「クリスマスプレゼント代わりさ」

電話を切ると、沈黙が続いた。カスダンはコーヒーカップを空けて、口を開いた。

「天使が通った……」

「会話が途切れたとき、ロシアじゃこう言うんです。『警官が生まれた』って」

「そりゃいいな」カスダンはぱんと手を打った。「さて、その将軍に会いに行かねば。ゴーツはそいつらが隠しておきたいことを、何か知っていたんだろう。それが明らかになったら、古きよき軍隊がひっくり返るようなことを……」

「でも、ほら、ハンセンの話によると、ゴーツがチリのどこか奥地にあらわれたときいっしょにいたのは、ドイツ人だったんですよ。拷問に詳しいフランス人ではありません。ゴーツと三人の将軍は無関係なのでは？」

「だったらこっちからも言わせてもらうが、警察はゴーツを盗聴していた。それに国土監視局（DST）も今回の殺人事件にえらく関心を持っているらしい。辻褄が合わないように見えても、何か理屈があるはずだ。その謎をおれたちの手で解きほぐすのさ」

ヴォロキンはもう一杯コーヒーを注いだ。カスダンは彼がシャワーを浴びてひげを剃り、髪も整えているのに気づいた。

「どこで寝たんだ？」とカスダンはたずねた。

「寝てません」

「それじゃあ、シャワーは？」

「よく行く公衆浴場で」

カスダンの表情を見て、ヴォロキンはにっこりした。

「ジャンキーっていうのはみんな、心は宿無しなんです」

電話が鳴った。カスダンはさっとスピーカーをオンにした。もう相棒に秘密はいらない。かけてきたのは鑑識課のピュイフェラだった。

「つきがまわってきたようですね。ほかにも成果がありましたよ」

「どんな？」

「国家憲兵隊犯罪研究所(IRCGN)で調べてもらった靴の跡です。ようやく分析が終わりました。時間はかかりましたが、その分驚くべき結果が出ましたよ」

「スニーカーの跡じゃなかったのか?」

「ええ、まったく違いました。靴底の柄に罠があったんです。靴跡の見方を逆にすべきでした。窪んだ筋目だと思っていた部分が、本当は突起だったんです。その形というのが……」

「さっさと言ってくれ。どんな靴の跡なんだ?」

「ドイツ製でとても古い、第二次大戦中の靴です」

「まさか」

「それだけじゃありません。なにせ調べた男は、やたらと靴に詳しいんでね。おまけに歴史にも通じていて、履いている靴を通して戦闘の成り行きを読み取れるなんて豪語しているくらいです。そこのところは飛ばしますが……」

「ああ、それはいいから」

「彼によると、とても特殊な靴だとか。バイエルン州エーバースベルク地方で戦争中に作られていた、子供たち向けの靴です。ある種の子供たち向けの」

「というと?」

「生命の泉(レーベンスボルン)で使われていた靴です。純粋な人種を作るという馬鹿げた夢のためにアーリア系の子供を生ませていた、ナチ親衛隊の人間飼育所です」

「まさか、そんな」とカスダンはつぶやいた。

「鑑定結果に間違いありません。現場にあった靴の跡と見本を比較したそうです。のちほど写真も送ってくれます」

「またあとで電話する。驚きが冷めるのを、しばらく待たないと」

「それより、こんな事件にもう関わらないほうがいいですよ。家族といっしょに牡蠣(かき)でも食べてることです」

「そうかもな。ありがとう。いいクリスマスを」

カスダンもヴォロキンも、はっきり感じ取っていた。この事件は大嵐みたいなものだ。今、おれたちは目のなかにいる。嵐が過ぎ去るまで、立ち止まる方法はない。上から降り注ぐ手がかりも、ますます常軌を逸したものばかりで、とうてい理屈ではとらえられない。

カスダンはハンズフリー通話のまま、番号をプッシュした。

「誰にかけるんです?」

「ヴェルヌだ」

「もう事件を外れてるのに?」

「確かめたいことがある」

コール音が六回続いたあと、ヴェルヌ警部の声がキッチンに響いた。カスダンの声を聞いて、むっとしているようだ。とっくに気持ちを切り替えて、クリスマスの準備でもしてたんだろう。夜の食事会とか、子供にあげるプレゼントとか。

カスダンはざっと考えをまとめた。

「捜査の概要を教えてほしいんだ。ゴーツ、ナセル、オリヴィエ殺しについて」

「すべて殺人課に引き渡してしまいました」

「オフィスにコピーがあるだろ？」

「ここはオフィスじゃありません。一月三日まで休みをもらったので」

「よく聞いてくれ。きみがこの件から手を引いたのはわかってる。きみがもううんざりしているのもな。でもまだ二人、粘っている警官がいる。おれとヴォロキンだ。最後にもう一回、助けてくれないか？」

「何を知りたいんです？」

「犯人が子供なのは、ほぼ間違いない。十歳から十三歳の子供たちが、殺人を犯したんだ。四日間のうちに、三人が殺された。パリの違った地区で、別々の時間に。目撃者がまったくいないわけがない。間接的にせよ、誰かが何かを見ているはずだ。ほんの些細な手がかりでもいい。犯行現場に子供がいたことを証言できる者がいるはずだ」

電話の向こうで沈黙が続いた。太い眉の警部は、両手におもちゃを抱えているのかもしれない。その様子を想像すると気が滅入った。なのにおれは今、平気で次々に殺人を犯す子供の話をしている。

「ちょっと気になることがあって」ようやくヴェルヌは口をひらいた。「馬鹿げた話だったので、あまり注意を払わなかったのですが……」彼はそこで言葉を切った。スピーカーから息の音が聞こえる。「署に問い合わせてみるので、いったん切ります。すぐにかけ直しますから」

カスダンは電話を切った。ヴォロキンは空になったクロワッサンの皿を見つめている。カスダンは立ち上がって戸棚をあけ、アルメニア風ビスケットの袋をつかんでヴォロキンの前に置いた。ヴォロキンは狂犬みたいに手を突っ込み、あたりに屑をまき散らしながら黙ってがつがつと食べた。

電話が鳴った。カスダンは最初のコールが終わる前に受信ボタンを押した。

「やっぱりそうでした。報告書で読んだんです。昨晩、サン＝トーギュスタン教会付近の聞き込み捜査で、部下のひとりがおかしな証言を聞いたって。老人の話なんですが……少なくとも九十は越している老人で、モルソー地区の高台に住んでいます。サン＝トーギュスタン教会から五百メートルほどのところに」

「その老人が、何を見たんだ？」

「報告書によると、通りに面した窓をあけて夕食の支度をしていたそうです。午後四時ですから、あり得るでしょうね」

「続けて」

「老人によると、子供たちが仮装舞踏会に行くのが見えたとか」

「どういうことだ？」

「みんな、バイエルン風の衣装を着てたっていうんです。革の半ズボンに大きなドタ靴、緑のフェルトの小さな帽子。老人は大戦中、バイエルンの農場で三年間過ごしたので、ひと目でどこの衣装かわかったのだとか」ヴェルヌはぷっと吹き出した。「『彼女にはいたるところに小人が見える』なんていう芝居がありましたが、『彼にはいたるところにドイツ人が見える』んでしょう」

カスダンは少しも笑わなかった。

「子供は何人だと言ってた？」

「三、四人でしょうが、はっきりはわかりません。老人はボケてるんだと思いますね」

「歩いて立ち去ったのか？」

「黒い四駆に乗っていったそうです」

「ありがとう、ヴェルヌ。調書をメールで送ってもらえるかな？」

「部下に言っておきます。でもほら、昼はどこも閉まってますから」

「わかってる。よいクリスマスを」

「まあ、がんばってください」

カスダンは電話を切ってヴォロキンと顔を見合わせた。お互い何も言わなくても、目の前に同じ光景が浮かんだ。緑色の帽子を被り、半ズボンとドイツ製の靴をはいた少年たちが、超自然の怪物さながらパリの町をうろついている。手にはキリストの冠の木を持った子供たちが。

言葉は交わさずとも、二人は同じひとつの結論に達した。

おれたちは戒(いまし)めの天使を追っている。

その天使はナチだ。

40

「あまりいい思い出ではないが」

ピエール・コンド＝マリは戦いにのぞむ将軍らしい威厳に満ちた姿勢で両手をうしろにまわし、書斎の窓の前に立っていた。けれども威厳はそこまで。将軍は太った禿げの小男だった。ひとつだけ特徴があるとすれば、顔色が真っ青なことだろう。血の気が失せた六十男は気絶寸前だ。

カスダンとヴォロキンはマルヌ＝ラ＝コケットの屋敷の呼び鈴を押したとき、会ってもらえないだろうと覚悟した。ちょうど日曜日だったので、将軍の家には家族が集まっていた。子供たちが椅子に乗ってクリスマスツリーの飾りつけをしているのが、窓越しに見えた。居間に丸いヤドリギの飾り物をしてしている女は子供たちの母親で、将軍の娘か義理の娘だろう。最悪のタイミングだ。

それでも執事――というのはスエットシャツにジーンズ姿の、がっちりしたフィリピン人だが――二人を控えの間に通し、《たんなさま(ミシュー)》に知らせるため二階に上がった。

数分後、将軍は二人を迎えた。帆布地のズボン、白いポロシャツ。その上にマリンブルーのVネックセーターを着て、ドックサイドのデッキシューズをはいている。歩兵隊の戦闘に赴くというより、ヨットレースに出ようかという格好だ。

小男は両手をポケットに入れ、落ち着きはらってまずひとこと、こう言った。

「十分だけ時間を取ろう」

カスダンはまたしても、いっきにまくしたてた。どんな立場で事件と関わっているのかには触れずに、捜査の状況を説明した。話が終わると、コンド＝マリは二人をじっと見つめ、にやりと笑った。

「そういえばアルジェリア戦争のとき、現地補充兵が二人、民族解放戦線の捕虜になった。彼らは服を脱がされ、拷問されて釈放された。すると今度はフランス軍兵士が、彼らを反乱を起こした廉(かど)で逮捕した。監獄で彼らはほかの兵士から、脱走兵扱いされた。そして裁判のときはもう、どこの誰でもなくなっていた。アルジェリア人でもなければ、フランス人でもない。軍人でも、民間人でもなく、英雄でも裏切り者でもない」白い陶器のような顔に、にこやかな笑みが際立っている。「きみたちはあの二人を彷彿させるな」

「それはどうも」

「書斎に行こう」

彼らは二階に上がって——木製の広い階段は、壁に銃や刀剣が飾ってあった——大きな部屋に入った。斜めの天井に、黒い梁(はり)が何本も張りめぐらされている。コンド＝マリは窓の前に立った。訊かれずとも、話すつもりらしい。これから何をすべきか、わかっているのだ。告白しなければならない。おそらく彼はずっと昔から、こんなやさぐれ者の二人がやって来るのを待っていたのだろう。最後の審判を告げる二人の密使が来るのを。彼は今、義務を果たすことを受け入れた。クリスマスを迎える前の償（つぐな）いとして。

「あまりいい思い出ではないが」と彼は繰り返した。

　そしてためらわず話し始めた。

「つまるところあの時代、誰もが共産主義の浸透を恐れていたんだ。月面を歩くアメリカ人のでかい面のほうが、地球上をすべて国有化しようっていうソヴィエトよりましだったのさ。だからチリで軍事クーデターが起きたとき、誰も口を挟まなかった。恥ずかしいことにね。アメリカ人はチリを抑圧した。極右のクソどもに資金を出し、あらゆる手段を講じてアジェンデ体制の邪魔をした。こうして民主的に選ばれ、すぐれた人々によって率いられた体制は殺された」

　コンド＝マリがこんなふうに切り出したものだから、カスダンはびっくりした。長年の経験から言って、軍人が左翼に肩入れすることはめったにないと知っていたので。彼自身、サルバドール・アジェンデの人民政府がたどったはかない歴史を読み返したときは胸に迫るものがあった。あの時代、善悪の区別は明確だった。英雄がいるのは間違いなく、左翼の側だ。

「《祖国と自由》党の軍人たちは、クーデターの前からわれわれにすり寄ってきた。こっちは躊躇していられない。社会主義者のルートを閉ざさなくては。いずれにせよ、人民政府はもう持たないのはわかっていた。外交の基本はつねにひとつ。勝ち馬に乗るってことだ。できるだけ早く優勢な側につき、できる限り適正にことが進むように手を貸す」

　カスダンはそこで口を挟んだ。

「すみません。拷問の話は？」

コンド＝マリはまたポケットに手を入れた。背の低い男がもったいぶって見せる、芝居がかった動作だった。

「われわれはアルジェリアで、はっきりと理解したんだ。拷問が大きな武器になるってね。そりゃ、やって気持ちのいい仕事じゃない。しかし得られる結果の大きさが、心の迷いを払拭した。敵の脳味噌に入り込めれば怖いものなしだ。テロリズムの時代にあっても、それは変わらぬ真実だ」

沈黙が続いた。コンド＝マリは数歩歩いて、話を続けた。

「すべてはフランス大使館経由でやったことだ。われわれは軍事教練任務で、公式に派遣されていた。それは嘘じゃない。チリ軍は貧弱だったからね。兵士はもっぱら、無学な農民たちだった。鋤（すき）を銃に持ち換えただけの連中だ」

カスダンは念を押した。

「でもあなたは、拷問のためにそこへ行っていたんですよね？」

「ああ、メンバーは三名。わたしとラ・ブリュイエール、それにピーだ。われわれはクーデターの翌日、報告書を書くためにまず現地に赴いた。できるだけ早く国を浄化する、という大義名分でね」

「当時の記録はたくさん読みました」とカスダンは言い返した。だんだんと食ってかかるような口調になっている。「スタジアムでの虐殺、国家情報局（DINA）、死のコマンド。あなたがたは仕事に困らなかったでしょうね。その手は血に汚れているんです、将軍」

ヴォロキンは驚いたような目でカスダンを見た。コンド＝マリは微笑んでいる。顔面蒼白のあまり、覗き込めば鏡みたいに顔が映るかと思うほどだった。

「きみはいくつだね、警部？」

「六十二ですが」

「軍隊時代はアルジェリアに？」

「カメルーンです」

「カメルーンか……話にはよく聞いている。楽しかったらしいじゃないか」

「わたしだったらそんな言葉は使いませんが」

カスダンはますます激昂して、声を荒らげた。

「もってまわるのはそれくらいにして。あなたは拷問の指導をするため、チリに行ったんだ。われわれが聞きたいことを話してください。向こうの軍隊で、何を教えたんですか？　同僚や教えた相手は、どんな連中だったんです？　あなたのおぞましいテクニックとは、どんなものだったんですか？」

コンド＝マリは書類一枚置いてない机のうしろにまわって椅子に腰かけ、黒っぽい革のデスクパッドの上に小さな指を置いた。これまた重々しい身振りだった。

「すわりたまえ」とコンド＝マリは落ち着き払って言った。

二人が椅子にすわると、将軍は静かに手を組んだ。

「われわれは一九七四年、暴力の第一波が訪れたあとに到着した。軍部は左翼の連中と外国人に怒りをぶつけていた。われわれはそこに、文字どおりびりびり痺れる電気の刺激をもたらしたのさ」

カスダンはとっくにわかっていた。歴史とは永遠の反復にすぎないと。

「やつらも前から使っていたけれど、やり方はでたらめだった。《火炙り台（グリル）》とか呼んでたかな。金属ベッドに囚人を寝かせて、ただ放電するだけ。適当にね。われわれはアルゼンチンから入ってきた装置を紹介した。電気が通じている先端を押しあてる。このほうがずっと……正確だ。体の敏感な部位や接触時間も指導した。われわれの主眼は、すばやく効果的に、跡も残さず痛めつける手本を見せることだった。あくまで科学的な枠組みは尊重した。たとえば拷問を行なうときは、必ず医者を立ち会わせたりと」

「研修はどれくらいの期間、続いたんですか？」

「ほかの連中は知らないが、わたしはすぐに終わった。数か月後には、無事フランスに戻ったさ」

「コンドル作戦の話も聞いてますが」

「われわれのアドバイスは、あらゆる作戦に関わっていた。そのなかには、確かにコンドル作戦も含まれている。電気を使う利点は、機材のサイズがコンパクトなことだ。当時の独裁者たちは、ところかまわず尋問センターを設置しようとしたからな。外国の領土にまで」

「あなたがたは単にインストラクターだった？」

「いや、われわれはある種の……グループを作っていた。世界各地から集まった死刑執行人たちのグループだ。われわれは指導だけでなく、研究もしていた。こうした圧政の国っていうのは、またとないチャンスだ。新鮮な研究材料が、ほとんど無尽蔵にあるのだから。大量の政治犯が国の手で逮捕されている」

「インストラクターのなかには、ナチの残党もいましたか？」

コンド＝マリは少しもためらわずに答えた。

「いや、ナチはおおっぴらに出て来やしない。大草原(パンパ)の奥か、山の麓(ふもと)にでも隠れている。さもなければサンチアゴかバルパライソで、もう一度官僚の地位についているか」彼はそこで言葉を切り、何か考えているようだった。そして話を続けた。「今、考えてみると、確かにドイツ人がひとりいた。ああ、実に……恐ろしい男だった。でもナチの残党にしては若かったな。あいつがチリにやって来たのは、六〇年代だろうから」

「なんという名前でしたか？」

「もう覚えてない」

「ウィルヘルム・ゴーツでは？」

「いや、最後が《マン》で終わるような名前だった……ハルトマン。そう、ハルトマンだ」

カスダンは適当な綴りで名前をメモした。

「その男について、話してください」

「彼はわれわれの上を行っていた。はるか上を」

「どんなふうに?」

「彼のテクニックは、言ってみれば……内側から痛みを与えることだった」

「どうやって?」

「自分の体で試してたよ。ハルトマンは信心深い男でね。狂信的っていうか、信仰の道は痛みを通じて開かれると思っていた。ひとは罰を受けるために生きていると信じて、自分を傷つけたり痛めつけたりするんだから、心底イカレてる」

「好みのテクニックは?」

「特に固執していたのは、痣(あざ)や傷痕を残さないやり方だった。それは彼の宗教的な信念と関係しているらしい。肉体の純粋性を尊(とうと)んでいたんだろう。もう、よく覚えていないが。ともかく彼は、電気を使う方法を好んでいた。それに、もっと変わった方法も試していたな」

「どんな?」

「外科的な方法さ。当時はまだ初期段階の技術だったが、切開をせずに自然の開口部から手術をするんだ。口や鼻腔、耳、肛門、膣とか……ハルトマンは恐ろしい話をしていた。灼熱したゾンデや、器官の内部でひらく鉤爪がついたケーブル。あるいは食道に酸を流し込んだり……」

カスダンは身震いした。ハルトマンのやり方は殺人の手口と直結している。耳鼻咽喉科の専門家フランス・オーデュソンは言ってたじゃないか。ゴーツの鼓膜を突き破った謎の器具は、ほんのわずかな微粒子も残さなかったと。

「どういう男でしたか、外見的には?」

コンド＝マリは眉をひそめた。窓から射し込む光があたって、輝く禿げ頭は今にも蠟燭みたいに溶けだしそうだった。

「よくわからんのだが、そんな昔の話がきみたちの捜査に関係あるのかね？」

「事件の鍵はゴーツの過去にあると確信しています。だから答えてください。ハルトマンはどんな男だったんです？」

「見た目はまだ若そうだったが、五十にはなっていたはずだ。黒くて濃い、もじゃもじゃのひげを生やして、社会学の学生みたいな小さな眼鏡をかけていて。まったく驚くべきやつだったな。これまでわたしは、ずいぶんあちこちまわってきた。とりわけ南アメリカを。あそこはどんなことだってあり得ると、いつだって覚悟しておかねばならない場所だ。実際、そのとおりになるんだから。ハルトマンはまだ未開の、そうした孤独の土地の申し子だった」

「覚えているのはそれだけですか？　彼だとわかる特徴のようなものは？」

将軍は記憶を呼び覚まそうと、立ち上がって脚をほぐし、また窓の前に立った。沈黙が続いた。

「ハルトマンは音楽に詳しかったな」

「音楽に？」

「ドイツにいたころはベルリンの音楽院に通っていたそうで、音楽理論について一家言持っていた」

「どんな？」

「音楽を聴かせながら拷問をすべきだと主張していた。人間の意志を徹底的に踏みにじろうとするとき、幸福感の源である音楽が演じる役割は大きい。音楽と苦痛という相矛盾する流れは、拷問されている人間をよりいっそう打ちのめすと。それに、暗示作用の話もしていたな……」

「暗示作用？」

「ああ、そのあとも囚人はほんの少し音楽を聴いただけで、自分からいつでも口を割るようになるとハルトマンは言っていた。心を中毒させねばならないって。まったくもって、おかしな男だったよ」

　カスダンはヴォロキンのほうを見ずとも、彼が自分と同じことを考えているのがわかった。

「合唱を聴かせながら人間の生体解剖していた病院の話を、当時耳にしたことはありませんか？」

「恐ろしい話は山ほど聞いたが、そいつは初耳だな」

「ドイツ人らしい医者については？」

「いいや、記憶にない」

「ウィルヘルム・ゴーツという名前に心あたりは？」

「ないな」

　カスダンが立ち上がると、すぐにヴォロキンもそれに倣（なら）った。

「ありがとうございます、将軍。ラ・ブリュイエール将軍とピー元大佐にも話を聞きたいのですが、どこにいるかご存じですか？」

「まったくわからんね。もう三十年も会ってない。思うに、死んでいるんじゃないか。こんな昔の話をほじくり返してどうするつもりなのか知らんが、わたしにとってはすべて過去の葬り去られた出来事だ」

カスダンはぐっと身を乗り出し。彼のほうがコンド＝マリより、頭三つ分も背が高かった。

「だったら、死体安置所をひとまわりしてみるんですね。あそこに行けばわかりますよ、昔の話だと思っていたものが、まだ終わっていなかったって」

41

「アルジェリアのことで、嫌な思い出でもあるんですか？」

「いや」

「そうですかね。その話が出ると、すべてぶち壊しにしかねない反応でしたが。あんたが馬鹿なことを言いだすから、危うく証言が得られないところだった」

「結局、うまく行ったじゃないか」

「あんたのおかげじゃありません。次の相手は、ぼくひとりでやります」

「冗談じゃない。おまえはまだ小僧っこだ。当時の事情など、何もわかってないだろうが」

「だからこそ、先入観なしに話を聞けます。あんたはどうもそっちのことに、敏感になりすぎるようだ」

カスダンは答えなかった。ハンドルを握りしめたまま、高速道路をじっと見つめている。しばらくして、ヴォロキンはたずねた。

「カメルーンで何があったんですか？」

「べつに、何も。そんなこと、誰も気にしちゃいない」

ヴォロキンはぷっと笑った。

「いいでしょう。で、これからどうします？」

「手分けして行こう。おれはハルトマンの線を追う」

「ドイツ人を？　でもそいつは、ただのイカレ野郎かも。何十年も前に、一万二千キロのかなたでたまたま遭遇しただけの」

「そいつは三つの要素を兼ね備えている。拷問、宗教、音楽。それで充分じゃないか。ゴーツはそいつに不利な証言をしようとしていたんだろう」

「コンド＝マリの話だと、その男は当時五十歳でした。だとすると、今は少なくとも八十歳になっているでしょうから……」

「ともかくそっちはおれが調べる」

ヴォロキンはまたぷっと、さっきより小さく笑った。

「で、ぼくは？　弁護士のほうを担当しろって？」

「そのとおり。ゴーツが依頼した弁護士を見つけ出せ。それにゴーツといっしょにフランスにやって来たほかのチリ人についても調べるんだ。大使館のベラスコにもう一度電話してみるといい。フランスのどこかに、何か事情を知っているチリ人がいるはずだ。ハルトマンのほうが片づいたら、おれも合流する」

「そこで止めてください。ネットカフェがありますから」

二人はサン゠クルー門まで来ていた。カスダンはヴェルサイユ大通りに入り、数メートル先で車を止めた。ネットカフェはみすぼらしかった。大きな窓があいていて、照明はない。ディスプレイがいくつか並んでいるまわりに、少年たちが群がっていた。

「大丈夫なのか?」

「ええ、パソコンと携帯電話があれば、なんだって調べがつきます」

「大きく出たな」

ヴォロキンは車から飛び降りると、ドアを閉める前に身を乗り出した。

「心臓に気をつけてくださいよ。もう年なんだから。あんまりかっかしないほうがいい」

「おれなりに対処法はあるさ。じゃあ、携帯で連絡を取り合おう」

ネットカフェへ走るヴォロキンのうしろ姿を、カスダンはじっと見つめた。緊張感が全身にみなぎっている。周囲を取り巻く安穏な世界とは異質のハンターだ。木々を飾るイリュミネーションやプレゼントを抱えて行き交う人々、ビアホールの店先で牡蠣やカニを売っている船乗り姿の商人たちとはまるで相いれない。

カスダンはしばらく車を出さずにいた。血管のなかに落ち着きが戻ってくる。落ち着きと……空白が。正直なところ、これからどこへ行けばいいのかわからなかった。ハルトマンのことを調べるといったって、どこから手をつければいいんだ？　まったく見当がつかなかった。

今、わかっていることは？　名前――コンド＝マリの記憶は不確かで、綴りもあてずっぽうだが――といくつかの日付だけ……これでは何もないに等しい。そんな男の足跡をこのパリで、どうやって見つければいいんだ？　しかも今日は、十二月二十四日だというのに。チリ大使館はどうだろう？　ベラスコにあたってみては？　けれどもカスダンは、あと戻りしたくなかった。すでに話を聞いた相手のところへ、もう一度行きたくない。

そんなときカスダンには、昔からやっているうまい方法があった。好きな映画の名ゼリフを、脳裏によみがえらせるのだ。すると思いがけないセリフが、ふっと飛び出した。髪を濡らしたミシェル・モルガンが嵐のなか、船のキャビンで体を震わせている。猫のような目をした女は、夫と罵り合い(ののし)の真っ最中だ。揺れる床と舷窓に打ちつける泡に答えるかのように、激しい言葉が飛び交った。

どんな映画の場面か、難なくわかった。

『曳き船』、監督ジャン・グレミヨン、一九四一年。

ミシェル・モルガンは夫の顔面に、こう怒鳴っている。「大嫌いな相手ほど、どんなやつかよくわかるのよ」と。

うまいところを引き当てたぞ、カスダンは思った。**大嫌いな相手ほど、どんなやつかよくわかる。**これが鍵だ。ベルリン出身の音楽理論家ハルトマンは、若いころナチズムに心酔していただろう。そんな男のあとを追うなら、ナチスの宿敵のところへ行けばいい。ナチスが徹底的に迫害し、虐殺し、焼き尽くした相手、ユダヤ人のところへ。

この五十年、世界最高というべきイスラエルの情報機関は、地球上のいたるところに逃れたナチの残党を狩り出している。彼らは忍耐強く敵の足跡を追い、隠れ場所を見つけ、正体を暴いてきた。そうやって敵を捕まえ、裁き、処刑した。何十年も、根気よく。同胞たちに報いるためなら、それくらいなんでもない。

カスダンは携帯電話をつかんだ。

おれだって携帯ひとつで、なんでも見つけられる。

数本電話しただけで、ショア記念館の連絡先がわかった。所在地はマレ地区の真ん中、ジョフロワ＝ラニエ通り十七番。ここには現代ユダヤ資料センター（CDJC）というユニークな機関が入っていて、その目的は寄贈された一次資料をもとに、フランスで大虐殺（ショア）の犠牲となったユダヤ人のリストを作ることだった。

コール音が何度も響いた。今日は日曜日で、おまけにクリスマス・イヴだ。けれどもユダヤ人なら、そんなカレンダーの日程とは関係なく活動しているだろう。

「もしもし」

カスダンは名前と身分を告げ、今日は入館者を受け付けているかどうかたずねた。「ええ」と相手は答えた。ＣＤＪＣもあいてますか？――あいてますよ。――資料センター専門の担当者もいますか？

「全員ではありませんがね」と声は答えた。「わずかな人員でやってますから」

「でも第二次大戦とナチズムに関する専門家が、ひとりくらいはいるのでは？」

「今日は、若い研究者が来てます。名前はダヴィド・ボコブザ。代わりましょうか？」

「すぐ行くからとだけ、伝えてください」

42

ショア記念館があるのは、カスダンが思っていたようにマレ地区の中心ではなく、四区の端あたりだった。サン＝ルイ島の正面の、風通しのいい一角だ。セーヌ川を冷たい表情で眺める現代的なビルで、大部分が十七、八世紀に遡る周囲の建物を見おろしている。

カスダンは名前を名乗って、ダヴィド・ボコブザに取り継いでもらった。ロビーには写真が展示してあった。大きく引き伸ばした、きめの粗いモノクロ写真で、半世紀は前のものだろう。

カスダンは近づいて眼鏡をかけた。一枚の写真には、平野を歩く若い男女が写っていた。彼らの美しい顔は、風に逆らうように前を向いている。恋人同士だと言ってもいいような二人だが、女は裸で男は銃を持っていた。キャプションにはこう書かれている。「エストニア、一九四二年。彼女は共同墓穴の近くへ連行され、そこで特別行動部隊(アインザッツグルッペン)の兵士によって銃殺されようとしている」

カスダンは不快感で一杯になりながら顔を上げた。六十二の歳になっても、まだ慣れることができない。悪はどこからやって来るのだろう？　あの破壊衝動は。命というもっとも大切な価値を、なぜこんなにもないがしろにできるんだ？　アウシュヴィッツの看守が、囚人でのちに作家となるプリーモ・レーヴィに投げつけたという言葉を、カスダンは思い出した。「ここに、『なぜ』はないんだ」

さらに腹立たしいのは、死刑執行人どもが下劣な卑怯者だってことだ。ひとを殺すなら、自分も殺されてもしかたないと思うべきだろうに。自分自身の命を顧みない覚悟をすべきだ。ところが抑圧者たちは、いつだって惨めな生にしがみついている。ヒムラーはトレブリンカ強制収容所を訪れたとき、気を失ったという。ロシアの収容所に囚われたナチのメンバーは飢えと暴力に怯え、情けないほどの醜態を見せた。ニュルンベルク裁判の被告たちはなんとか助かろうと、責任逃れに汲々とした。あさましいクズども。やつらはいつだって、有利な側につくことだけを考えている。

「わたしに何か？」

カスダンはふり返って眼鏡をはずした。キッパをかぶった若い男が、目の前に立っている。細かな縞柄のオックスフォードシャツを着て、袖はまくり上げていた。そばかすだらけの顔のなかで印象的なのは、率直そうなその瞳だった。澄んだ明るい目。何も隠し立てしない代わりに、相手にもそれを期待する目だ。

カスダンは名前と階級を言って、捜査している事件のあらましをざっと説明した。ダヴィド・ボコブザは愉快そうにうなずいた。カスダンのような巨漢を前にしても、いっこうに驚いたりひるんだりしている様子はない。

ボコブザはかすかに訛りのある、穏やかな口調で言った。

「フランス警察では、もっと早期に退職するのかと思ってましたが」

「わたしはすでに退職して、今は司法警察局のアドバイザー役なんです」

ボコブザは感心したように、大げさに体をそらせた。

「専用のオフィスがないので、作業をしている部屋へ行きましょう」

カスダンはあとについていった。まるで宙に浮かんでいるかのような階段は、現代建築の流行りなんだろう。それから二人は、いくつも部屋を抜けた。壁は全面、資料収納庫になっている。スチールのキャビネット、木製の引出し、ハンギングフォルダー。そこに名称や番号、注記が付され……中央の長テーブルにはパソコンが並んでいて、作業ができる。

どの部屋もほとんど人気(ひとけ)はなかったけれど、カスダンは城砦のなかにいるような感じがした。ユダヤの民というのは、やはり一筋縄でいかない。武器や戦略にうるさいカスダンは感心した。ユダヤ人は戦いに長(た)けている。今、世界でもっとも有能な戦闘マシーンのひとつだろう。

「ここがぼくの作業場です」

部屋はほかと変わりばえしなかった。レッテルを張った、木製の小さな引出しで埋めつくされた壁面。セーヌ川に向かって開いた窓。書類が山積みになった長テーブルの上には、パソコンとスライド映写機が並んでいる。

「コーヒーは？」

「いえ、けっこうです」

ボコブザはスクールチェアをカスダンにすすめた。

「じゃあ、始めましょうか。実を言うと、あまり時間がないもので」

カスダンはそっと腰かけた。いつものことながら、彼の巨体に椅子が耐えられるかどうか、冷や冷やしながら。

「少々変わったお願いなんですが」

「ここでは、なんでもありですよ。われわれの資料庫には、もっとも異常な歴史が収められているんですから」

「わたしが捜しているのは、ユダヤ人ではありません」

「そうでしょうとも。あなた自身も、ユダヤ人ではないですよね」

「どうしてわかるんです？」

ボコブザはにっこりした。陽気な目の表情が、顔じゅうに広がったかのように。

「ユダヤ人とは、毎日会っていますから」彼は親指をほかの指にこすりつけた。「なんと言うか……直観みたいなものです。びびっと来るんです。それで、お捜しの人物とは？」

「ナチです」

ボコブザの顔から笑みが消えた。

「ナチの連中は、もう全員死にました」

「わたしが捜しているのは……どう説明したらいいのか、航跡みたいなものなんです。その男には追従者がいて、そいつらが今、われわれが追っている殺人事件に関係している。わたしはそう睨んでます」

「その男について、わかっていることは?」

「名前はハルトマン。ファーストネームも、姓の正確な綴りもわかりません。でもドイツから逃れたのは、第二次大戦直後ではないはずだ。そのころは、不安すら感じていなかったでしょう。ナチの高官として責任を問われる歳ではなかったので。けれどのちに、チリに向かいました。一九六〇年代のことです」

「曖昧な話ですね」

「ほかにも二つ、手がかりがあります。ハルトマンはチリで、拷問テクニックの指導にあたりました。ピノチェトに仕えた専門家です。当時、五十代。音楽理論にも詳しくて、高度な知識を有していたようです」

ボコブザの率直そうな目が陰った。今、どんな表情をしているのか、うまく言葉にできそうもない。けれども明るい輝きは、まつ毛の陰にすっかり隠れてしまった。こんなろくでもない世の中は、光に値しないとでもいうように。彼の目が発する生き生きとした魅力など、この世界には不要だとでもいうように。

「ハルトマンはドイツでよくある名前で」ボコブザはようやく、また口をひらいた。『強い男』という意味です。その時代、音楽の分野でもっとも有名なハルトマンは、カール=アマデウスでしょう。一九〇五年生まれの大音楽家です。一般的な知名度はありませんが、専門家は二十世紀最大のシンフォニー作曲家だと評価しています」

「われわれが追っている相手ではなさそうだな」

「ぼくもそう思います。カール＝アマデウスはナチス体制ができ上がるのを目の前にし、悲嘆に暮れて心を閉ざし、音楽シーンから退いてしまいました。ハルトマンという名前で思い出す人物なら、ほかにもいろいろいます。飛行機のパイロットがひとり。武装親衛隊の隊員がひとり。亡命した人たちにも、心理学者や哲学者、画家が……」

「どれもわれわれが捜している相手には、あてはまりそうもないが」

すると突然、ボコブザに笑顔が戻った。飾りけはないけれど、川の水みたいに冷たい笑みだった。

「すみません、ちょっととぼけてみただけで、実は知ってます。あなたの捜しているハルトマンなら、とてもよく知ってますよ」

あとに沈黙が続いた。カスダンは苛立ちを感じた。鬼ごっこは好きじゃない。とりわけ、自分が追われる役まわりのときは。

「いやまあ」とボコブザは続けた。「面白いもんです。あなたみたいな人が、突然やって来るんだから」

「わたしみたいな？」

「自分が足を踏み入れた世界について、何ひとつ知らない人ってことですよ。盲人のように、手探りで歩いている。あなたは謎の男を捜しているつもりかもしれません。何か秘密を探り当てたと思っているのかも。でもこう言ったら申し訳ないが、南アメリカに隠れたナチの残党についてで少しでも通じている専門家ならみんな、ハンス＝ヴェルナー・ハルトマンの名を知っているでしょう。彼は有名人です。その分野では、ほとんど神話的な人物です」

「くわしく説明してください」

　ボコブザは立ち上がって、引出しのラベルを確かめ始めた。

「確かにハルトマンは音楽理論を学びました。けれど何よりもまず、拷問の専門家でした。ピノチェト時代には専用の尋問センターを与えられて、何百人もの囚人が彼の手にかかりました」

　ボコブザは引出しをあけてファイルをめくり、なかのひとつをつかんで注意深く読んだ。スチールの棚をふり返り、ベルトにさげた鍵の束で錠をあける。棚から抜き出した紙のフォルダーに入っているのは書類ではなく、スライドらしい。

「戦後のハンス＝ヴェルナー・ハルトマンは、何よりまず教祖（グル）でした」

「教祖（グル）？」

「宗教的な指導者です」とボコブザは言ってスライド映写機の回転装置をつかみ、びっくりするほど手際よくスライドをはめていった。「ハルトマンは廃墟となったベルリンで教団を立ち上げ、そののち弟子を引き連れチリに逃れました。そこで教団は勢力を伸ばし……」

　それからボコブザは窓辺に行き、黒い裏地のついた分厚いカーテンを引いた。部屋は突然、闇に沈んだ。彼は旧式の白いスクリーンをおろした。カスダンは若い兵士だったころ、こんなふうにしてアフリカの写真や戦場の地図を見せられたものだ。

ボコブザは映写機のうしろに戻って電源を入れ、うまく作動するか確かめながら小声でこう言った。

「ハルトマンの足跡は、実に驚くべきものです。あんなことが起こり得たのは、大きな戦争の闇に隠れていたからこそでしょう。あるいは、悪の帝国の闇に」

訳者紹介　1955年生まれ。早稲田大学文学部卒業。中央大学大学院修了。現在中央大学講師。主な訳書に、カダレ『誰がドルンチナを連れ戻したか』、グランジェ『クリムゾン・リバー』、ビュッシ『恐るべき太陽』、ジャプリゾ『シンデレラの罠』、カサック『殺人交叉点』他多数。

検印
廃止

ミゼレーレ 上

2024年9月27日　初版

著者　ジャン＝クリストフ・グランジェ

訳者　平岡　敦（ひら おか あつし）

発行所　（株）東京創元社
代表者　渋谷健太郎

162-0814/東京都新宿区新小川町1-5
電話　03・3268・8231-営業部
　　　03・3268・8204-編集部
URL　http://www.tsogen.co.jp
DTP　キャップス
暁印刷・本間製本

乱丁・落丁本は、ご面倒ですが小社までご送付ください。送料小社負担にてお取替えいたします。

ISBN978-4-488-21411-1　C0197

ドイツ・ペーパーバック小説年間売り上げ第１位!

DIE LETZTE SPUR◆Charlotte Link

失踪者 上下

シャルロッテ・リンク
浅井晶子　訳 創元推理文庫

イングランドの田舎町に住むエレインは幼馴染みの
ロザンナの結婚式に招待され、ジブラルタルに
向かったが、霧で空港に足止めされ
親切な弁護士の家に一泊したのを最後に失踪した。
五年後、あるジャーナリストがエレインを含む
失踪事件について調べ始めると、彼女を知るという
男から連絡が！　彼女は生きているのか?!
作品すべてがベストセラーになるという
ドイツの国民的作家による傑作。
最後の最後にあなたを待つ衝撃の真相とは……！

ドイツ本国で210万部超の大ベストセラー・ミステリ。